兰州文史资料选辑第三十一辑

兰州历代楹联辑注

编委会

主　任：王　宏
副主任：唐浩溦
成　员：王立吉　邵　华　郝春魁
　　　　邓海弟　马同人

编辑部组成人员

主　任：马同人
编　辑：张海娟　陆　钰　王家安
编　务：陆　钰　杨　甜　包得海
　　　　马　静
配　图：王家安

兰州文史资料选辑
第三十一辑

蘭州歷代楹聯輯注

编　中国人民政治协商会议甘肃省兰州市委员会
　　文化文史资料和学习委员会

甘肃人民出版社
甘肃·兰州

图书在版编目（CIP）数据

兰州历代楹联辑注 / 中国人民政治协商会议甘肃省兰州市委员会文化文史资料和学习委员会编. -- 兰州：甘肃人民出版社, 2024. 12. -- ISBN 978-7-226-06177-0

Ⅰ. I269

中国国家版本馆CIP数据核字第2024YN4467号

策划编辑：肖林霞
责任编辑：袁　尚
封面题字：李培隽
装帧设计：孔庆明珠

兰州历代楹联辑注
LANZHOU LIDAI YINGLIAN JIZHU

中国人民政治协商会议甘肃省兰州市委员会
文化文史资料和学习委员会　编
甘肃人民出版社出版发行
（730030　兰州市读者大道568号）
兰州银声印务有限公司印刷

开本 710 毫米×1020 毫米　1/16　印张 22.75　插页 2　字数 305 千
2024 年 12 月第 1 版　2024 年 12 月第 1 次印刷
印数：1~2500

ISBN 978-7-226-06177-0　　定价：86.00 元

前　言

　　党的十八大以来，以习近平同志为核心的党中央高度重视社会主义文化建设，习近平总书记多次强调，文化是一个国家、一个民族的灵魂。文化兴国运兴，文化强民族强。

　　中华优秀传统文化历史悠久博大精深，在长期的发展进程中形成了一系列绚丽的文学艺术珍宝，中华楹联与诗词歌赋等文艺作品，就是其中熠熠生辉的重要成果。

　　中华楹联文学，由于它高度艺术地运用了汉字的独立造型和声韵寓意，一副联语短则不过数字，对仗工稳语言精练，却能在两行方寸之间饱含深刻的思想意识、道德规范、精神风貌和情感寄托，每每显示出作者的深厚才华、巧妙构思和语句之美。有些佳联寓意深长且常常出人意料，让读者叹为观止，因此流传后世，蔚为大观。楹联也是人民群众喜闻乐见的文学形式之一，每当节庆喜事，家家都会张灯结彩贴出大红对联以示庆贺。城市的文化娱乐设施，街头巷尾的商店门面，最引人瞩目的莫过于含义隽永词语精妙的好对联。对联或者"对子"，是最能展示汉字之美，广泛渗透民众生活的中华文艺瑰宝。

　　兰州作为古丝绸之路重要节点城市，两千多年来，文化汇集，名人辈出，诞生了大量的文艺精品。兰州士子学养深厚，充分发扬中华文化优良传统，为楹联艺术的诞生与发展提供了良好的人文氛围。特别是明清以来，随着国内楹联文化日益繁盛，以兰州为中心的陇原大地楹联创作不断成长。明代各类文献中已有联语记载，其中皋兰乡贤邹应龙撰写的联墨流传至今。当时驻守甘肃的明代肃王家族积极参与楹联创作，在兰州白衣寺等处留下宝贵的楹联遗迹。

晚清到民国，陇原楹联创作进入佳境，活跃在省会兰州的楹联名家灿若群星。其中兰州本土名流唐琏、黄建中、音得正、吴可读、曹炯、白鉴真、王世相、杨巨川、水梓、王烜、颜永祯、魏继祖等，均有不少佳联传世。寓居省会兰州的吴镇、刘永亨、安维峻、杨思、邓隆、马福祥、慕寿祺、张建、张维、黄文中、范振绪、邓宝珊等文化大家，客居甘肃的梁章钜、林则徐、左宗棠、谭钟麟、杨昌浚、魏光焘、谭嗣同、白遇道、张广建、许承尧等风云翘楚，更是题赠唱酬、贺庆交流，每每以佳联互赠为能事，大大促进楹联创作的日益兴盛。晚清名臣吴可读撰写的甘肃贡院192字长联，被誉为"甘肃第一长联"；晚清翰林刘尔炘集毕生之力修建兰州五泉山，同时花费心血题写100多副楹联为名山装点风光增添文采，令人叹为观止，遂让他享有"陇上联圣"的雅称。榆中兴隆山道长刘一明，是古代道人中屈指可数的楹联大家；慕寿祺、白遇道、高岩等文化名家，更是在兰州深入探究，写成《求是斋楹联汇存》《摩兜坚斋集古集联三续》《退补轩分类联集》等楹联的专门著作。尤其皋兰颜永祯编纂的《兰州楹联汇存》，保留了大量珍贵的地方楹联，为后世留下了楹联研究的宝贵资料。

回顾历史，楹联文学既是高雅的咏颂篇章，也是"飞入寻常百姓家"的实用文体，楹联民俗更是入选国家名录的首批非物质文化遗产。经过千百年来的长久积淀，至今在兰州各地仍广泛流行的春联、喜联、婚联、寿联、门庭联、中堂联、祠堂联直至表达悼念的挽联等等随处可见，遍及兰州的大街小巷。楹联在兰州有着弘扬正道、教化人心和展现文化底蕴、丰富群众生活的重要作用。

同时我们也看到，随着时间流逝，许多珍贵的兰州历代楹联逐渐遗失，除近代颜永祯《兰州楹联汇存》记录了部分清代及民国早期的楹联外，更多的兰州楹联散落各处不为人知，有的已经无从寻觅。20世纪80年代曾有部分汇集甘肃各地楹联的著作问世，但其中所收录的兰州楹联数量较少，有的还存在明显讹误，不能充分展现兰州楹联创作的辉煌成就。时至今日，能够系统收集、整理兰州历代楹联佳作，推出一部全面记载兰州历代楹联佳作的专著，用优秀传统文化讲好"兰州故事"，既是大力弘扬中华优秀传统文化的紧迫需要，也是坚定文化自信、赓续文化基因、努力振兴兰州的有力之举，可以说正当其时，呼之欲出。

政协兰州市委员会大力挖掘与弘扬优秀传统文化，关注兰州历史上楹联创作的研究，委托楹联爱好者整理一部能够较好展示兰州楹联的专门书稿，并且多次商讨、精心指导，确定了这本书的总体脉络、框架结构和章节铺排，为全书编写奠定了坚实基础。

"辑注"者，辑录和分类注解，以传之大方也。这本书的辑佚与注解坚持了以下原则：

一是坚持正确政治方向。以习近平文化思想为指引，在选编历代与当代作品中坚持思想正确，突出中华优秀传统文化"讲仁爱、重民本、守诚信、崇正义、尚和合、求大同"的根本精神，摒弃部分作品中存在的封建糟粕思想，着力凸显作品中正面导向的积极作用。

二是坚持兰州地域特色。所收集楹联以作者为兰州籍的或者长久定居兰州的人物，以及作品主题为描写兰州或在兰州居住生活期间所创作的佳联，让每副作品都留下鲜明的"兰州印记"。通过相关注释及创作背景介绍，使读者详细了解明清以来兰州历史沿革、地域风貌和民风民俗情况。

三是坚持精品意识。本次编纂本着艺术性与可读性兼顾的原则，全部是1949年以前创作的历代名家名作，有不少更是饮誉全国的传世佳作。

许多陇上巨儒名耆的楹联手稿属于首次公开面世，有的楹联更是从珍贵古籍、罕见文献以及地方名流的文集、日记，地区性邑乘族谱、笔记小说、旧时报刊等资料中辑录得来，聚沙成塔、集腋成裘，使得本书具有较高的学术价值。

四是坚持涵盖全面。本书内容分为名胜、寺庵、宫观、庙宇、祠堂、题署、会馆、学苑、行业、寓居、题赠、自怀、纪事、春联、寿诞、婚庆、祝贺、哀挽、风物、故事等二十类、二十一章，涵盖了楹联所能表达的各类题材，充分体现楹联艺术的文学性、民俗性和谐巧性有机统一的特征。

五是坚持图文并茂。在选编历代优秀楹联的同时，插入编者数年来搜集整理的有关兰州楹联的老照片，以及部分楹联传世联墨及刻挂照片、有关楹联文献书影等，以图文并茂的形式，进一步展示兰州历史文化和风土人情。

六是坚持规范编纂。严格编纂程序，突出收录楹联的准确性、规范性，每副作品均坚持按照文献记载予以校雠，注明文献出处，做到作者有名录、文字有校勘。对于存在遗漏、疑问、讹误的，均以版本学规范的校勘方法进行校编，以保证历史原貌，做到客观准确，经得起历史检验。

在内容排列方法上，努力体现传统楹联的历史性、丰富性、可读性，力求从多个视角展现兰州丰厚的历史文化资源。其中名胜类，考虑到五泉山、白塔山、小西湖、兴隆山及原兰州东西花园楹联数量较多，为体现其系统性，将这部分楹联单独列出；寺庵类、宫观类、庙宇类，分别收录题写与佛教寺庵、道教宫观，及民间庙宇风俗相关的楹联，这些楹联的选择均本着铸牢中华民族共同体意识及宗教中国化诠释的初衷，对存世此类楹联中思想积极、劝善乐贤，或能体现兰州不同时期历史文化风貌的作品选择性收录；祠堂类收录题写各类历史名人纪念专祠及家族祠堂的楹联，通过这类楹联讲述历史故事，涵养优良家风；题署类收录不同时期题写兰州各类公共建筑、公共场合的楹联，通过这类楹联反映兰州历史沿革、城市建设、文化传承等；会馆类收录清代及民国兰州各类会馆刻挂楹联，通过这类楹联反应兰州作为西北政治及交通枢纽的历史禀赋；学苑类收录历代甘肃教育机构或与之相关场所的楹联，通过这类楹联反应兰州自古崇文重教的优良传统；行业类收录历代行业楹联，通过这类楹联反应兰州经济社会发展历史，体现兰州自古繁盛的丝路贸易文化；寓居类收录明清及民国兰州名流及普通百姓居家楹联，通过这类楹联凸显兰州乡贤文化，展示民风民情；题赠类收录历代名流题赠他人的佳作，这部分楹联多为体现忠孝仁义、廉洁修身、读书治学的格言警句，即便在今天仍具有很强的教育意义；自怀类收录历代名流、乡贤自题之作，包括部分生前自挽联、自寿联等，通过这类楹联，以名流的内心独白，展示前贤的思想见解，给人以心灵启迪；纪事类收录特定历史时期，某些重大事件、特殊时刻撰写的楹联，这类楹联是兰州历史的别样记录，对研究地方历史有所裨益；春联类收录历代优秀春联作品，通过这类楹联体现兰州春节习俗；寿诞类、婚庆类、祝贺类，分别收录有关生日、婚庆及其他喜庆事宜相关的联语，通过这些楹联展示兰州民风民俗、社会百态；哀挽类收录历代对兰州人物或在兰州时对他人逝世表达哀挽悼念的佳联，以传统挽联、丧联等展示兰州丧葬习俗，弘扬慎终追远、民德归厚的文化理念；风物类收录历代咏物联语，通过这类楹联体现兰州独特物产与社会风情；故事类附在最后，选择故事性较强的谐巧对联，或与兰州有关的楹联故事，通过这些趣闻轶事，体现兰州多姿多彩的城市文化。总之，两行文字，历经百世，吐纳千秋，可谓蔚然大观。

《兰州历代楹联辑注》的编写应时而生，旨在为兰州（金城古邑）弘扬优秀传统，赓续文化脉络，本书在编写方法上注意了这样几点。

一、本书名为"兰州历代楹联辑注"，已表明全部作品是为兰州而写，或在兰州写成之作。故书内一般题目前不加"兰州"及各区县名称；"部分景区"有大标题的，题目只显示小标题；除挽联外，为体现文献学术性，作品题目尽量用原题；同一个题目有多副楹联的，题目下分别以其一、其二……来标注。

二、书中联语所录文字均遵循所引用的文献，保留历史原貌；文字斑驳不清或散落的，均以□代替；同一类别作品，均按创作时代先后排序；同一时代内，将同一个主题的作品放在一起；根据现行楹联编纂惯例，上联结束后统一用分号，下联结尾用句号。

三、关于其作者，生平可考的，均予以署名；作者署名以引用文献为主，所引文献明显有误的则参照其他文献，并予以备注；作者署名尽量都用本名；作者不详的均标注"佚名"；根据作品创作时期，分别用括号标注〔明〕、〔清〕、〔民国〕；主要作者，最后统一附录个人简介。

四、关于其笺注，包括但不限于作品的原有备注或引文，原作的落款或题记，对楹联题目及创作背景的解释有不太容易理解的，或与本地典故有关的词语，则加以注释；其他易于理解、比较常见，或通过网络工具可随时搜索到的词语，一般不予注释。

正如一副古联所说"山色盈窗，大开眼界；河声入座，豁荡胸襟"，希冀本书的问世，能为更多读者了解金城名邑打开观赏之窗，展示多彩芳华。同时也期盼更多热爱楹联、热爱传统文化的有识之士，努力用手中之笔、胸中之情，为如兰之州鼓呼渲染，共同书写新时代新兰州的精彩诗行！

目录

001　名胜（上）

083　名胜（下）

100　寺　庵

118　宫　观

134　庙　宇

149　祠　堂

172　题　署

185　会　馆

207　学　苑

217　行　业

226　寓　居

246　题　赠

259　自　怀

267　纪　事

273　春　联

283　寿　诞

294　婚　庆

300　祝　贺

308　哀　挽

329　风　物

334　故　事

343　主要作者简介

354　后　记

名胜（上）

一、五泉山

在兰州城南，皋兰山麓，因有甘露、掬月、摸子、蒙、惠五眼山泉而得名。颜永祯《兰州八景丛集》云："相传汉将军霍去病行军至此，以鞭卓地，五泉涌出，因以山名。"《重修皋兰县志》称："两涧古木阴森，清流交错，上有瀑布数道，悬东西两涧。俗名东龙口、西龙口。如风雨驰骤，纵半空泻落树杪……东西麓相对回环拱抱，若关锁结为胜境，或名为'天下第五泉'云。"

轩楼

野旷天低树；山空月满楼。

——〔清〕佚名（见牛运震《空山堂文集》）

【笺注】

1.见清人牛运震《游五泉山记》："乾隆四年二月因公赴兰州……十七日达皋兰，遇李寿涗、李敏德约游五泉……少转，得平台，正中为高轩三楹，轩前有榜刻云'野旷天低树；山空月满楼。'盖孟襄阳句也。"此联为牛运震转述前人旧句，并非某些文献所记为牛氏撰联。乾隆四年即1739年。

2.此为集句联，分别出自唐人孟浩然《宿建德江》诗"野旷天低树，江清月近人"，宋人黄庚《送别胡汲古》诗"后夜怀人处，山空月满楼"。

清乾隆《皋兰县志》所载五泉山全景图

山寺

佛地本无边，看排闼层层，紫塞千峰平槛立；

清泉不能浊，笑出山滚滚，黄河九曲抱城来。

——〔清〕梁章钜（见《楹联丛话》）

【笺注】

1.见《楹联丛话·卷七》："兰州城南之皋兰山，又名五泉山……清冽甲于省会诸水，故又名清泉。琳宫绀宇，蔚然巨观。余于卸藩任后，始独游一次。翌日，即戒行匆匆，不能成诗，仅留联句畀寺僧，亦不知悬挂与否也。"梁章钜于道光十五年（1835年）任甘肃布政使，"抵兰州不三月，调直隶布政使"，临行之际，游历五泉山并为寺僧留作此联。

2.排闼，如推门而入，此处指山下建筑鳞次栉比。

3.紫塞，本为秦长城，后代指边陲。"秦筑长城，土色皆紫，汉塞亦然，故称紫塞焉"（崔豹《古今注·都邑》）。

戏楼

碧天曾补、黄土偶抟,问从来何事非戏,一曲传奇,作俑且休嘲优孟;
绿水常流、青山自在,到此处几人留名,千秋怀古,开场端合唱嫖姚。

——〔清〕黄毓麟(见颜永祯《兰州楹联汇存》)

【笺注】

1. 落款"光绪庚子仲春",即光绪二十六年(1900年)。
2. 碧天曾补、黄土偶抟,均指女娲补天之事,以切其甘肃人文,亦感叹从人类诞生伊始,"从来何事非戏"。
3. 优孟,春秋时期楚国宫廷艺人,以优伶为业,此处仍以休嘲"戏子"之意,感叹人生如戏。
4. 嫖姚,指汉代名将霍去病,其曾任嫖姚将军,相传五泉山曾为其驻地。

通幽处

侧耳泉声冷;举头月色清。

——〔清〕佚名(见颜永祯《兰州楹联汇存》)

【笺注】

1. 在五泉山金花殿西南,入浚源寺长廊西向。

解脱门

山深鸟喧语;林密鹤梳翎。

——〔清〕佚名(见颜永祯《兰州楹联汇存》)

【笺注】

1. 在五泉山金花殿正殿东南,与"通幽处"相对。

武侯祠前楼其一

余将有远行,溯十馀年觞豆盘桓,客里光明增缱绻;
此间得佳趣,看数千里河山环拱,堂前云月剧清华。

——〔清〕谭继洵(见颜永祯《兰州楹联汇存》)

【笺注】

1.落款"谭继洵,浏阳,光绪十五年"。光绪十五年即1889年。据《谭嗣同年谱长编》,谭继洵于光绪三年(1877年)八月补授甘肃巩秦阶道,宦迹陇上,历任甘肃按察使等,至光绪十五年(1889年)十二月调任湖北巡抚,前后十二年多,故联中有"溯十馀年"之说,另从"余将有远行"之句,可知此联作于当年底其已得知调令之时。

2.觞豆,古代筵席酒肴之具,此处代指其宦迹生涯。

3.见颜永祯《兰州八景丛集》,下联又作"风月"。

武侯祠前楼其二

万壑风徊,问何时唤醒潜龙,恐偷珠去;
一亭云净,好趁此招回野鹤,还有诗来。

——〔清〕赵希潜(见颜永祯《兰州楹联汇存》)

【笺注】

1.落款"赵希潜书并识"。并有跋文"此余辛亥春仲,与友人觞宴此间作也"。辛亥即宣统三年(1911年)。

2.唤醒潜龙,此联作于辛亥革命前夕,有清朝大厦倾倒、局势风云跌宕的感慨。

武侯祠前楼其三

山水有清音,知其乐者谁乎,看槛外天晴,到眼来无非是云树苍茫,人烟错落;

春秋多佳日,登斯楼者几次,当村中酒热,留心处莫放过林泉啸傲,花鸟精神。

——〔清〕曹春生(见颜永祯《兰州楹联汇存》)

【笺注】

1.落款"壬午春三月中浣,蔼臣曹春生"。壬午即光绪八年(1882年)。原配匾额"一览",系左宗棠任陕甘总督时所题。

2.山水有清音,多见古人诗文;春秋多佳日,为晋人陶潜诗句。

武侯祠前楼其四

胜会非常，此地有堂皆绿野；

毫巅欲到，何人得名问青天。

——〔清〕李擢英（见颜永祯《兰州楹联汇存》）

【笺注】

1. 落款"商水李擢英，庚戌"。庚戌即宣统二年（1910年）。原配匾额"翼然"。

2. 胜会，此处指气度不凡。南朝檀道鸾《续晋阳秋》云："献之文义并非所长，而能撮其胜会，故擅名一时，为风流之冠也。"

3. 毫巅，毫是末梢，巅为顶峰，合在一起表达风光极致之意。

摸子泉

山颂多男，石麟入抱；泉称广嗣，玉燕投怀。

——〔清〕曹兆乾（见颜永祯《兰州楹联汇存》）

【笺注】

1. 摸子泉在地藏寺西，传说有求子嗣之效，故联中多男、广嗣，皆为求嗣之语。

2. 石麟，即石麒麟，以喻灵儿。宋人苏轼有赠人诗"使君有令子，真是石麒麟"。

3. 玉燕投怀，传说中预兆生子之象。宋人张元干《瑶台第一层》诗云"凤凰台畔，投怀玉燕，照社神光"。

酒仙殿云溪楼

此处好贪杯，来到饮中，拼向仙僚赌山色；

何人能执笔，登斯楼也，放开诗量贮泉声。

——〔清〕赵希潜（见颜永祯《兰州楹联汇存》）

【笺注】

1. 落款"汨罗江渔父赵希潜书并识，宣统立宪之第六期"。宣统元年（1909年）三月，清廷下诏重申预备立宪。另见跋文"云溪楼，酒仙殿胜境也。辛亥夏，余与芸荜诗友宴集五泉，寻诗来此，楼阴驻我，清风袭人，颇有潇洒出尘之想……"辛亥即宣统三年（1911年），可知此联应作于此时。

五泉山坊

频年在这个山中，与水为缘，偶种成林泉花草；
举世入奈何天里，及时行乐，都来上烟雨楼台。

——〔民国〕刘尔炘（见《兰州五泉山修建记》）

【笺注】

1. 原注："去山数十步，当入山必经处，立一坊，题其额曰'五泉山'。"
2. 颜永祯《兰州八景丛集》："凡游山景者，先经五泉山坊，坊额曰'五泉山'坊，阴曰'仁静智流'，五泉山人有联云……"

乐到名山门

作雨还云，随时天趣；钟灵毓秀，他日人才。

——〔民国〕刘尔炘（见《兰州五泉山修建记》）

【笺注】

1. 原注："过坊至山下，起大门三，为全山入路，题其额曰'乐到名山'"。
2. 此联后人重写后，今犹刻挂。

韫玉门

妙造自然，上有飞瀑；所思不远，人闻清钟。

——〔民国〕刘尔炘（见《兰州五泉山修建记》）

【笺注】

1. 原注："大门左右各开便门一，西曰'韫玉'，东曰'怀珠'。"
2. 飞瀑，五泉山东龙口有飞瀑流下。
3. 此联后人重写后，今犹刻挂。

怀珠门

红杏在林，是有真宰；绿杉野屋，忽逢幽人。

——〔民国〕刘尔炘（见《兰州五泉山修建记》）

【笺注】

1. 此联从唐人司空图《二十四诗品》集句而来，分别出自《诗品·绮丽》之"露馀山青，红杏在林"，《诗品·含蓄》之"是有真宰，与之沉浮"，《诗品·沉着》之"绿杉野屋，落日气清"，《诗品·实境》之"忽逢幽人，如见道心"。

2. 此联后人重写后，今犹刻挂。

孰乐台其一

耳边鼓吹山如笑；眼底风云戏又开。

——〔民国〕刘尔炘（见《兰州五泉山修建记》）

【笺注】

1. 原注："大门内就山势陂陁，叠为七级。七级之最下者，南向为戏楼。七级之最高者，北向为敞亭，亭五楹，因地为蝶形，颜曰'孰乐'。"因为演戏之所，故有"鼓吹"之说，又以联扣题，台上台下，孰人乐乎？

孰乐台其二

最好四月天，尝听此七级台前，泉声乎，鸟声乎，钟磬声乎，高下悠扬，引我去游仙境里；

偶登三教洞，试看那万家城外，车来者，马来者，杖履来者，贫富贵贱，无人不在戏场中。

——〔民国〕刘尔炘（见《兰州五泉山修建记》）

【笺注】

1. 三教洞，在五泉山最高处，故可看到万家城外的景象。

2. 因为演戏之所，故有此言，以"无人不在戏场中"再扣台上台下，"孰人乐乎"之问。

戏楼其一

邹兰谷扬言而后，开忠义先声，人皆侧耳，韵何远情何深，廊庙为忧，万古河山留绝调；

段柏轩唱道以来，发圣贤遗响，谁不昂头，曲弥高和弥寡，林泉可乐，一天风雨问知音。

——〔民国〕刘尔炘（见《兰州五泉山修建记》）

【笺注】

1. 原注："戏楼建于光绪戊子己丑间，汭山谢威凤为题额曰'高山流水'，久已为游人所赞赏，当时余亦曾为题两联，后一联至今尚未悬挂，而时易势殊，不复切合矣，存之以验世变之速。"作者所谓"时易""世变"指由清到民国的朝代更迭。
2. 此戏楼俗称"赛楼"，因古之民间祭祀，演出赛戏而名。
3. 邹兰谷，即明代兰州籍名臣邹应龙，曾弹劾奸臣严嵩父子，因敢于直言而闻名。
4. 段柏轩，即明代兰州籍名儒段坚，为理学名家，被誉为陇学开山之人。

戏楼其二

数十年九曲河边，听鼙鼓唱刀环，喜头上弦歌，武乐奏完文乐起；
亿万世五泉山下，扮公侯演将相，愿眼前豪杰，后人争作古人看。

——〔民国〕刘尔炘（见《兰州五泉山修建记》）

【笺注】

1. 鼙鼓，古代军乐，亦代指军队，此处以武戏伴奏，暗指近代以来陇上纷纭跌宕之时局。

上下关

才离歌舞繁华地；便入逍遥自在天。

——〔民国〕刘尔炘（见《兰州五泉山修建记》）

【笺注】

1. 原注："入东门数步，北向有门题曰'上下关'。仙凡界、上下关皆为入浚源寺之路。"以"歌舞"暗扣孰乐台演绎之所，以"自在"暗扣浚源佛寺。
2. 此联后人重写后，今犹刻挂。

万源阁圣域贤关门

群言淆太昊心源,别派万流争鼓浪;

吾道系中华命脉,歧途百出要知门。

——〔民国〕刘尔炘（见《兰州五泉山修建记》）

【笺注】

1. 原注："〔浚源寺〕大雄殿后,山势愈高,得平阳地十余丈,起楼三层,上层曰'万源阁',祀太昊伏羲氏、周文王、宣圣周公、至圣先师孔子；中层曰'思源楼',祀濂溪周子、康节邵子、伊川程子、紫阳朱子……下层曰'望来堂',可容数十百人,因备为同人商量学术之地。楼之四围,缭以花墙,隔为院落,东西循山坡,南上至坡顶,有桥为达中层,以登上层之路；桥南有门,颜曰'圣域贤关'。"

2. 刘尔炘在《兰州五泉山修建记》中进一步阐明其修建万源阁之宗旨,昔人有"天下名山僧占多"之句,凡山水名胜地,大多"以奉释迦、老子",至于羲轩以来儒家精神的代表先贤,很少在林泉之间崇祀,故而他在这里,为伏羲、周文王、周公、孔子这"四圣",以及周敦颐、邵雍、程颐、朱熹这"四贤"塑像供奉,他认为"吾国发扬周易,精蕴者,前有此四圣,后有此四贤,是我中华学术之导源也",并进一步说,我国圣贤远不止这八位,他们只是其中杰出代表,"其实宗旨所在,不外尊孔",故联中所言"吾道",是"以儒为宗"之道。

3. 太昊,即伏羲,相传诞生于甘肃天水一带,这里以伏羲为首,既有溯中华文化源流之意,也有加强地方文化认同感之意。

万源阁太平机关门

为生民立命；与造化同游。

——〔民国〕刘尔炘（见《兰州五泉山修建记》）

【笺注】

1. 原注："下层之前北向竖砖坊,坊有大门三、小门二,为赴'圣域贤关'之正门,门内外皆题联额。门外正中额曰'太平机关'。"

2. 此为集句联,上联出自北宋张载《横渠四句》"为天地立心,为生民立命,为往圣继绝学,为万世开太平",并隐射"太平"之意。下联出自元代无名氏词牌《失调名·自乐》"且恁底寄迹人间,与造化同游太虚,保养得形神俱妙"。

万源阁太平机关右之致中和门

通天四管笔；长夜万年灯。

——〔民国〕刘尔炘（见《兰州五泉山修建记》）

【笺注】

1.通天者，此处应指阁中所供奉的儒家圣贤，四圣、四贤皆扣合"四管笔"之说。

2.古人有云"天不生仲尼，万古如长夜"，下联借此发挥，指儒家学说如万古长明的灯火，照亮中华文明。

万源阁崇德广业额

向五大洲中静观，日后群伦，那个能逃机器劫；
在数千载上便忧，天下来世，而今枉费圣人心。

——〔民国〕刘尔炘（见《兰州五泉山修建记》）

【笺注】

1.原注："万源阁檐内楹间，须有联额方为壮观，余思之无可以赞四圣人者。孔子赞《易》之言曰'夫易，圣人所以崇德而广业也'，曰德，曰业，岂遁于虚者所能托乎？故以'崇德广业'四字题其额，而附以联云。"

2.机器劫，是刘尔炘遍参中外学术之后提出的一个观点，他认为"机器"为人类创造文明，但未来也会出现"人类生机，被机器侵夺"的情况，"科学开物质之文明，机器夺生人之命脉"，在机器的驱使下，"相争相夺，相杀相残，率宇宙内无量数血肉之躯，奴隶于科学机器而不自知"，"故余以世界更迭无已之祸，皆由机器造成，因呼之为'机器劫'"，未来之机器与科学，必将是"人类之祸福系焉，存亡系焉"。

思源楼其一

为千秋绵绝学；留一线是微阳。

——〔民国〕刘尔炘（见《兰州五泉山修建记》）

【笺注】

1.一线微阳，常用于医家学说，如清人《冯氏锦囊秘录》有"培补本元，保全神气，尚可留一线之微阳"，联中借此感叹当时混沌世界中，儒学之式微，在此礼奉先贤，重道讲学，正是"为往圣继绝学"，存一线之生机。

思源楼其二

恐后人逞血肉机能，打破乾坤，众口嚣嚣难说理；
继先圣写性情真味，弥纶天地，寸心耿耿有传书。

——〔民国〕刘尔炘（见《兰州五泉山修建记》）

【笺注】

1. 说理，此处指理学之"理"。

2. 弥纶，综括、贯通之意，《易·系辞上》有"《易》与天地准，故能弥纶天地之道"，此处指儒家学说涵盖天地之道。

望来堂其一

正学废兴关世运；斯文绝续在人才。

——〔民国〕刘尔炘（见《兰州五泉山修建记》）

【笺注】

1. 原注："'望来堂'既备为同人商量学术之地，因题联云……"因其为讲学场所，全联皆围绕培养人才来说，刘尔炘后续并自注云："望来堂既备为同人商量学术之地矣，吾子其将以讲学为己任乎。"

2. 此联尚存。

五泉山望来堂

望来堂其二

真学问无多言，不自利不自私，修己安人盟素志；
大工夫在内省，去吾骄去吾吝，仰天俯地矢丹心。

——〔民国〕刘尔炘（见《兰州五泉山修建记》）

【笺注】

1.原注："今既以尊孔为宗旨，则必当以孔学为依归。孔子之学，修身也，齐家也，治国平天下也，专重人事，不尚玄虚，内求诸心得，外证诸躬行，推之则修己安人，约之则修身为本。因为联悬于望来堂"。

2.素志，向来怀有的志愿，此处指弘扬儒学之责任。如其后注所言："呜呼！余何人，斯敢言讲学，惟是斯道存亡，匹夫有责。"

望来堂其三

邀诸君来此谈谈，把亚欧非美澳政教源流，说与我略窥门径；
请大众认真想想，那儒释老耶回精神传授，到底谁能定乾坤。

——〔民国〕刘尔炘（见《兰州五泉山修建记》）

【笺注】

1.儒释老耶回，即指儒、佛、道、基督、伊斯兰诸教派。刘尔炘在此谈到"诸教虽有相同之处，而其实各有独立之长，分之则皆美，合之则俱伤"，他认为应该发扬各自长处，"故研穷五教，以使之各著其长，各适其用，亦今日要务也"，他并进一步说，儒家学说"非宗教也，所言者乃至切至近之人道也，无迷信也"，并坚持认为儒家学说，因是治世之根本。

青云梯

高处何如低处好；下来还比上来难。

——〔民国〕刘尔炘（见《兰州五泉山修建记》）

【笺注】

1.横写于牌坊匾额之上，形制罕见。

武侯祠前楼其一

名利休熏心，襟期自远；
河山依旧迹，世界维新。

——〔民国〕逸庵氏（见颜永祯《兰州楹联汇存》）

【笺注】

　　1.落款"逸庵氏敬题，民国七年"。民国七年即1918年。原配匾额"淡然"，并有跋文"昔武乡侯'淡泊明志'一语，千载奉为名论。虽不能至，然心向往之……"

武侯祠前楼其二

大好河山犹是昔；从今冷热不因人。

　　　　　　　——〔民国〕王步瀛（见颜永祯《兰州楹联汇存》）

【笺注】

　　1.落款"关中王步瀛"。原配匾额"豁然"，并有跋文："昔渔郎入陶源，豁然开朗，未识所见，与此境同否。"

梯云关

来从无垢地；高入大罗天。

　　　　　　　——〔民国〕刘尔炘（见《兰州五泉山修建记》）

【笺注】

　　1.原注："既济宫东南有门二，一为上山之路，一为下山之路。下山者题其额曰'隔凡门'，上山者题其额曰'梯云关'。"

　　2.无垢地，又称离垢地，为佛家语，原指远离烦恼、无有挂念之境界。

　　3.大罗天，为道家语，指最高最广之天，此处乃指通关之后所见诸庙宇神祇。

旁观亭

烟霞一抹好楼台，任他摸子，随你求财，云影降祥泉兆瑞；
风月四时闲境界，有客读书，几人载酒，山容含笑鸟腾欢。

　　　　　　　——〔民国〕刘尔炘（见《兰州五泉山修建记》）

【笺注】

　　1.原注："凡上之庙，高高下下，错错落落，雨余雪后，天然画图，坐旁观亭，皆在眼中，故'旁观亭'为往来各庙必经之路"。联中"摸子"，指不远处有摸子泉。

问柳轩其一

谁趋汉苑移根至；可有陶公卜宅来。

——〔民国〕张广建（见颜永祯《兰州楹联汇存》）

【笺注】

1. 汉苑，本汉代的皇家园林，水边多植柳树，《三辅旧事》记载："汉苑中有柳，状如人形，号曰'人柳'，一日三眠三起。"
2. 陶公，指晋代诗人陶潜（陶渊明），其宅边植有柳树，别号五柳先生。

问柳轩其二

先生来自何须，看金城隐隐，长河溟溟，可供灞岸隋堤，一般有恨；
游者其若斯乎，又春雨丝丝，秋风习习，最是楼头陌上，异样关心。

——〔民国〕陈阆（见颜永祯《兰州楹联汇存》）

【笺注】

1. 落款"诸暨陈阆季侃甫题，民国十年，护理甘肃省长"。民国十年，即1921年。
2. 灞岸、隋堤、楼头、陌上、有恨、关心，皆为古诗文中与柳有关的典故。
3. 何须，疑为何处之误。

石补簃

叠成涧侧堤防，信是袖中有东海；
填却人间缺陷，居然世上见娲皇。

——〔民国〕张广建（见颜永祯《兰州楹联汇存》）

【笺注】

1. 娲皇，即女娲，相传诞生于甘肃天水一带，此处以其补天传说来诠释"补石"之名。

小蓬莱其一

若要来这里面，找仙境清幽，莫走差路了；
只管在那下头，混戏场热闹，能过得关么。

——〔民国〕刘尔炘（见《兰州五泉山修建记》）

【笺注】

1.原注:"小蓬莱飞瀑穿云,森林障日,为全山极胜处,因题额曰'人间天上'。"联中"下头"的戏场,指此处以下的孰乐台等演戏之所。

2.过得关,本指通向此处的梯云关,实则一语双关,提醒世人休有混世凑热闹的态度。

小蓬莱其二

人事几消亡,且把闲愁付杯酒;
仙宫知不远,更于何处觅蓬莱。

——〔民国〕慕寿祺(见《求是斋楹联汇存》)

【笺注】

1.原注"时民国十七年",即1928年。

2.自注分别从唐人窦常、宋人朱熹,及唐人韦渠牟、宋人苏轼诗中集句。窦常《北固晚眺》诗有"年年此登眺,人事几销亡",韦渠牟《杂歌谣辞·步虚词》诗有"仙宫知不远,只近太微星",苏轼《韩康公坐上侍儿求书扇上二首·其二》诗有"一一窗扉面水开,更于何处觅蓬莱"。

3.杯酒,见刘尔炘《兰州五泉山修建记》:"小蓬莱者,太昊宫之觞咏地也。"

小蓬莱其三

千载若相亲,我爱前贤似松柏;
九霄排直上,更从何处觅蓬莱。

——〔民国〕慕寿祺(见《求是斋楹联汇存》)

【笺注】

1.自注分别从南唐人李中、宋人张咏,及唐人元稹、宋人苏轼诗中集句。张咏《解嘲》诗有"我爱前贤似松柏,肯随秋草凋寒霜",元稹《酬翰林白学士代书一百韵》诗有"九霄排直上,万里整前期",苏轼《韩康公坐上侍儿求书扇上二首·其二》诗有"一一窗扉面水开,更于何处觅蓬莱"。

紫云关

进来便步步登高，信脚入清凉世界；
出去亦头头是道，小心上歌舞楼台。

——〔民国〕刘尔炘（见《兰州五泉山修建记》）

【笺注】

1.原注："紫云关踞山坡之半，上通小蓬莱。"故联中"清凉世界"也是说小蓬莱。

清虚府西厢壁

我来到耳是欢声，所祝者人人如此，年年如此；
天若有情应笑道，着准其物物陶然，岁岁陶然。

——〔民国〕刘尔炘（见《兰州五泉山修建记》）

【笺注】

1.原注："清虚府地势高敞，每当夏日，登眺者独多，欢笑声不绝于耳。余有所感，曾题一联于西厢壁上云。"

天外天

关住两扇门，自然无烟火尘襟，谁是关得住的；
找着一条路，便可到蓬莱仙境，你还找不着么。

——〔民国〕刘尔炘（见《兰州五泉山修建记》）

【笺注】

1.原注："有泉曰'甘露'，亦五泉之一也。其西南有门曰'天外天'，其门外降阶十余级，有悬岩飞瀑，即俗呼为'西龙口'者，从此便入'小蓬莱'。"

太昊宫门

都来游圣人之门，上观千古；
从此发名山间气，后有万年。

——〔民国〕刘尔炘（见《兰州五泉山修建记》）

【笺注】

1.原注:"太昊宫之建,专为表彰陇上前古人才,以鼓舞后进者也。其地共四级,自南而北第一级,正中起伏羲殿五楹。再北为第二级,东西分壤驷子祠、石作子祠各五楹。再北为第三级,居中为秦子祠五楹;秦子祠前降阶为第四级,起大门三,中门额曰'高山仰止',西门额曰'奋上兴下',东门额曰'继往开来'。门外为一院落,东西南傅以游廊,循廊而行,西通小蓬莱,东则经第三门、第二门曲折以出,至大雄殿后游廊下为总门,即额曰'太昊宫'者。"

2.太昊,即伏羲氏,中华民族人文始祖,相传诞生于天水一带,刘尔炘在此建造纪念陇上乡贤的几处祠堂,以伏羲为"表彰陇上前古人才"的代表,故此地总体命名为"太昊宫"。

太昊宫此中有真意门

我问你是谒庙是游山?谒庙须恭,游山须雅;
谁到此不花钱不吃酒,花钱莫浪,吃酒莫狂。

——〔民国〕刘尔炘(见《兰州五泉山修建记》)

太昊宫东廊步屧寻幽门

人都要挤着进来,便闹得纷纷扰扰,乱乱哄哄,我劝你缓些儿好;
你既然游了出去,回想那曲曲弯弯,高高下下,他教人看个什么。

——〔民国〕刘尔炘(见《兰州五泉山修建记》)

【笺注】

1.原注:"第三门通前院东廊下,有门为出入总汇之处,题额曰'步屧寻幽'。"

太昊宫西廊渐入佳境门

他说是他约了些朋友,要赌酒、要闹诗钟、要品茶、要商量画意;
你管着你领来的儿童,莫涂墙、莫撕窗纸、莫摇树、莫搬弄石头。

——〔民国〕刘尔炘(见《兰州五泉山修建记》)

【笺注】

1.原注："西廊下与'步屧寻幽'门相对处开一门，为通小蓬莱之路，额曰'渐入佳境'。"

太昊宫南廊行云流水门

这里面栽了些新树新花，要留连风月烟云，过客游人都爱惜；
那上头有的是真山真水，且点缀楼台殿阁，前贤往圣或归来。

——〔民国〕刘尔炘（见《兰州五泉山修建记》）

【笺注】

1.真山真水，并非仅仅山水景观，此处乃指通往圣贤之道，结合游赏之后的思考，紧扣结尾之句"前贤往圣或归来"。

扇微台

眼前罗半壁山河，天以西虎踞龙蟠，管钥神皋，一城斗大；
心上著万家凉燠，人间世鸾漂凤泊，薾腾浊酒，两鬓霜多。

——〔民国〕许承尧（见颜永祯《兰州楹联汇存》）

【笺注】

1.在太昊宫石作子祠东边。

2.天以西，指兰州所处西陲之地；管钥，为锁钥之意；神皋，本为神明所聚之地，后引申为神圣的土地，清人龚自珍有言"第四时之荣木，瞩九州之神皋"。上联即言兰州锁钥西北的重要战略优势，当时西北"群雄逐鹿"，有虎踞龙盘之势。

3.万家凉燠，即万家冷暖；薾腾，为神志不清之状，明人邵璨《香囊记·南归》诗有"客梦阑珊，乡心迢递，薾腾似被徐醒"。此联作者亦为客居他乡之人，漂泊半世，"两鬓霜多"，遂有此番感慨。

清音阁其一

豪竹哀丝，谁能为此曲；高山流水，君听空外音。

——〔民国〕马福祥（见颜永祯《兰州楹联汇存》）

【笺注】

1. 清音阁，民国九年（1920年）建在仙人岛东边山上。
2. 丝竹代指乐器，宋人陆游《东津》诗有"打鱼斫脍修故事，豪竹哀丝奉欢乐"。

清音阁其二

前有千古，后有万年，问何人独立不移，相与一代英雄，净扫兵戎敦玉帛；
去日苦多，来日苦少，到此地深情无限，好借三杯草圣，频浇文字壮河山。

——〔民国〕赵希潜（见颜永祯《兰州楹联汇存》）

【笺注】

1. 玉帛，此处即"化干戈为玉帛"之意。
2. 草圣，指唐代书法家、有"草圣"之誉的张旭，唐人杜甫《饮中八仙歌》诗有"张旭三杯草圣传，脱帽露顶王公前，挥毫落纸如云烟"。

清音阁其三

高阁横秀气；飞泉挂碧峰。

——〔民国〕黄文中（见颜永祯《兰州楹联汇存》）

清音阁其四

空山琴韵悠扬，把酒高歌，喜有流泉鸣五处；
晴昼雨声淅沥，凭栏小憩，如闻静夜滴悬崖。

——〔民国〕张广建（见颜永祯《兰州楹联汇存》）

【笺注】

1. 山中崖壁有"玄崖吐液"题刻。

仙人岛亭其一

清泉曲折开明镜；老树参差涨绿云。

——〔民国〕任丹山（见颜永祯《兰州楹联汇存》）

仙人岛亭其二

泉水自清，不信出山偏会浊；

楼台较近，只嫌得月未能先。

——〔民国〕岳世英（见颜永祯《兰州楹联汇存》）

万绿丛中亭其一

收宇宙间万古奇观，锁入幽怀成怪石；

把性情内一腔热血，化为流水洒空山。

——〔民国〕刘尔炘（见《兰州五泉山修建记》）

【笺注】

1. 原注："从仙人岛折而西下，有亭曰'万绿丛中'，树荫茂密，泉石清幽。"

万绿丛中亭其二

百丈飞泉青到地；千章夏木绿为天。

——〔民国〕水梓（见颜永祯《兰州楹联汇存》）

【笺注】

1. 原联有跋文："壬戌夏五月，万绿厅成，应吾师果斋先生之命，缀此补楹，非敢贡拙也。兔谷水梓题并书。"壬戌即民国十一年（1922年），果斋，即刘尔炘之号，撰者水梓为其弟子。

2. 千章，指千株大树。《史记·货殖列传》有"水居千石鱼陂，山居千章之材"。

小洞天

飞岭合霄，玄崖吐液；横藤碍路，弱柳低人。

——〔民国〕尹世彩（见颜永祯《兰州楹联汇存》）

【笺注】

1. 落款"南石窟寺碑、庚子山集。岷县尹世彩汶青甫集句"。

2. 此为集句联，分别出自北周庾信《梁东宫行雨山铭》"天丝剧藕，蝶粉生尘。

横藤碍路,弱柳低人",北魏《南石窟寺碑》"飞峭合霄,玄崖吐液,□崝冥造之形"。

企桥其一

打扫开草径松坡,来盟白水;

收拾起芒鞋竹杖,悔踏红尘。

——〔民国〕刘尔炘(见《兰州五泉山修建记》)

【笺注】

1.原注:"从小洞天北下不数武,有桥横跨沟上,为东西相通之路,余为起桥亭颜曰'企桥',桥下为惠泉,五泉之最清冽者,山中人争汲之。"

2.白水盟,即白鸥盟,典出《列子》,意在摒弃心机,以本来面目示人。清人袁绶《出山留别》诗有"白水盟心迹,青云感岁华"。

3.芒鞋竹杖,宋人苏轼《定风波》词有"竹杖芒鞋轻胜马。谁怕。一蓑烟雨任平生"。

企桥其二

树色泉声,都非尘境;山容水意,皆出天然。

——〔民国〕水怀智(见颜永祯《兰州楹联汇存》)

五泉山企桥

企桥其三

水边春草绿；山外暮天青。

——〔民国〕黄文中（见颜永祯《兰州楹联汇存》）

【笺注】

1.原联并有跋文："余自遭狙击后，得庆更生，重游胜境，世态顿消，题此志感，不计工拙也。民国十四年古历乙丑闰夏月。临洮再来人黄文中并识。"民国十四年即1925年。当时黄文中因在演说中提倡民权并直击当时甘肃权贵之腐败，遂惨遭毒手，被人暴打，险些致死，此联写于康复之时，遂自称"再来人"。

企桥由西东上之门

要过去么，过去便能通碧落；
休下来了，下来难免入红尘。

——〔民国〕刘尔炘（见《兰州五泉山修建记》）

【笺注】

1.原注："企桥既通东西隔绝之路，由东西下，便从涧底出小蓬莱矣；由西东上，山头诸胜地皆可达也。"

2.此联尚存。

企桥由东西下之门

问来来往往人，今日之游，水意山情都乐否；
到活活泼泼地，任天而动，花光草色亦欣然。

——〔民国〕刘尔炘（见《兰州五泉山修建记》）

【笺注】

1.此联尚存。

绿荫湾其一

小玉开屏见山色；银浦流云学水声。

——〔民国〕廖元佶（见颜永祯《兰州楹联汇存》）

【笺注】

1.此联为集句联,分别集自唐人李贺《江楼曲》"眼前便有千里愁,小玉开屏见山色",李贺《天上谣》"天河夜转漂回星,银浦流云学水声"。

2.小玉,唐人对侍女的通称。

3.银浦,即指银河。

绿荫湾其二

此间有好水好山,原是一块干净土;
我辈当携琴携酒,来作四时逍遥游。

——〔民国〕李祖培(见颜永祯《兰州楹联汇存》)

四宜山房其一

小坐足怡情,四面云山,四围楼阁;
数椽堪促膝,宜谈风月,宜话农桑。

——〔民国〕张广建(见颜永祯《兰州楹联汇存》)

【笺注】

1.原注:"四宜山房,亦在小蓬莱,由绿荫湾北下而至。"

四宜山房其二

一湾流水绿阴地;万仞奇峰碧落天。

——〔民国〕刘乾(见颜永祯《兰州楹联汇存》)

四宜山房其三

东观曦日,南迓薰风,西延爽气,北顾长河,游目骋怀无限好;
春宴梨云,夏挹兰露,秋餐菊霜,冬嚼梅雪,寒来暑往总相宜。

——〔民国〕马福祥(见颜永祯《兰州楹联汇存》)

四宜山房其四

我来自十丈红尘，看檐前瀑布，槛外清泉，直把仙瀛分半席；
这才是一块净土，羡飞阁流丹，层峦耸翠，恍临大海望三山。

——〔民国〕马璘（见颜永祯《兰州楹联汇存》）

【笺注】

1. 落款"马璘玉清题，民国十一年"。民国十一年即1922年。
2. 仙瀛，为海上仙山瀛洲，其与蓬壶、方丈又共称海上三山。晋人王嘉《拾遗记》："三壶，则海中三山也。一曰方壶，则方丈也；二曰蓬壶，则蓬莱也；三曰瀛壶，则瀛洲也。"
3. 唐人王勃《滕王阁序》有"层峦耸翠，上出重霄；飞阁流丹，下临无地"。

四宜山房其五

此间真知水仁山，趁案牍余闲，我来小憩；
何日脱名缰利锁，向林泉深处，独寄幽怀。

——〔民国〕王炳（见颜永祯《兰州楹联汇存》）

四宜山房其六

泉流有声，独被先生占去；
清风无价，我从何处赊来。

——〔民国〕赵希潜（见颜永祯《兰州楹联汇存》）

【笺注】

1. 清风无价，化用宋人欧阳修沧浪亭典故，即"清风明月本无价，可惜祗卖四万钱"。

四宜山房其七

四顾何苍茫，厌看出岫幻云，瞬息万变；
三杯浇块垒，独爱在山泉水，亘古常清。

——〔民国〕聂守仁（见颜永祯《兰州楹联汇存》）

五泉山半月亭

半月亭其一

天开消夏地；人在广寒宫。

——〔民国〕刘尔炘（见《兰州五泉山修建记》）

【笺注】

1. 原注："从绿荫湾北下，则有四宜山房，山房之北曰'半月亭'。亭为半月形，共七楹，为觞咏极敞处。前列新旧树数十本，他日长成，炎暑当无计恼人也。"

2. 此联后人重写后，今犹刻挂。

半月亭其二

以不满为心，一个小亭半轮月；
是最灵之地，四时活水五泉山。

——〔民国〕张广建（见颜永祯《兰州楹联汇存》）

半月亭其三

映水便成双兔魄，定然三五满；

衔山刚吐半蟾辉，尚觉二分多。

——〔民国〕马福祥（见颜永祯《兰州楹联汇存》）

【笺注】

1. 三五，即为十五，指满月之事。
2. 二分，化用唐人徐凝《忆扬州》诗中"天下三分明月夜，二分无赖是扬州"。

半月亭其四

开草昧破天荒，惟知者乐水，仁者乐山，仰止景行，随处皆贤关圣域；

为皋兰培地脉，看五步一楼，十步一阁，流丹耸翠，此间即圆峤方壶。

——〔民国〕吴钧（见颜永祯《兰州楹联汇存》）

【笺注】

1. 落款"蓬瀛过客吴钧题"。
2. 圆峤、方壶均为海上仙山。

洗心亭其一

何以解忧，万古牢愁浇浊酒；

偶然小憩，一湾流水涤尘襟。

——〔民国〕刘尔炘（见《兰州五泉山修建记》）

【笺注】

1. 原注："洗心池引泉水其中，迂回环绕，依然流去。池上筑小亭，为八角形。亭外古树围之，亭下就山势高低，叠奇石拥之。从问柳轩来者偶望见，每疑不是人间也。"

洗心亭其二

三日风四日雨，煮残几句文章，放却杨枝归佛座；

千年霜万年雪，吃尽半生辛苦，携来樽酒看河山。

——〔民国〕赵希潜（见颜永祯《兰州楹联汇存》）

【笺注】

1. 三日风、四日雨，本为民间俗语，指风雨无常，以言反复无常，此处则重在写景。

洗心亭其三

客心洗流水；树身穿草亭。

——〔民国〕马福祥（见颜永祯《兰州楹联汇存》）

【笺注】

1. 此为集句联，分别出自唐人李白《听蜀僧濬弹琴》诗"客心洗流水，馀响入霜钟"，唐人顾非熊《题马儒乂石门山居》诗"鹿迹入柴户，树身穿草亭"。

洗心亭其四

惟有幽人自来去；欲倾东海洗乾坤。

——〔民国〕钟彤汸（见颜永祯《兰州楹联汇存》）

【笺注】

1. 落款"集孟襄阳、杜少陵句，宁乡钟彤汸"。

2. 此为集句联，分别出自唐人孟浩然《夜归鹿门歌》诗"岩扉松径长寂寥，惟有幽人自来去"，唐人杜甫《追酬故高蜀州人日见寄》诗"遥拱北辰缠寇盗，欲倾东海洗乾坤"。

六古亭

象取谦焉，无不吉利也；

名斯亭者，其有忧患乎。

——〔民国〕马福祥（见颜永祯《兰州楹联汇存》）

【笺注】

1.《易经·谦卦》有"初六。谦谦君子。用涉大川,吉"之语,此联即化用此意,以诠释亭名"六古"。旡,在此处通"无",亦用《谦卦》之中"无不利"之意。

2.下联由六古,想到"六代",发出兴亡忧患之感。唐人李白《金陵三首》诗有"六代兴亡国,三杯为尔歌"。

迎绿轩其一

都来都来,来喝中山千日酒;
请坐请坐,坐听深夜五更泉。

——〔民国〕刘尔炘（见《兰州五泉山修建记》）

【笺注】

1.原注"其居观音殿前者曰'迎绿轩'",即嘛呢寺东前楼。

2.千日酒,传说中的美酒,晋人干宝《搜神记》有"狄希,中山人也,能造千日酒,饮之千日醉"。

迎绿轩其二

树杪重泉疑夜雨；楼头高语警天人。

——〔民国〕黄文中（见颜永祯《兰州楹联汇存》）

【笺注】

1.此处在山崖飞瀑之下,水花飞溅树梢犹如雨下,故上联有此说。

飞黛庐

划一段绿云,好招呼酒国神仙,云中饮酒;
漏三分明月,便开辟诗人境界,月下吟诗。

——〔民国〕刘尔炘（见《兰州五泉山修建记》）

【笺注】

1.自注："飞黛庐、听松居、拜云隅共七楹,而界为三座者也,门户各殊,风景不异,题一联可通用也,而独悬于'飞黛庐',留其余以俟大雅之椽笔。"

听泉簃其一

梦境大离奇，忽打开尘网，逃出人间，追逐风雷攀日月；
酒怀真浩荡，要提起地球，抛之天外，扫除烟雾濯星辰。

——〔民国〕刘尔炘（见《兰州五泉山修建记》）

听泉簃其二

老去抱魂眠，偶抓住当胸日月，识破根原，流水形骸还是我；
醉来搔首问，都撇开握手乾坤，打成粉碎，造天事业属何人。

——〔民国〕刘尔炘（见《兰州五泉山修建记》）

【笺注】

1.原注："听泉簃近西岩飞瀑处卧潜斋内，接于耳者不知是风声耶？水声耶？雨声耶？每当夏日，余尝栖息于此，胜境移人，尘心易净，静极则动，妄念转多。偶得两联，拟悬于壁，游赏者其怒我耶？其笑我耶？抑哀我、怜我耶？抑以我为山之精耶？木之魅耶？孤云耶？顽石耶？但能令游赏者大笑而去，则我固无负于游赏诸君子也。"

听泉簃其三

水飞林木杪；僧老磬声中。

——〔民国〕慕寿祺（见颜永祯《兰州楹联汇存》）

【笺注】

1.自注分别集自唐人孟郊、宋人陆游诗句。孟郊《游石龙涡》诗有"水飞林木杪，珠缀莓苔屏"，而下联实则唐人张乔《题山僧院》诗中"地寒松影里，僧老磬声中"。

话月园

且随机种竹栽花，长倩菩提开笑口；
倘有意贪山恋水，也成魔障扰禅心。

——〔民国〕刘尔炘（见《兰州五泉山修建记》）

【笺注】

1.话月园在浚源寺门内西北隅，故联中菩提、魔障之禅语皆与此呼应。

拈花坞

白鸟忘机，任林间云去云来，云来云去；
青山无语，看世上花开花落，花落花开。

——〔民国〕刘尔炘（见《兰州五泉山修建记》）

【笺注】

1.拈花坞在浚源寺门内东北隅，故联中"云""花"之语，既写实，也有佛教超脱之意。

2.白鸟忘机，即白鸥盟之典，语出《列子》，以喻淡然而无心机之状。

醉梨亭

才叫冤枉呀！拿许多有用精神，我来修庙；
再说什么哩？能做个正经事业，谁爱游山。

——〔民国〕刘尔炘（见《兰州五泉山修建记》）

【笺注】

1.原注："其墙东梨花影里亦起数椽，颜之曰'醉梨亭'。余平生不主张人修寺建庙，恶其劳费于无用之地也。今老矣！忽变平生旨趣，时为之耶？命为之耶？抑时命不犹被驱遣于运数之中，而不能自已耶？每一思之，不觉失笑，因戏用白话体，题一联悬于醉梨亭，梨花开时，高人韵士之醉于斯者，当对之而更进一觞也。"

亦爱庐

壮士醉呼天，黄种仗谁存祖国；
名山来避地，白云随我入吾庐。

——〔民国〕刘尔炘（见《兰州五泉山修建记》）

【笺注】

1.原注："余忧患余生，齿凋发秃矣，生者无几时，而犹时时抱杞人之感，是岂可已而不已乎？抑人之欢欣忧戚，亦有不能自主者乎？题一联悬于'亦爱庐'，写我忧乎，抑秋虫唧唧，不能作春鸟之和声乎。时之于人大矣哉！"

余香馆

清泉怪石且徜徉，绿水环人，也似勾留我辈；
野草闲花都管领，苍天派我，只容游戏人间。

——〔民国〕刘尔炘（见《兰州五泉山修建记》）

【笺注】

1. 原注："余香馆门临流水，最宜花木，风朝雨夕，课我园丁，收效当不远也。"

桑径沿

我是无聊时节无聊人，且料理溪山，度当世无聊岁月；
你趁有趣林泉有趣酒，快招邀俦侣，过大家有趣光阴。

——〔民国〕刘尔炘（见《兰州五泉山修建记》）

【笺注】

1. 原注："桑径沿筑屋四楹，去余香馆数步，老树荫之，拟添桑数本，以副其名。"刘尔炘此时主持修建五泉山，故有"料理溪山"之说。

接余欢额

眼前路不太平，偶调弦乘兴放歌，只剩当场唾骂；
头上天早已醉，即把酒高声去问，无非梦境迷离。

——〔民国〕刘尔炘（见《兰州五泉山修建记》）

【笺注】

1. 原注"山房之南，形犹北也，惟阶前就山坡分为三级，每级辟地可数弓，栽树数株，当杂群花掩映之，因题檐额曰'接余欢'"。
2. 路不太平，则一语双关，亦言当时世道。

悠然堂

可有东篱乎，五柳阴中，我愿追随元亮；

此亦北窗也，万花风里，谁能高卧羲皇。

——〔民国〕刘尔炘（见《兰州五泉山修建记》）

【笺注】

1.原注："五泉山无人不呼之为南山……因取陶靖节'悠然见南山'句，题其额曰'悠然堂'"，陶靖节、元亮，皆为晋代隐士陶潜，即陶渊明，号五柳先生，有"采菊东篱下，悠然见南山"之诗。陶渊明隐居时曾自号"羲皇上人"，因钦羡伏羲时代无拘无束之生活，前人亦有诗曰"清风北窗下，自谓羲皇人"。刘尔炘亦注解说"羲皇之山河如故也，政教如故也，精神命脉如故也。"

俯仰楼其一

百尺喜凌云，佳日来游，上不愧于天，下不怍于人，邀客凭栏，边塞风光折杨柳；

五泉歌得月，凝眸远眺，观宇宙之大，察品类之盛，举杯在手，古今事变感沧桑。

——〔民国〕张广建（见颜永祯《兰州楹联汇存》）

【笺注】

1.《孟子·尽心上》有"仰不愧于天，俯不怍于人"，晋人王羲之《兰亭集序》有"仰观宇宙之大，俯察品类之盛"。

俯仰楼其二

下则为河岳，上则为日星，万象在旁，放眼雄边成壮阔；

前不见古人，后不见来者，一杯相属，凭栏孤喟落苍茫。

——〔民国〕许承尧（见颜永祯《兰州楹联汇存》）

【笺注】

1.落款"歙县许承尧题。民国八年"。民国八年即1919年。

2.宋人文天祥《正气歌》诗有"下则为河岳，上则为日星"，唐人陈子昂《登

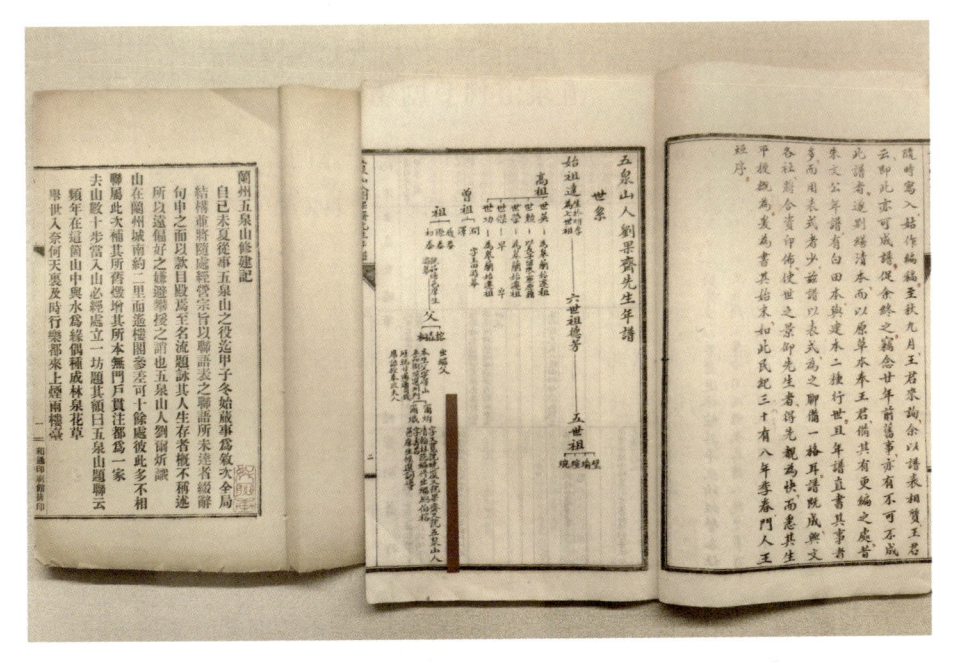

刘尔炘《兰州五泉山修建记》及后人编纂的《五泉山人年谱》

幽州台歌》诗有"前不见古人,后不见来者"。

3.孤喟,孤叹之意。

俯仰楼其三

俯看旷野人,纵使驷马高车,方斯下矣;
仰听钧天乐,胡为赐秦飨赵,便欲问之。

——〔民国〕马福祥(见颜永祯《兰州楹联汇存》)

【笺注】

1.驷马高车,语出《汉书·于定国传》"少高大间门,令容驷马高盖车",后以驷马高门,或驷马高车谓门第显赫。明人李东阳《左时翊方伯挽诗》有"驷马门高归兴逸,五羊城远使车停"。

2.钧天乐,即钧天广乐,代指仙乐美乐,联中"赐秦飨赵"皆与此相关。汉人张衡《西京赋》有"昔者大帝说秦穆公而觐之,飨以钧天广乐",又《史记·赵世家》有"赵简子……语大夫曰'我之帝所甚乐,与百神游于钧天,广乐九奏万舞,不类三代之乐,其声动人心'"。

五泉浴佛节剧场

笙歌锦绣云霄里；楼阁参差紫翠间。

——〔民国〕慕寿祺（见《求是斋楹联汇存》）

【笺注】

1. 自注集自唐人白居易、元人张翥诗句。实则为唐人韩偓《苑中》诗有"笙歌锦绣云霄里，独许词臣醉似泥"，元人张翥《春日偕监中士友游南城》诗有"楼阁参差紫翠间，微风不动䌽云闲"。

2. 浴佛节，为释迦牟尼诞辰，佛教徒举行浴佛活动，在农历四月初八。

二、白塔山

白塔山在兰州城北，由中山铁桥越黄河，北岸山麓即是。旁临金城关古隘口，有白塔寺、金山寺等，眺望黄河，掩映林木其间。《重修皋兰县志》记载："白塔山在镇远桥〔中山桥旧址〕北，俯瞰城中，如列指掌。明景泰间，太监刘永成建白塔于上，因名。"

白塔寺小门

剪一片白云补衲；邀半轮明月看经。

——〔清〕佚名（见颜永祯《兰州楹联汇存》）

金山寺卧云阁

山色盈窗，大开眼界；河声入座，豁荡胸襟。

——〔清〕牟麟趾（见颜永祯《兰州楹联汇存》）

【笺注】

1. 落款"牟麟趾，咸丰八年"。咸丰八年即1858年。原配匾额"豁然下有"。

2. 见颜永祯《兰州八景丛集》，下联亦作"入户"。

3. 见邓明《兰州史话》"金山寺位于白塔山西面，苹果梁的正南端，此梁有如

清《陕甘总督出巡图》中的白塔山及金山寺建筑

鱼钩伸于黄河白马浪中垂钓,因之称此梁为金汤钓。金山寺正在'鱼钩'的'钩'部",故前四字俱为写实。

金山寺三圣庙其一

白马跃黄河,尚忆吴江巨浪;
金城遮玉塞,犹依汉时雄关。

——〔清〕佚名(见颜永祯《兰州楹联汇存》)

【笺注】

1. 原配匾额"义拱山河"。
2. 三圣庙主要供奉三国人物刘、关、张桃园三杰,故联语也就其故事来说。
3. 白马,既指刘备生前曾骑白马,又暗扣此处山下黄河白马浪之地名。
4. 雄关,此处紧依汉代古金城关,故有此说。

金山寺三圣庙其二

山势西回犹顾汉；涛声东下欲吞吴。

——〔清〕陈经文（见颜永祯《兰州楹联汇存》）

【笺注】

1. 落款"陈经文，乾隆十五年"。乾隆十五年即1760年。

2. 西回，指甘肃以西可达巴蜀，为刘备蜀汉旧地；东下，则以黄河东去，预示直逼东吴之意。颜永祯《兰州八景丛集》评曰："上联脍炙游人之口。昔人谓文章本天成，余谓此乃文章本地成……今此联按情按景，面面俱到，可谓联语绝品也。"

金山寺山门

此间称天下上游，与佛国毗连，大规模九曲河流，五泉山色；
最好是秋凉佳节，借禅房憩宿，细领略半床月色，几杵钟声。

——〔民国〕慕寿祺（见颜永祯《兰州楹联汇存》）

【笺注】

1. 天下上游，当时甘青宁大多地区都属甘肃所辖，为三江源头所在。

金山寺卧云阁

山势当空出；河声入海遥。

——〔民国〕慕寿祺（见颜永祯《兰州楹联汇存》）

【笺注】

1. 落款"集句，慕寿祺"。自注分别集自唐人储光羲、许浑诗句。储光羲《苑外至龙兴院作》诗有"山势当空出，云阴满地来"，许浑《秋日赴阙题潼关驿楼》诗有"树色随山迥，河声入海遥"。

2. 此联今刻挂在白塔山东台茶楼。

金山寺禹王碑亭其一

六面风光留客览；一城山水抱亭来。

——〔民国〕颜永祯（见《兰州八景丛集》）

【笺注】

1.原注:"东西南三面风光,一望无余,为金山寺全山之冠。"

金山寺禹王碑亭其二

半空楼阁千山绕;两岸人家一水分。

——〔民国〕颜永祯(见《兰州八景丛集》)

金山寺听雨轩

僧归虹外雨;云动水中山。

——〔民国〕慕寿祺(见《求是斋楹联汇存》)

【笺注】

1.自注分别集自明人孙一元、孟洋诗句。孙一元《西湖》诗有"僧归虹外雨,云抱水边楼",孟洋《黄刺史同登岳阳楼》诗有"日衔天际树,云动水中山"。

1917年拍摄的《兰州金山寺并金城关图》

文昌阁

日映文章霞细丽；山连河水碧氤氲。

——〔民国〕慕寿祺（见《求是斋楹联汇存》）

【笺注】

1.自注分别集自唐人元稹、陈上美诗句。元稹《和乐天重题别东楼》诗有"日映文章霞细丽，风驱鳞甲浪参差"，陈上美《咸阳有怀》诗有"山连河水碧氤氲，瑞气东移拥圣君"。

三、小西湖

小西湖，在兰州七里河区，紧邻黄河南岸，旧名莲池，原为肃府花池。光绪年间，陕甘总督杨昌浚由江浙而来，因思念西湖，重加修葺，并题名"小西湖"，且撰书《小西湖记》有云："小西湖者，即古莲花池也。周广数百亩，内阻长城，外倚大河。辟自前明肃藩，我朝屡有兴废。据父老言，方其盛时花木之茂、鱼鸟之繁，亭台楼榭之错出，为兰州第一。"民国十三年（1924年），乡绅刘尔炘等又主持重修，风景焕然。

小西湖其一

气候转三边，喜满川稻熟桑柔，俨如南国；
节麾来两浙，问此地水光山色，似否西湖。

——〔清〕李慎（见颜永祯《兰州楹联汇存》）

【笺注】

1.原有跋文："考诸志，此旧名'西湖'。前朝肃藩创建台榭于其上，名胜甲一时，兵燹后无复存者。杨节帅〔指杨昌浚〕由浙移节来陇，重葺之，特题为'小西湖'，所以别于杭之西湖也。"联中"节麾来两浙"即指杨昌浚由浙赴任甘肃一事。

小西湖其二

水深鱼浅游时乐；春去花留过后香。

——〔清〕谭钟麟（见颜永祯《兰州楹联汇存》）

【笺注】

1.见颜永祯《兰州楹联汇存》"光绪七年,总督谭钟麟题湖中联云"。光绪七年,即1881年。

2.见《负暄山馆古今联话》,上联为"水深鱼识"。

小西湖其三

黄水挟秋喧树杪;青山劝酒落尊前。

——〔清〕谭嗣同(见《谭嗣同年谱长编》)

【笺注】

1.据《谭嗣同年谱长编》,此为光绪十二年(1886年)秋,谭嗣同游小西湖后所作诗中一联,如今仅存此残句。

小西湖其四

印来明月一潭,青霭冥冥,此地上通星宿海;
傍着大河九曲,黄流滚滚,出门如见浙江潮。

——〔民国〕刘尔炘(见《重修小西湖记》)

【笺注】

1.原注"湖在兰州城西约三四里而遥,纵横占地约百数十亩。门东向,出门一笑,看浩浩荡荡黄流之走东海者,从左腋边曲折奔腾而下,亦壮观也",此联作于1924年刘尔炘主持重修小西湖之时。

2.青霭,指云气。南朝鲍照《登大雷岸与妹书》"左右青霭,表里紫霄。"

3.星宿海,在青海,古人以为黄河发源之地,因当时青海基本都属甘肃管辖,故以此言西北地理胜迹。

小西湖其五

奇愁敢说酒能消,当初一画开天,传之尧舜禹汤,文武周孔,萃列圣真精神真脉络,授受五千年,遇继起儿孙,都看成那秋后黄茅,风前白苇;

春梦偶从花外觉，溯自三皇治世，到了秦汉隋唐，宋元明清，经累朝大豪杰大英雄，维持四万里，被无情造化，尽付与这霜中红叶，水上青萍。

——〔民国〕刘尔炘（见《重修小西湖记》）

【笺注】

1. 原注："楹联长至数十百字便少神韵，余固不喜为之。兹题湖联，偶得一长至五十四字者，长则长矣。去题似远，余乃恍然于文章之空衍者；去题不远，便不能长书于板壁，质之游人。余性善忧，往往发为冷语，乘兴而来者偶见之，勿兴尽而返也。"

2. 一画开天，指伏羲于陇上画卦，开启蒙昧；文武周孔，即周文王、周武王、周公旦及孔子，与尧帝、舜帝、大禹、商汤等，均被儒家奉为上古以来的圣贤。

小西湖其六

看莽莽此乾坤中，好携铁板铜琶，唱大江东去；
得优优于湖水外，颇见青山红树，送爽气西来。

——〔民国〕王清海（见颜永祯《兰州楹联汇存》）

【笺注】

1. 优优，宽和安闲之状，见《诗经·商颂·长发》有"敷政优优，百禄是遒"，《毛传》释义"优优，和也"。

2. 大江东去、爽气西来，皆化用前人成语。

小西湖其七

世变几沧桑，看山形依旧，柳色仍新，歌舞何曾同浙右；
光阴流日夜，待野寺鸣钟，溪桥荡桨，游踪每自过湖西。

——〔民国〕王清海（见颜永祯《兰州楹联汇存》）

【笺注】

1. 歌舞，结合世变沧桑，此处是对照"西湖歌舞几时休"的诗意而言。

小西湖其八

有伊人焉，时而春风杨柳，秋水蒹葭，啸傲不知天地老；
登斯楼也，则见白塔横空，黄流叠浪，频临无限古今情。

——〔民国〕王清海（见颜永祯《兰州楹联汇存》）

【笺注】

1. 起笔四字，从《诗经》与《岳阳楼记》，化用古人诗意，引人入胜。

小西湖其九

胜地接五泉，伫看秋山岚翠，春雨桃花，别有幽情同水石；
湖亭仿三竺，每思灵隐高僧，武林处士，不知人世几沧桑。

——〔民国〕王清海（见颜永祯《兰州楹联汇存》）

【笺注】

1. 三竺，为西湖边几处佛寺的统称；灵隐，即西湖灵隐寺；武林，为杭州旧名。

小西湖一〇

妆成近水楼台，权当作六桥烟柳，三竺云林，每约幽人寻异境；
好个平湖图画，恰接来千里河声，五泉山色，漫教渔父访桃源。

——〔民国〕王清海（见颜永祯《兰州楹联汇存》）

【笺注】

1. 六桥、三竺、云林等，皆为杭州西湖景致。
2. 渔父访桃源，即《桃花源记》之故事。

小西湖一一

无杨柳不成春，看此间带雨含烟，系住流莺啼早树；
是湖山真可乐，又何处扁舟明月，载将斗酒访幽人。

——〔民国〕王清海（见颜永祯《兰州楹联汇存》）

小西湖一二

何处是濠梁，临水观鱼，别有会心不在远；
有人怀越峤，寻梅访鹤，非因避地始来游。

——〔民国〕王清海（见颜永祯《兰州楹联汇存》）

【笺注】

1. 濠梁，即《庄子·秋水》篇中，庄子与惠子游于濠梁之上，相互对话"子非鱼，安知鱼之乐"的故事，故而其后以"临水观鱼"，借题发挥，指出"别有会心"。
2. 越峤，泛指江浙一带的山峦，此处仍指杭州山色，其后"寻梅访鹤"乃是借用西湖孤山林逋梅妻鹤子的故事。

小西湖一三

亦足以叙幽情，趁红藕香时，逍遥作诗酒风流，神仙世界；
于此间堪小驻，望绿杨深处，仿佛是白公堤畔，葛岭冈前。

——〔民国〕慕寿祺（见《求是斋楹联汇存》）

【笺注】

1. 白堤、葛岭，为杭州西湖景色。

嘉雨轩

只我生六十年中，便见兹秋水一泓，沧桑几度；
任他到万千劫后，总有个春风二月，花鸟重来。

——〔民国〕刘尔炘（见《重修小西湖记》）

【笺注】

1. 原注："嘉雨、惠风两轩，相传为明肃藩所题。杨公〔杨昌浚〕修葺时因而书之者也。志称湖之初名曰'莲荡池'，明肃藩潴神泉水为之。数百年来，迭遭兵燹，时废时兴。自余有知识以至于今，田海变迁，已历历在眼，光阴老去，忽戴将白发，为鹇鸟鸥鹭来作主人。"刘尔炘生于1865年，至1924年此时修葺小西湖时，虚岁刚满六十，故起笔乃是自况。当时时局动荡，作者也是借景抒情，好在结尾仍对未来寄予希望。

惠风轩

儿时为游钓而来，捉因风柳絮，听隔水笙簧，便觉人间皆乐趣；
老去有登临之感，盼映日荷花，起看山楼阁，别开仙境养天倪。

——〔民国〕刘尔炘（见《重修小西湖记》）

【笺注】

1. 天倪，即自然之状，郭象注《庄子·齐物论》云："天倪者，自然之分也。"

思鲈斋其一

杭州胜迹倒雷峰，愿北山孤塔凌空，万古云霄长矗立；
华夏频年增战垒，祝东浙大湖无恙，六桥歌舞是升平。

——〔民国〕刘尔炘（见《重修小西湖记》）

【笺注】

1. 原注："自小西湖之名著称于时，游赏者辄喜藉西湖胜迹以比拟之。湖东数里外，大河之北，有巍然高耸者曰'白塔山'，山有白塔也。塔建于明正统景泰间，历时仅四百余年。故犹特立独存，高出云表，题咏家往往以之拟'雷峰夕照'。吾闻雷峰塔倾于今年八月二十七日，而东浙亦闻有战事。题一联悬于思鲈斋，又不免环顾中原之慨也。"如其所云，刘尔炘写此联时的民国十三年（1924年）九月二十五日，西湖雷峰塔骤然倒塌。

2. 六桥，西湖苏堤上之原有六座桥，后泛指西湖。

思鲈斋其二

好登明月楼台，山光雅共湖光满；
为问秋风边塞，宦味何如乡味长。

——〔民国〕王学伊（见颜永祯《兰州楹联汇存》）

【笺注】

1. 作者为山西人，时宦迹陇上，故下联有感而发。

梦鱼斋

寿骨千年化老松，邀梦里岳王，为我也应添古迹；
美人一去空香草，话意中苏小，又谁在此比芳魂。

——〔民国〕刘尔炘（见《重修小西湖记》）

【笺注】

1.原注："西湖胜迹有岳王坟，有苏小墓，英雄儿女各千秋，题咏家往往及之。余亦附会为一联，可以补梦鱼斋楹间之缺也。"联中用"梦里"之事、"意中"之人，纯联想而已。

盟鸥馆其一

紫塞风光见鹍鸪，问尔自南来，那钱唐江处处荷花，曾否都成新世界；
青春时节听鹦鹉，说我原西产，这金城郡年年芳草，迷离犹恋旧池台。

——〔民国〕刘尔炘（见《重修小西湖记》）

【笺注】

1.原注："凡湖山名胜地，最不宜有者匠气、金银气、豪强势力气，而被发祭野之感，尤有余恨矣。为一联悬于盟鸥馆，鹍鸪、鹦鹉其有知也耶？其无知也耶？"

2.西产，汉代张衡《鹦鹉赋》有"惟西域之灵鸟兮，挺自然之奇姿"。

盟鸥馆其二

悟不来富贵浮云，即春风两岸，作终日遨游，难觅幽人真境界；
全要仗英雄名士，藉凉月一滩，写平生怀抱，便能传我小湖山。

——〔民国〕刘尔炘（见《重修小西湖记》）

【笺注】

1.原注："起笙歌于水上，消浊酒于湖边，避城中烦嚣，又破山林寂寞，人之情往往如是。古之至人，动中求静，闹里寻幽，身在人间，心超世表。尚已若夫往哲遗踪，英贤啸咏，如严滩，如谢墩，如右军兰亭，如工部草堂，如摩诘辋川，如东坡赤壁，大名不朽，胜地亦彰。题联于'盟鸥馆'，以祝我游人前徽已远，来日方长，提壶挈榼之俦，当有继名流而起者矣。"

清乾隆《皋兰县志》所载《莲池图》

盟鸥馆其三

莫负此山色湖光,乐在个中,客况清闲绿蚁酒;
好寄与诗情画意,超以象外,天机活泼白鸥心。

——〔民国〕王学伊(见颜永祯《兰州楹联汇存》)

【笺注】

1.绿蚁酒,因古时酒面上常浮起绿色泡沫,称为绿蚁,借以指酒。

2.白鸥心,典出《列子》,意在摒弃心机,以本来面目示人。

藕香馆其一

何必说杭州,能逍遥故国山河,头上有天皆乐土;
既然通瀚海,莫辜负边关风月,眼前余地是欢场。

——〔民国〕刘尔炘(见《重修小西湖记》)

【笺注】

1.瀚海,指沙漠,亦指西陲之境,唐人陶翰《出萧关怀古》诗有"孤城当瀚海,落日照祁连"。

藕香馆其二

到处喜开樽，风月主人湖海士；
中流闲鼓枻，荷花世界柳丝乡。

——〔民国〕高镜寰（见颜永祯《兰州楹联汇存》）

【笺注】

1. 鼓枻，亦作"鼓栧"，划桨泛舟之意，《楚辞·渔父》有"渔父莞尔而笑，鼓枻而去"。

疑是楼其一

呼乡中子弟游来，为言吾莲荡池旁，近代勋名彭济物；
祝海内英贤到此，也似那岳阳楼上，满怀忧乐范希文。

——〔民国〕刘尔炘（见《重修小西湖记》）

【笺注】

1. 彭济物，明代兰州名臣彭泽，字济物。刘尔炘自注："〔彭泽〕墓在湖西，去湖约里许，土人呼为彭爷坟。后之人游于斯者，其亦闻前徽而思自奋也哉！"
2. 范希文，即写有《岳阳楼记》的宋人范仲淹。

疑是楼其二

个中是一派天机，鱼鸟飞潜皆自得；
从此孕万年地脉，山川灵秀出人来。

——〔民国〕刘尔炘（见《重修小西湖记》）

【笺注】

1. 自注："呜呼！余尝谓人才者国家之命脉，闾里之精神。国无人，国斯空矣！家无人，家斯落矣！闾里无人，闾里斯墟矣！故培养人才之念，为生平第一宗旨，寤寐不忘，馨香祷祀者也。是以题咏所至，不免时时发露此旨。兹复为一联，仍悬于'疑是楼'，乡之人勿厌余言之烦数也。"

也非台其一

请游人察上下鸢鱼，观跃观飞，可通于点水蜻蜓，穿花蛱蝶；
呼野老问高低禾稼，勤耕勤播，当胜此晓风杨柳，初日芙蓉。

——〔民国〕刘尔炘（见《重修小西湖记》）

也非台其二

更无廊庙，偏有江湖，飘来一叶扁舟，世外桃源能到否；
莫问山河，只谈风月，浇得几杯浊酒，胸中块垒便消乎。

——〔民国〕刘尔炘（见《重修小西湖记》）

【笺注】

1.自注："《桃花源记》靖节先生寓言也，本无世外，焉有桃源？今则航空术将盛行，天外且无桃源，而况世外。余尝戏言古之人动云，'以酒消胸中块垒'，今之块垒，强水且不能开，而何有于酒。以此意为一联，仍悬于'也非台'，游赏者殆又笑余之不能忘情于斯世乎？"

宛在亭其一

每从杨柳阴中，放桨闲游，偶乘清风来世外；
安得荻芦深处，移家小住，不须流水到人间。

——〔民国〕刘尔炘（见《重修小西湖记》）

宛在亭其二

船中载酒古狂多，柳絮风前，不可轻如柳絮；
琴上无弦真乐在，莲花池里，何须定有莲花。

——〔民国〕刘尔炘（见《重修小西湖记》）

【笺注】

1.自注："湖之旧名固称'莲荡池'，方舆纪要又称'莲塘池'，土人则至今呼为'莲花池'。然余生平未见湖中有莲花也，说者谓地高寒，不宜莲。因题联仍悬于'宛在亭'，为湖解嘲耶？博游人一笑耳！"

宛在亭其三

谁不为行乐来乎,都养成蔼蔼和声,柳外燕莺曾对语;
我疑是化工错了,只赋与些些生气,花间蜂蝶便相争。

——〔民国〕刘尔炘（见《重修小西湖记》）

【笺注】

1.自注："宛在亭在水中央,芦花四面,杨柳一堤。当风和日暖,宿雨初晴,听莺声燕语,看蝶舞蜂狂。"

宛在亭其四

小有可观,居然具明圣风光,欣看胜迹重新,陇坂常留干净土;
向西而笑,更何论长安日远,但愿浮云尽扫,河山还我太平时。

——〔民国〕陆洪涛（见颜永祯《兰州楹联汇存》）

【笺注】

1.明圣,即明圣湖,杭州西湖之别称。

宛在亭其五

陇头据天下上游,烟销玉塞,春满金城,看一勺澄清,净洗河山半壁;
慧眼观湖边现象,花木幻形,亭台泡影,愿诸君游赏,细参水月玄机。

——〔民国〕郑濬（见颜永祯《兰州楹联汇存》）

宛在亭其六

乡人愧苏轼才名,未许螺酱庵茶,怕供诗帐;
幕府作稼轩食客,只合龁肩斗酒,饱吸湖光。

——〔民国〕谢刚国（见颜永祯《兰州楹联汇存》）

【笺注】

1.宋人苏轼有《杭州故人信至齐安》诗,中有"……轻圆白晒荔,脆酽红螺酱。更将西庵茶,劝我洗江瘴……相期结书社,未怕供诗帐……"等句,上联即由此化用。

2.南宋刘过有《沁园春》词一首赠予辛弃疾,即辛稼轩,此中描写西湖景致,并有"斗酒彘肩,风雨渡江,岂不快哉"等句,下联即由此化用。

宛在亭其七

亭似冷泉,正宜判事余闲,红藕花中吹笛坐;

地饶水石,最爱携樽独往,乳鸠声里濯缨来。

——〔民国〕苏兆祥(见颜永祯《兰州楹联汇存》)

【笺注】

1. 落款"华阳苏兆祥撰书,乙丑夏日"。乙丑即民国十四年(1925年)。

2. 冷泉,即西湖冷泉亭,苏轼在杭州做太守时,常常骑马至冷泉亭办公,故联中"判事"即指此。

3. 濯缨,取古人"沧浪之水清兮,可以濯我缨"之意。北宋诗人苏舜钦建有沧浪亭,并有《初晴游沧浪亭》诗"帘虚日薄花竹静,时有乳鸠相对鸣"。

4. 作者即联系两个苏姓名人的本家故事,借题发挥。

宛在亭其八

重新开拓园林,九塞大观,惟遥瞻白塔凌霄,黄河绕郭;

到此好谈风月,一樽清酿,且赢得防秋卧鼓,消夏停桡。

——〔民国〕王学伊(见颜永祯《兰州楹联汇存》)

【笺注】

1. 九塞,原有所指,此处泛指西陲边塞之地。

2. 卧鼓,即息鼓,表示无战事。唐人钱起《送李九归河北》诗"南州初卧鼓,东土复维城"。

3. 停桡,即停桨。唐人陈子昂《白帝城怀古》诗"日落沧江晚,停桡问土风"。

羊裘室其一

都能摇双桨波澜,在武陵源外,滟滪堆中,扰扰风云当过客;

谁又是一蓑烟雨,叹渭水河边,富春山下,茫茫天地几渔翁。

——〔民国〕刘尔炘(见《重修小西湖记》)

【笺注】

1.羊裘,即以羊皮所作裘衣,古人常以此借喻隐居垂钓之士。《后汉书·逸民传》:"有一男子披羊裘,钓泽中。"刘尔炘自注此处即为"钓滩",故联语亦从垂钓之事着笔。联中如武陵源写陶渊明之桃花源、滟滪堆言杜甫诗中的瞿塘滟滪堆、一蓑烟雨说苏轼笔下的斜风细雨、渭水河指姜太公垂钓、富春山有严子陵钓台等,皆围绕此番主旨而来。

羊裘室其二

平分西子湖,凫渚鸥乡,等闲看初日芙蓉,晓风杨柳;
罨霭南田画,水光山色,恰衬出浅深池沼,曲折亭台。

——〔民国〕杨思(见颜永祯《兰州楹联汇存》)

【笺注】

1.落款"会宁杨思慎之,民国十四年题于兰山道尹署"。民国十四年即1925年。

2.罨霭,指烟气氤氲,明末彭孙贻《楼望》诗有"高柳春城罨霭间,当窗遥见白云还"。

3.南田,指清初画家恽寿平,字南田,擅长山水花鸟之画。其画流传甚广,清人《国朝画征录》称"近日无论江南江北,莫不家家南田"。

羊裘室其三

忧乐总关怀,且从小队郊坰,来共赏无边风月;
光阴须爱惜,相与听莺斗酒,莫辜负大好湖山。

——〔民国〕陆洪涛(见颜永祯《兰州楹联汇存》)

【笺注】

1.小队,少数人的队伍;郊坰,泛指郊外。此处引自唐人杜甫《严中丞枉驾见过》诗"元戎小队出郊坰,问柳寻花到野亭"。

羊裘室其四

问景物何如,俨同越水吴山,六桥明月丁沽酒;

记壮游所在，惟此金城玉垒，万里长风午夜砧。

——〔民国〕王学伊（见颜永祯《兰州楹联汇存》）

【笺注】

1.六桥，为西湖旧景；丁沽酒，或取杜牧诗意"越嶂远分丁字水，腊梅迟见二年花"。

2.砧，本为捣衣石，此时以午夜之时的窗外响动，喻寂静之感。如明人区次颜有诗"客舍悠悠恨，谁堪午夜砧"。

烟水寻盟其一

每随云往云来，避世俗烦嚣，一片夕阳人驻马；
不管春寒春暖，任天机活泼，十分真乐我知鱼。

——〔民国〕刘尔炘（见《重修小西湖记》）

烟水寻盟其二

耆宿访遗踪，听湖滨萧寺疏钟，露白葭苍人宛在；
胜迹揩倦眼，忆江上草堂小筑，竹寒沙碧我归来。

——〔民国〕谢刚国（见颜永祯《兰州楹联汇存》）

【笺注】

1.落款"谢刚国题，乙丑春日"。乙丑即民国十四年（1925年）。

2.上联结句化用《诗经·蒹葭》"蒹葭苍苍，白露为霜。所谓伊人……宛在水中央"之诗意。

3.下联结句化用唐人杜甫在成都草堂时所作诗句"竹寒沙碧浣花溪，菱刺藤梢咫尺迷"。

烟水寻盟其三

我曾放棹平湖，秋水苏堤频看月；
孰料垂竿故里，春风柳浪亦闻莺。

——〔民国〕王烜（见颜永祯《兰州楹联汇存》）

【笺注】

1. 分别提到西湖胜迹之平湖秋月、苏堤春晓、柳浪闻莺等。

烟水寻盟其四

湖心月上明如昼；树梢风生冷逼秋。

——〔民国〕颜永祯（见《兰州八景丛集》）

螺亭其一

放眼最高层，蠡海任凭人揣测；
置身安稳处，蜗居容得我回旋。

——〔民国〕陆洪涛（见颜永祯《兰州楹联汇存》）

【笺注】

1. 蠡海，即以瓢测海，喻识见短浅。此处反其意而用之。
2. 蜗居，喻空间狭小，此处就"螺亭"而言。

螺亭其二

登临仿佛上孤山，度亭外箫声，可有神仙来放鹤；
游赏分明投绝域，觅水中鞭影，更无豪杰肯骑驴。

——〔民国〕张子京、刘尔炘（见《重修小西湖记》）

【笺注】

1. 原注："林处士之鹤，韩蕲王之驴，游西湖者谁不闻千秋佳话。一则梅花绕屋，忘却红尘；一则百战归来，逍遥世外。高风逸趣，皆足为戈马纵横中一付清凉散也。天水张子京君藉此事为此联，余为增减数字而悬于螺亭。"而据《兰州楹联汇存》，下联首句录入为"游赏分明来胜地"，联语刻挂后落款为"天水张子京"。林处士即林逋，韩蕲王即韩世忠，其放鹤、骑驴皆与西湖故事有关。

四、兴隆山

兴隆山，古称兴龙山，在榆中县西南，由东山兴隆山和西山栖云山组成，素以风景秀丽著称。自唐宋以来，已有宫观。清乾隆、嘉庆年间，山西籍道士刘一明云游至此，从此隐居，并历时近四十年，修葺庙宇阁楼六十余座，蔚为大观。

兴龙山看河亭其一

水秀山青，未许寻常人领趣；
松声竹韵，还须脱俗者知音。

——〔清〕刘一明（见《栖云笔记》）

兴龙山看河亭其二

重山裹抱，鸟语花香，来此地须尝趣味；
曲涧长流，金声玉振，坐斯楼顿快胸襟。

——〔清〕刘一明（见《栖云笔记》）

兴龙山看河亭其三

阁外青山，重重叠叠，艮背难移，识趣人须在此间着眼；
岩边碧涧，曲曲弯弯，流行不息，知音者还从这里留神。

——〔清〕刘一明（见《栖云笔记》）

【笺注】

1.艮背，语出《易经》"艮其背，不获其身"，谓相背而不见，后称不动物欲之念为艮背。

栖云山山门其一

虚灵之窍；众妙之门。

——〔清〕刘一明（见《栖云笔记》）

【笺注】

1.皆为道家语言。《道德经》第一章即有"玄之又玄，众妙之门"。

栖云山山门其二

深山藏古观；空谷也阳春。

——〔清〕刘一明（见《栖云笔记》）

【笺注】

1.空谷，空旷山谷，以喻隐居之处。《诗经·白驹》有"皎皎白驹，在彼空谷"，汉代孔颖达注疏曰"贤者隐居，必当潜处山谷"。

栖云山山门其三

敲开众妙门，左之右之，皆归大道；
登上混元阁，东也西也，尽是真宗。

——〔清〕刘一明（见《栖云笔记》）

栖云山自在窝其一

谷中藏神，无象无形堪作友；
洞里有我，至清至静不生尘。

——〔清〕刘一明（见《栖云笔记》）

【笺注】

1.自在窝，系刘一明在山上修行、著述、讲道之处，在山岩间开凿一石洞，仅容一人可居，至今犹存。

栖云山自在窝其二

高抬脚步寻真义；细扫心田识天机。

——〔清〕刘一明（见《栖云笔记》）

栖云山自在窝其三

山高洞僻，无应酬无扯拖，此间正是安身地；

事少心闲，常快乐常舒坦，何处再寻保命丹。

——〔清〕刘一明（见《栖云笔记》）

【笺注】

1. 扯拖，拉扯之意，此处指无世俗凡事纷扰。
2. 舒坦，兰州方言中指舒服之意。

栖云山朝元观二门

理窟幽深，知进步时须进步；

尘情苦恼，得藏头处且藏头。

——〔清〕刘一明（见《栖云笔记》）

【笺注】

1. 理窟，指义理的奥秘，此处指道法高深。元人侯克中《挽姚左辖雪斋》诗有"深探理窟得心传，洞彻先天与后天"。

栖云山丹房其一

大道还从疑里悟；元神定在静中生。

——〔清〕刘一明（见《栖云笔记》）

栖云山丹房其二

静玩河图寻理窟；细推易象见天根。

——〔清〕刘一明（见《栖云笔记》）

【笺注】

1. 河图，即洛书河图，与《周易》一脉相承，此皆指道家学说。
2. 天根，即自然之禀赋、根性。汉代贾谊《新书·等齐》："人之情不异，面目状貌同类，贵贱之别，非人天根著于形容也。"

栖云山洗心亭其一

极往知来地；通前达后亭。

——〔清〕刘一明（见《栖云笔记》）

栖云山洗心亭其二

要上云山抬脚步；欲参圣像洗心田。

——〔清〕刘一明（见《栖云笔记》）

栖云山洗心亭其三

座对三峡水；门迎万科松。

——〔清〕刘一明（见《栖云笔记》）

【笺注】

1.三峡，兴隆山东西两山之间峡谷，俗称兴隆峡，并有大峡河，汇集马衔山溪水。

栖云山自怡楼

未到深山，不识烟霞乐趣；
已临静地，方知富贵浮云。

——〔清〕刘一明（见《栖云笔记》）

栖云山福缘楼

圣贤大道，仰之弥高，欲登云路，还向此间抬脚步；
仙佛灵光，视而不见，要上天梯，须从这里整精神。

——〔清〕刘一明（见《栖云笔记》）

栖云山上天梯

欲上孤峰登圣域；先来正路稳天梯。

——〔清〕刘一明（见《栖云笔记》）

栖云山一间楼

不大地有风有月;一间楼无垢无尘。

——〔清〕刘一明（见《栖云笔记》）

栖云山脱洒台

闲来乍觉精神爽;久坐方知富贵轻。

——〔清〕刘一明（见《栖云笔记》）

栖云山山底牌坊

道岸虽高，还向此间登觉路;
仙颜在上，早从这里去尘心。

——〔清〕刘一明（见《栖云笔记》）

栖云山风月岭

清风吹石径;明月照松林。

——〔清〕刘一明（见《栖云笔记》）

【笺注】

1.松林，兴隆山遍布古松古树。

栖云山山顶洞

百尺崖头无漏室;千峰顶上白云窝。

——〔清〕刘一明（见《栖云笔记》）

【笺注】

1.无漏，本是佛家语，指清净无烦恼。唐人王维《能禅师碑》有"得无漏不尽漏，度有为非无为者"。

栖云山长春堂

仿佛磻溪磨性石；俨然景福定心峰。

——〔清〕刘一明（见《栖云笔记》）

【笺注】

1. 原注"内有大石神像上坐"。长春堂，为供奉道教长春真人丘处机而建。

2. 磻溪，在陕西宝鸡陈仓，丘处机曾在此修炼，并在山间滚石磨性，故称"磨性石"。

3. 景福，即陕西陇县景福山龙门洞，亦为丘处机主要栖居之地，其间有定心峰。

清刘一明《栖云笔记》书影

栖云山五液泉

石冷一溪水；涛声万壑松。

——〔清〕佚名（见颜永祯《兰州楹联汇存》）

栖云山道院

兵劫几曾经，犹留得陇右名山，楼中长笛；
盘飧何所有，最好是春初柳叶，雨后松花。

——〔民国〕慕寿祺（见颜永祯《兰州楹联汇存》）

【笺注】

1. 原注"光绪二十六年"，即1900年。
2. 盘飧，为盘中美食，此处指山中风物。

兴隆山喜松亭

静调琴韵听流水；更历岁寒爱老松。

——〔民国〕水梓（见《甘肃对联集成》）

栖云山椒路口楹联

清风入座披襟好；宿露沾苔滑径危。

——〔民国〕慕寿祺（见《求是斋楹联汇存》）

【笺注】

1.此为集句联。上联出自元人燮元圃《寓锦湾望岳亭》诗"雄风入座披襟好，静看渔舟上锦湾"；下联自注出自"后蜀徐太妃"，实则为蜀太妃徐氏《题金华宫》诗中"碧烟红雾漾人衣，宿雾苍苔石径危"。

五、原东西花园

东西花园，原为清代两处官署后园，民国时一度开放为市民公园，今均已不存。

见张思温《兰州园林旧识》"甘肃省政府之后有园，人称为东花园（国民军入甘后，曾称中山东园），府址旧是清陕甘总督衙署，亦即明代肃藩之王宫，左宗棠督甘时称'节园'"，即今兰州市委所在地。

又见《兰州园林旧识》"西花园与东花园仅隔一街（街今名通渭路），原为清甘肃布政使司花园，后以鹤止于园，栖鸣数日不去，遂改'鸣鹤园'……国民军时又称中山西园。此园规模不大，而亭台树石，点缀有法。相传为清初李笠翁渔寓居兰州时为之经营布署者……此园后为甘肃省图书馆，旧日建筑，全已不存。"其曾先后命名"若己有园""鸣鹤园""憩园"等，即今通渭路中段西侧一带。

东园澄清阁其一

万山不隔中秋月；千年复见黄河清。

——〔清〕左宗棠（见《左文襄公诗文别集·联语》）

清左宗棠澄清阁联拓片

【笺注】

  1. 原注："同治十一年秋七月，入居节署，引河流注园中，凳三池止之，汲用烹饪。事毕书此，并为联悬两楹。"同治十一年，即1872年。

  2. 见张思温《兰州园林旧识》："〔东花园方池〕池北，有澄清阁，联云'万山不隔中秋月；千年复见黄河清。'1943年，谷正伦任主席时改修为西式庐舍，以为蒋介石夫妇行馆。"

  3. 此联为集句联，上联出自宋人黄庭坚《寄黄龙清老三首》诗"万山不隔中秋月，一雁能传寄远书"；下联左宗棠自注是集自民间俗语，民间以为，"圣人出，黄河清"，千年难得一见的，并非清澈黄河，乃是难得的圣贤。

东园澄清阁其二

此地林亭能得趣；有时觞咏会群贤。

——〔清〕穆图善（见颜永祯《兰州楹联汇存》）

【笺注】

  1. 落款"穆图善。同治六年。总督陕甘使者"。同治六年，即1867年。

  2. 此联为《兰亭集序》集字而成。

东园大亭

谈笑春风，精神秋月；初心道德，余事文章。

——〔清〕谭钟麟（见颜永祯《兰州楹联汇存》）

东园拂云楼其一

积石导流趋大海；空同倚剑上重霄。

——〔清〕左宗棠（见《左文襄公诗文别集·联语》）

【笺注】

  1. 见颜永祯《兰州楹联汇存》"同治十一年，陕甘总督左季高有联云"。同治十一年，即1872年。

  2. 见方希孟《西征续录》："楼悬左文襄题额'大河前横'四字，旁题一联云……"

3.见张思温《兰州园林旧识》:"〔东花园〕园后倚城,城上有楼曰'拂云',俯临大河,人呼为望河楼。"即在北城墙上,紧邻黄河。

4.空同,即崆峒山,为陇中胜境;积石,即积石山,相传大禹治水导流之地。

东园拂云楼其二

砥柱溯中流,正持节河源,乘槎天上;

阳关歌一曲,看驱车绝塞,饮马长城。

——〔清〕升允(见颜永祯《兰州楹联汇存》)

【笺注】

1.落款"升允,光绪三十三年"。光绪三十三年即1907年。

2.持节,撰者时任陕甘总督,遂有此言。

3.乘槎,古人所谓泛舟星河之事。

东园拂云楼其三

陇云秦树穷千里;岳色河声共一楼。

——〔清〕升允(见颜永祯《兰州楹联汇存》)

东园拂云楼其四

终南太华镇东方,杨柳金城,万井挹关中紫气;

葱岭昆仑睇西极,葡萄玉塞,一樽撰天上黄流。

——〔清〕裴景福(见《河海昆仑录》)

【笺注】

1.原注:"出潼关后,西行二千余里,惟拂云楼能得山川形胜,关陇节度兼辖陕新,必如此,则长安、迪化方为拂云楼所有。"

2.据《河海昆仑录》,此联撰于光绪三十一年(1905年)农历十一月十六日。

3.终南即终南山,太华即华山,与葱岭、昆仑等均言西北风貌。

4.万井,古代以一里为一井,万井是言其广大,也代指万户。宋人张孝祥《水调歌头·桂林中秋》词有"千里江山如画,万井笙歌不夜"。

东园饮和池

空潭泻春,若其天放;明漪绝底,饮之太和。

——〔清〕左宗棠(见《左文襄公诗文别集·联语》)

【笺注】

1.《兰州园林旧识》记,箭道南端有大水池,榜曰"饮和池",并有题左氏所撰《饮和池记》,以利城内军民饮水者。

2.此联从唐人司空图《二十四诗品》中集句而来。

东园瑞谷亭

五风十雨岁其有;一茎数穗国之祥。

——〔清〕左宗棠(见《左文襄公诗文别集·联语》)

【笺注】

1.原注:"同治十一年秋,戎事渐定,安定会宁狄道地产瑞谷,书此志之。"古人以一茎之上长出数个麦穗为盛世丰收之吉兆,故左宗棠得知陇中"地产瑞谷"后,撰写此联,以歌颂所谓"盛世"。

2.见张思温《兰州园林旧识》:"〔澄清阁〕阁前左右有亭,一名'瑞谷',联曰'五风十雨岁其有;一茎数穗国之样。'亦皆左氏所撰书者也。"

东园菜圃

闭门种菜;开阁延宾。

——〔清〕左宗棠(见慕寿祺《甘宁青史略》)

清左宗棠瑞谷亭联墨迹

【笺注】

1.据慕寿祺《甘宁青史略·卷二十四》:"督署后,有圃一区,有水一泓。杂植薤韭、瓜壶、萝蔔、薯蓣、冬寒菜之属。宗棠服短衣,时时抱瓮灌畦圃中,欣然自适。后题菜圃楹联曰……何闲暇乃尔……宗棠托言种菜,口不言兵,俾外间莫测其动静。"

2. 另据裴景福《河海昆仑录》,"复同芬三至督署后园一游(即明肃府花园)……园门联云:'闭门种菜;开阁延宾。'左相撰书也。至今园中菜畦纵横,皆公辟也。"裴景福来时,在光绪三十一年(1905年),距左宗棠离兰已二十四年,距左宗棠逝世已二十年。

东园槎亭其一

八月槎横天上水;连畦菜长故园春。

——〔清〕左宗棠(见《左文襄公诗文别集·联语》)

【笺注】

1. 见张思温《兰州园林旧识》:"〔东花园〕园中高阜突起与阡相连,上建方形长亭,左宗棠督甘时建,榜曰'槎亭'并有跋语,门联曰……为省务会议之所,1930年前后事。亭外刻石作牵牛织女及银河泛槎等状,久亦圮坏。"

2. 槎亭形如楼船,俗称船亭,左宗棠并题额"一系"。八月槎横,即传说天河与海通,有人居海渚者,年年八月见有浮槎去来,有人乘槎浮海而至天河,并遇织女、牵牛二星。宋人苏轼《次韵正辅同游白水山》诗有"岂知乘槎天女侧,独倚云机看织纱"。左宗棠修建此亭,"亭外刻石作牵牛织女及银河泛槎等状",也与此相关。

3. 故园,见《左宗棠全集·联语》自注:"余以湘上农人谬任军事,持节秦陇,边事略定,以质气休未得。于节园开畦种菜,颇得故乡风味。"

东园槎亭其二

地有百区皆近水;室无一面不当山。

——〔清〕左宗棠(见吴恭亨《对联话》)

【笺注】

1. 吴恭亨《对联话》评曰:"如此写山水,亦算推陈出新。"

西园若己有园其一

我来倩作园林主;客至且将花径开。

——〔清〕段大章(见颜永祯《兰州楹联汇存》)

西园若己有园其二

春度玉门，曾是汉家郡国；
园依绿水，宛然何氏山林。

——〔清〕何彦升（见颜永祯《兰州楹联汇存》）

【笺注】

1. 落款"江阴何彦升，宣统庚戌"。庚戌即宣统二年（1910年）。
2. 原配匾额"日涉成趣"。见张思温《兰州园林旧识》"〔西花园仁寿堂〕堂东有圃数畦，月洞门砖刻'日涉成趣'"。
3. 何氏山林，引用唐人杜甫《陪郑广文游何将军山林十首》诗意"名园依绿水，野竹上青霄"，而作者姓何，巧借此意。

西园承流阁其一

凿沼承流，九曲河源分润远；
涉园成趣，四时风景得春多。

——〔清〕魏光焘（见颜永祯《兰州楹联汇存》）

【笺注】

1. 见张思温《兰州园林旧识》："〔西花园〕园中有渠，可荡扁舟，小桥流水，掩映于榆柳间，俨如图画。"

西园承流阁其二

花香鸟语饶真趣；云影天光照此心。

——〔清〕杨昌浚（见颜永祯《兰州楹联汇存》）

西园豁然亭其一

何事看山仍挂笏；偶因玩月当登楼。

——〔清〕李慎（见颜永祯《兰州楹联汇存》）

【笺注】

1. 落款"李慎，光绪辛巳"。辛巳即光绪七年（1881年）。

2.拄笏，见南朝刘义庆《世说新语》记载王子猷拄笏看山的故事，以此形容在官之人但有闲情雅兴。宋人陈与义《漫郎》诗有"漫郎功业大悠然，拄笏看山了十年"。因西园为布政使署花园，题署者皆为当时权贵，故有此言。

3.玩月，赏月之意。南朝鲍照《玩月城西门廨中诗》有"始见西南楼，纤纤如玉钩"。

西园豁然亭其二

百尺金梯依银汉；万里黄河绕黑山。

——〔清〕魏光焘（见颜永祯《兰州楹联汇存》）

【笺注】

1.百尺金梯，写亭之高峻；银汉，即为银河，亦言高峻。

2.黑山，此处泛指西北山脉。唐人戎昱《从军行》诗有"擒生黑山北，杀敌黄云西"。

西园豁然亭其三

帘卷岚光新雨后；栏浮花气午晴初。

——〔清〕杨昌浚（见颜永祯《兰州楹联汇存》）

【笺注】

1.落款"湘乡杨昌浚，光绪六年"。光绪六年即1880年。

2.午晴，午后晴光。唐人司空图《光启四年春戊申》诗有"孤屿池痕春涨满，小阑花韵午晴初"。

西园夕佳楼其一

坐对名山如读画；时邀霁月一弹琴。

——〔清〕林扬祖（见颜永祯《兰州楹联汇存》）

西园夕佳楼其二

夕阳山色横危槛；夜雨河声上小楼。

——〔清〕谭嗣同（见颜永祯《兰州楹联汇存》）

【笺注】

1.原落款"谭继洵"，见谭嗣同《石菊影庐笔记》，实则为谭嗣同为其父代笔。

2.吴恭亨《对联话》评曰："写景中暗寓言情，款款如揭，名作也。"胡君复《古今联语汇选》评曰："关河羁思，自于言外味之。"

3.危槛，即居于高处的阑干。宋人叶梦得《念奴娇》词有"缥缈高城风露爽，独倚危槛重临"。

西园天香亭其一

雨后苔痕缘砌上；日斜塔影过墙来。

——〔清〕朱桂桢（见颜永祯《兰州楹联汇存》）

【笺注】

1.塔影，指此处可隔河远眺白塔山之塔影。

西园天香亭其二

石古苔生遍；亭香草不凡。

——〔清〕谭继洵（见颜永祯《兰州楹联汇存》）

西园天香亭其三

鸠妇雨添三月翠；鼠姑风裹一亭香。

——〔清〕谭嗣同（见颜永祯《兰州楹联汇存》）

【笺注】

1.见谭嗣同《石菊影庐笔记》，此联为谭嗣同为其父谭继洵代笔。

2.鸠妇，指雌鸠，《嘉泰会稽志》记载"天将雨，鸠逐妇"，宋人陆游有诗"村路雨晴鸠妇喜，射场草绿雉媒娇"。

3.鼠姑，牡丹的别名。明人唐寅《题牡丹画》诗有"谷雨花枝号鼠姑，戏拈彤管画成图"。天香亭周边，遍植牡丹，故有此言。

西园天香亭其四

果然国色天香，首唱句曾推往代；

奚必姚黄魏紫，丛花赋已过中人。

——〔清〕李慎（见颜永祯《兰州楹联汇存》）

【笺注】

1. 落款"李慎勤伯，光绪七年"。光绪七年即1881年。

2. 见张思温《兰州园林旧识》："〔西花园蔬香馆〕前有亭，植牡丹数株，楹联有'丛花赋已过中人'句，亦不记何人撰书，盖用白乐天'一丛深色花，十户中人赋'意。"联中国色天香、姚黄魏紫，均为牡丹本事。

西园澄观亭其一

亭台倒影碧涵沼；榆柳分阴绿过桥。

——〔清〕魏光焘（见颜永祯《兰州楹联汇存》）

西园澄观亭其二

中含太古不尽意；正是春容最好时。

——〔清〕魏光焘（见颜永祯《兰州楹联汇存》）

【笺注】

1. 此联为集句联，分别出自南宋楼钥《催老融墨戏》诗"中含太古不尽意，笔墨超然绝畦迳"，北宋苏轼《刘贡父见余歌词数首以诗见戏聊次其韵》诗"相从痛饮无余事，正是春容最好时"。

西园澄观亭其三

蔬圃微香风过后；芦花浅水月明中。

——〔清〕魏光焘（见颜永祯《兰州楹联汇存》）

西园澄观亭其四

白露葭寒人宛在；碧波风定月初中。

——〔清〕谭继洵（见颜永祯《兰州楹联汇存》）

西园澄观亭其五

当大任在动心忍性；能絜矩必推己及人。

——〔清〕谭继洵（见颜永祯《兰州楹联汇存》）

【笺注】

1. 上联典出《孟子》"天将降大任于斯人也……所以动心忍性，曾益其所不能"。

2. 下联典出《大学》"所谓平天下在治其国者，上老老而民兴孝，上长长而民兴悌，上恤孤而民不倍，是以君子有絜矩之道也"，其所言之意即是推己及人。

西园蔬香馆其一

几树棠甘，荫少难胜分陕任；一溪烟扑，花飞时起望湘心。

——〔清〕谭继洵（见颜永祯《兰州楹联汇存》）

【笺注】

1. 落款"谭继洵，光绪十一年"。光绪十一年即1885年。据《谭嗣同集》，实则为谭嗣同代笔。

2. 分陕，指陕甘分省而治；望湘，作者为湘人，指思念故乡之意。

西园蔬香馆其二

此地为柳阴路曲；何人在山高水长。

——〔清〕林杨祖（见颜永祯《兰州楹联汇存》）

西园蔬香馆其三

于此间得少佳趣；亦足以畅叙幽情。

——〔清〕林杨祖（见颜永祯《兰州楹联汇存》）

【笺注】

1. 此联为集句联，分别出自宋人苏轼《与毛维瞻》一文"岁行尽矣，风雨凄然。纸窗竹屋，灯火青荧。时于此间得少佳趣。无由持献，独享为愧。想当一笑也"，晋人王羲之《兰亭集序》一文"虽无丝竹管弦之盛，一觞一咏，亦足以畅叙幽情"。

2. 此联另见前人旧句，清故宫亦有刻挂。

西园蔬香馆其四

花竹有和气；园林无俗情。

——〔清〕林杨祖（见颜永祯《兰州楹联汇存》）

【笺注】

1. 此联为集句联，分别集自宋人黄庭坚《次韵答斌老病起独游东园二首·其二》诗"主人心安乐，花竹有和气"，唐人孟浩然《李氏园林卧疾》诗"我爱陶家趣，园林无俗情"。

西园蔬香馆其五

盛事一堂开画锦；清时万户听春声。

——〔清〕林杨祖（见颜永祯《兰州楹联汇存》）

【笺注】

1. 清时，指清平之时、太平之世。张铣注《文选·李陵》云："清时，谓清平之时。"

西园蔬香馆其六

林木似名节；风泉清道心。

——〔清〕林杨祖（见颜永祯《兰州楹联汇存》）

【笺注】

1. 此联为集句联，上联应出自古诗，暂仅见清人吴受福《胡匊邻晚翠亭图》诗有"林木似名节，斯言契道真"，下联出自唐人刘长卿《龙门八咏·石楼》诗"寂寞群动息，风泉清道心"。

西园蔬香馆其七

禾稼时观知穑宝；菜根常咬觉蔬香。

——〔清〕林杨祖（见颜永祯《兰州楹联汇存》）

【笺注】

1.落款："官署之有园亭，以娱耳目哉。蔬香馆之名美矣，有淡泊明志之思焉。然余闻同寅诸君子，谓先有'宝穑堂'旧额，园中菜谷并种。此意尤不可忘，因题二语。"

西园蔬香馆其八

难得是茂林修竹；不可无让水廉泉。

——〔清〕林杨祖（见颜永祯《兰州楹联汇存》）

【笺注】

1.上联化用晋人王羲之《兰亭集序》笔意"此地有崇山峻岭，茂林修竹"。

2.下联典出《南史·胡谐之传》，南北朝时，宋明帝问范柏年，广州有一贪泉，你们家乡可有这样奇怪的河流。范回答说其家乡梁州没有贪泉，只有文川、武乡、廉泉、让水。后用廉泉让水，比喻清正廉洁的环境。

西园蔬香馆其九

陶徵君宅五柳树；庾开府园一畦菜。

——〔清〕林杨祖（见颜永祯《兰州楹联汇存》）

【笺注】

1.上联为晋代陶潜于宅门种植柳树，自称"五柳先生"之事；下联指北朝诗人庾信《小园赋》中，有"燋麦两瓮，寒菜一畦"之句。

西园蔬香馆一〇

软风柳絮谿桥午；细雨梨花庭院春。

——〔清〕林杨祖（见颜永祯《兰州楹联汇存》）

【笺注】

1.谿桥，即溪桥，此处指园中小桥。宋人刘子翚有《与原仲至交溪桥》诗云："倦憩春桥午，回环翠碧重。乱溪流背海，新柳色欺松。厌市常思野，为官不及农。喜逢湖上客，谈话得从容。"

2.梨花，旧时兰州街衢，常见梨花，下沟一带有"梨苑花光"为兰州八景之一，其他许多庭院亦喜种植。

西园蔬香馆一一

石上清泉，松间明月；春初早韭，秋末晚菘。

——〔清〕张祥河（见颜永祯《兰州楹联汇存》）

【笺注】

1.此联为集句联，上联化用唐人王维《山居秋暝》诗"明月松间照，清泉石上流"。

2.菘，指白菜一类的蔬菜。下联出自《南齐书·周颙传》"文惠太子问颙：'菜食何味最胜？'颙曰'春初早韭，秋末晚菘'"，即认为初春鲜嫩的韭菜和晚秋时鲜的白菜，是菜中最美味者，实则表露顺应天时的恬淡心境。

西园蔬香馆一二

瞻蒲望杏有余意；明月清风无尽藏。

——〔清〕程德润（见颜永祯《兰州楹联汇存》）

【笺注】

1.落款"楚天门程德润，道光十六年，甘藩使者"。道光十六年，即1836年。

2.瞻蒲望杏，见南朝徐陵《徐州刺史侯安都德政碑》"望杏敦耕，瞻蒲劝穑"，是指按时令劝勉耕种之意。

3.下联化用宋人苏轼《前赤壁赋》："惟江上之清风，与山间之明月，耳得之而为声，目遇之而成色，取之无禁，用之不竭。是造物者之无尽藏也，而吾与子之所共适。"

西园蔬香馆一三

小有园林堪避俗；多情花鸟欲依人。

——〔清〕崇保（见颜永祯《兰州楹联汇存》）

西园蔬香馆一四

为政得余闲，憩息池亭清俗虑；

仁民澂及物，栽培花木养生机。

——〔清〕李慎（见颜永祯《兰州楹联汇存》）

【笺注】

1. 澂，亦作澄，澄澈洞彻之意。

2. 及物，既是由己及物，也是由物及己，联系结句，此处是以栽培花木、颐养生机比喻仁民之理。

西园蔬香馆一五

万叠云山怀北阙；一方屏翰巩西陲。

——〔清〕李慎（见颜永祯《兰州楹联汇存》）

【笺注】

1. 北阙，泛指宫廷，此处喻指清廷。

2. 屏翰，典出《诗经》，比喻国之忠臣，唐人韩愈《楚国夫人墓志铭》："公居河东，子在鄜畤，为王屏翰，有壤千里。"

西园蔬香馆一六

三径畅幽怀，看花香匝地，树色参天，莫负园林风景好；

一官惭素食，念稼穑艰难，饘粥淡泊，须知世界苦人多。

——〔清〕陈灿（见颜永祯《兰州楹联汇存》）

【笺注】

1. 落款"桂阳陈灿，光绪戊申。"戊申即光绪三十四年（1908年）。

2. 饘粥，是指北宋名臣范仲淹年少时清贫苦读，每日只有少许粥食，只能等粥稍冷凝固后，划作小块，并夹杂一些齑之类的野菜，早晚各食一块充饥，以喻清贫淡泊。作者于下联，是感叹民生之多艰。

西园蔬香馆一七

老圃学何曾，藉占甘雨和风，万姓庶几无菜色；
素餐成底事，回意朝饘夕韭，半生辜负是蔬香。

——〔清〕李慎（见颜永祯《兰州楹联汇存》）

【笺注】

1. 落款："前贤云'咬得菜根，则百事可做'，慎深愧此语，故对句及之。时光绪七年。李慎题。"光绪七年，即1881年。

2. 菜色，古人以黎民面有菜色形容饥饿贫苦之状，作者并以"甘雨和风"比喻善政，以期有所作为。

3. 朝饘夕韭，即范仲淹断齑划粥的故事，作者乃是忆起少时苦读之状，勉励不负"蔬香"，即无忘本色之意。

西园栖鹤亭其一

水流花开，观化匪禁；柳阴路曲，步屧寻幽。

——〔清〕张祥河（见颜永祯《兰州楹联汇存》）

【笺注】

1. 落款"张祥河，道光二十八年，甘肃布政使者"。道光二十八年，即1848年。

2. 原配匾额"栖鹤"，并有清人色卜星额题跋："园西南隅古榆树巅，忽来仙鹤一只，丹顶霜翎，北向而立，至十六日巳刻翱翔南去。询之土人，兰省罕见此禽。至八月二十四日，余旋奉巡抚皖江之命。同人以为预兆也，属志之，并以名斯园。"

3. 此联为集句联，均出自唐人司空图《二十四诗品》，《诗品·缜密》有"水流花开，清露未晞"，《诗品·豪放》有"观花匪禁，吞吐大荒"，《诗品·纤秾》有"柳阴路曲，流莺比邻"，《诗品·清奇》有"可人如玉，步屧寻幽"。

4. 匪禁，即不禁之意。西晋左思《魏都赋》有"樵苏往而无忌，即鹿纵而匪禁"。

5. 步屧，即漫步之意。唐人杜甫《遭田父泥饮美严中丞》诗有"步屧随春风，村村自花柳"。

西园栖鹤亭其二

此地复停骖，喜秦陇言旋，依然绕屋云山，满庭风月；
他年来瑞鹤，趁园林无恙，莫负向阳花木，近水楼台。

——〔清〕林之望（见颜永祯《兰州楹联汇存》）

西园栖鹤亭其三

芦叶有声疑夜雨；桃花依旧笑春风。

——〔清〕程德润（见颜永祯《兰州楹联汇存》）

【笺注】

1.此联为集句联，上联出自唐人温庭筠《南湖》诗"芦叶有声疑雾雨，浪花无际似潇湘"，原诗作"雾雨"；下联出自唐人崔护《题都城南庄》诗"人面不知何处去，桃花依旧笑春风"。

西园四照厅

数亩学耕，知稼穑艰难，当惜民力；
四门洞辟，示襟怀坦白，共励官常。

——〔清〕崇保（见颜永祯《兰州楹联汇存》）

【笺注】

1.落款"崇保，同治壬申，甘肃布政使者"。同治壬申，即同治十一年（1872年）。

2.见张思温《兰州园林旧识》："〔西花园〕南为'四照厅'，三楹九间，正方形，可为宴饮之所。"

3.官常，官之常职，代指官员。宋人王禹偁《有怀戚二仲言同年》诗"闻说去官常，凄凄返故乡"。

西园乐寿堂其一

古调忆清平，愧未能摘艳薰香，空负花枝四照；
良朋幸荟萃，期相与砥名砺节，无愧林木千章。

——〔清〕李慎（见颜永祯《兰州楹联汇存》）

【笺注】

1.摘艳薰香，形容文辞华美。唐人杜牧《冬至日寄小侄阿宜》诗有"高摘屈宋艳，浓薰班马香"。

2.林木千章，代指可用之材。《史记·货殖列传》有"水居千石鱼陂，山居千章之材"。

西园乐寿堂其二

择吏重循良，欣看茂育群生，四野桑麻含德意；
缔交敦道义，所愿勤攻吾短，一庭风月谢清谈。

——〔清〕李慎（见颜永祯《兰州楹联汇存》）

西园乐寿堂其三

今日且谈除莠事；后来岂少看花人。

——〔清〕何福堃（见颜永祯《兰州楹联汇存》）

【笺注】

1.除莠，此处以为花木除莠代指政务革新。

西园乐寿堂其四

我泽如春，何处非召棠郇黍；
民岩可畏，且休夸玉垒金城。

——〔清〕何福堃（见颜永祯《兰州楹联汇存》）

【笺注】

1.召棠郇黍，见《诗经·黍苗》有"芃芃黍苗，阴雨膏之。悠悠南行，召伯劳之"，又《诗经·下泉》有"芃芃黍苗，阴雨膏之。四国有王，郇伯劳之"。皆是两位先贤与种植黍苗、重视农耕有关的典故。又《诗经·甘棠》有"蔽芾甘棠，勿翦勿伐，召伯所茇"，后以召伯甘棠喻政事清明。此处作者是以先贤自比，意在泽民以"春"。

2.民岩，谓民心不齐，也说谓民情险恶。见《尚书·召诰》："王不敢后，用顾畏于民岩。"此处是警醒当时为官者，多关注民生，切莫沉迷于"玉垒金城"的表象之中。

西园乐寿堂其五

名园寄寓更寒暑；老圃来游课雨晴。

——〔清〕何福堃（见颜永祯《兰州楹联汇存》）

西园乐寿堂其六

虚堂习静思临帖；小圃偷闲学种蔬。

——〔清〕叶尔衡（见颜永祯《兰州楹联汇存》）

西园乐寿堂其七

是处园林可行乐；一时诗酒寄同游。

——〔清〕张集全（见颜永祯《兰州楹联汇存》）

【笺注】

1.此联为集句联，均从南宋戴复古诗中集来，上联原是"是处园林可行乐，同来宾客不须招"，下联原是"回首元龙百尺楼，一时诗酒记同游"。

西园乐寿堂其八

坐听流泉，当思扬清激浊；

仰瞻乔木，依然错节盘根。

——〔清〕丁体常（见颜永祯《兰州楹联汇存》）

西园乐寿堂其九

绰约当阶花五色；扶疏绕屋树千章。

——〔清〕杨健（见颜永祯《兰州楹联汇存》）

西园乐寿堂一〇

水自石边流出冷；风从花里过来香。

——〔清〕梁萼涵（见颜永祯《兰州楹联汇存》）

【笺注】

1. 落款"成山梁萼涵,道光庚子,甘肃布政使者"。道光庚子,即道光二十年(1840年)。

2. 此联原为南宋释师观《颂古三十三首·其十四》之诗"水向石边流出冷,风从花里过来香"。

西园乐寿堂一一

偶栽佳树觇生意;闲引清流悟治源。

——〔清〕朱克敏(见颜永祯《兰州楹联汇存》)

【笺注】

1. 落款"兰山朱克敏"。

2. 觇,为窥探之意。北宋苏颂《首夏即事与丘与权同韵作》诗有"庭幽门邃搴帷帘,景物轩豁欣窥觇"。

西园乐寿堂一二

筑亭雅有醉翁意;茇舍愧无召伯阴。

——〔清〕杨昌浚(见颜永祯《兰州楹联汇存》)

【笺注】

1. 上联化用欧阳修《醉翁亭记》之意,下联典出召伯甘棠遗爱之事。

2. 茇舍,指草屋。宋人范成大《吴船录·卷下》有"鄂营昔皆茇舍,今始易以瓦屋"。阴,通荫,指甘棠树荫。

西园乐寿堂一三

人影镜中,被一片花光围住;
霜华秋后,看四山岚翠飞来。

——〔清〕谭继洵(见颜永祯《兰州楹联汇存》)

【笺注】

1. 落款"谭继洵,光绪十一年"。光绪十一年即1885年。见谭嗣同《石菊影庐笔记》,此联实则为谭嗣同为其父代笔。

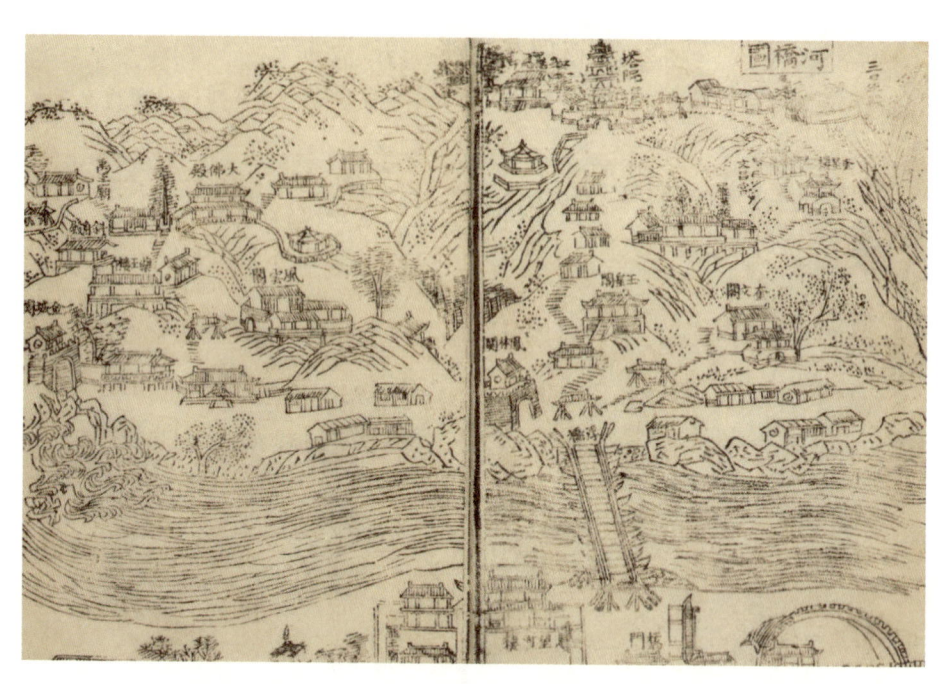

清乾隆《皋兰县志》中的河桥图，即东西花园可隔河远眺之景

2.见张伯驹《素月楼联语》："兰州以牡丹盛，高或过屋。旧甘肃布政司署牡丹多至百十本，中有四照厅，谭复生题联云'人影镜中，被一片花光围住；霜华秋后，看四山岚翠飞来'。"

3.镜中，见张思温《兰州园林旧识》"两侧有廊通亭，亭三角，角置一镜，可照见全园"。

西园乐寿堂一四

万色云霞花四照；一潭水月镜双清。

——〔清〕梁章钜（见颜永祯《兰州楹联汇存》）

【笺注】

1.落款"芷邻梁章钜，道光十五年，甘肃布政使"。道光十五年，即1835年。

2.四照，周围有"四照厅"，此处一语双关。

3.镜双清，见张思温《兰州园林旧识》"两侧有廊通亭，亭三角，角置一镜，可照见全园"。

西园乐寿堂一五

斜日照溪云影断；好风飘树柳阴凉。

——〔清〕曾和（见颜永祯《兰州楹联汇存》）

【笺注】

1.此联为集句联，分别出自唐人张祜《经旧游》诗"斜日照溪云影断，水蕻花穗倒空潭"，唐人元稹《清都春霁寄胡三吴十一》诗"白日当空天气暖，好风飘树柳阴凉"。

西园廊厅

有孚在道明功也；同寅协恭和衷哉。

——〔清〕萨迎阿（见梁章钜《楹联丛话》）

【笺注】

1.据《楹联丛话·卷八》"甘肃藩署官厅有萨湘林集经语联云"。

2.此联为集句联，上联出自《周易·随卦》"有孚在道，明功也"，孚，意为诚信，是指著信于正道。

3.下联出自《尚书·皋陶谟》"同寅协恭，和衷哉"，意为同僚们和衷共济，共襄政事之意。

东园饮和池

桃花入户风兼雨；春水到门船在天。

——〔民国〕张广建（见颜永祯《兰州楹联汇存》）

【笺注】

1.船在天，园中有槎亭，取浮槎星海之意，故言。出自元人郑韶《送王生之江阴州吏》诗"青山对雨云连屋，春水到门船在天"。

东园停云界

庭宇翳余木；园林无俗情。

——〔民国〕赵维熙（见颜永祯《兰州楹联汇存》）

【笺注】

1.此联为集句联，出自晋人陶潜《杂诗十二首·其十》诗"庭宇翳余木，倏忽日月亏"，唐人孟浩然《李氏园林卧疾》诗"我爱陶家趣，园林无俗情"。

东园柳庄

躬耕乐道追莘野；抱膝长吟忆草庐。

——〔民国〕陆洪涛（见颜永祯《兰州楹联汇存》）

【笺注】

1.莘野，意为隐居之所。《孟子》有"伊尹耕于有莘之野，而乐尧舜之道焉"。

2.下联指诸葛亮隐居草庐之事，明人王世贞《贼退后答黄德兆先生谈兵》诗有"知君早晚吟梁甫，抱膝谁堪问草庐"。

东园拂云楼其一

水石便能奇，况楼阁拂云，林花绕屋；
河山真大好，喜风沙净塞，烟火环城。

——〔民国〕张广建（见颜永祯《兰州楹联汇存》）

东园拂云楼其二

万里此筹边，愿昆仑纳赆，瀚海销锋，从兹建上将鼓旗，堤译来同，荣戟新开都督府；
一樽聊遣兴，好星宿乘槎，崆峒倚剑，相与吊前朝金粉，河山无恙，园林长护故王宫。

——〔民国〕赵维熙（见颜永祯《兰州楹联汇存》）

【笺注】

1.纳赆，指外邦进贡之意；销锋，为销毁兵器，寓意平安无战事。这两句皆喻太平之世。

2.堤译，堤，为防御之意；译，为异域之意，唐人顾况《送从兄使新罗》诗有"沧波伏忠信，译语辨讴谣"。堤译来同，即无论敌友，四海同心之意。

3. 棨戟，代指官兵仪仗，唐人王勃《滕王阁序》有"都督阎公之雅望，棨戟遥临"。作者时任甘肃督军，故有此言。

4. 星宿，指星宿海，泛指青海一带，当时属甘肃所辖；乘槎，指浮游星海之意。

东园拂云楼其三

俯瞰河流，百尺楼台九曲水；
凭临城郭，万家烟火四围山。

——〔民国〕张广建（见颜永祯《兰州楹联汇存》）

东园拂云楼其四

面对五泉山，开阁延宾，多少峰峦如侍坐；
背横大河水，临流洗甲，高低林木若摆戈。

——〔民国〕张广建（见颜永祯《兰州楹联汇存》）

东园曦明楼

捧来东海初升日；窥到中原以外天。

——〔民国〕张广建（见颜永祯《兰州楹联汇存》）

【笺注】

1. 原注："此联余曩登岱顶所咏旧句也。台落成，登高四顾，偶忆前作，与此处情景宛合。遂书而刻之。"岱顶，即指泰山。

西园天香亭

晓艳远分金掌露；春风新长紫兰芽。

——〔民国〕郑元良（见颜永祯《兰州楹联汇存》）

【笺注】

1. 落款"集唐人句"。分别出自唐人韩琮《牡丹》诗"晓艳远分金掌露，暮香深惹玉堂风"，唐人白居易《予与微之老……其二》诗"秋月晚生丹桂实，春风新长紫兰芽"。

西园乐寿堂其一

高柳十围,莺声当户;文窗四辟,花影如潮。

——〔民国〕叶尔衡(见颜永祯《兰州楹联汇存》)

【笺注】

1.十围,见南宋陆游《莺花亭》诗"沙外春风柳十围,绿阴依旧语黄鹂"。

西园乐寿堂其二

碧纱如烟隔窗语;银浦流云学水声。

——〔民国〕许承尧(见颜永祯《兰州楹联汇存》)

【笺注】

1.此联为集句联,分别集自唐人李白《乌夜啼》诗"机中织锦秦川女,碧纱如烟隔窗语",唐人李贺《天上谣》诗"天河夜转漂回星,银浦流云学水声"。

西园栖鹤亭

蝶衔红蕊蜂衔粉;凤有高梧鹤有松。

——〔民国〕慕寿祺(见颜永祯《兰州楹联汇存》)

【笺注】

1.此联为集句联,分别集自唐人李商隐《春日》诗"蝶衔红蕊蜂衔粉,共助青楼一日忙",唐人元稹《鄂州寓馆严涧宅》诗"凤有高梧鹤有松,偶来江外寄行踪"。

名胜（下）

镇远桥

天险化康衢，直如海市楼中，现不住法；

河壖开画本，安得云梯关外，作如是观。

——〔清〕梁章钜（见《楹联丛话》）

【笺注】

1. 见梁章钜《楹联丛话·卷七》："兰州城北之黄河，初从积石东下，其势渐大。自明初建浮桥，名镇远桥，今因之不废。每隆冬冰合，自成冰桥。冰泮则以数十艘编为浮桥。每岁二月初吉，大府率僚属斋祓诣河渎神，为合桥之祀。千夫踊跃，万民环睹，如画图然。余拟题桥门一联云：'天险化康衢，直如海市楼中，现不住法；河壖开画本，安得云梯关外，作如是观。'云梯关为淮黄归海之要区，由委溯源，几及万里。余曾管修防者三载，临流回忆，夷险顿殊矣。"

2. 镇远桥，即黄河浮桥，此桥旧址上，清末新建铁桥，即今黄河中山桥。

3. 康衢，通达之路，多以颂盛世。

4. 不住法，指佛家幻化之法无常相，此言气象非凡。

5. 河壖，河边之地。

6. 云梯关，古海关，在江苏响水，"海水下退，渐落沙滩，有一套至十三套之地，故称云梯关"（《淮安府志·卷一七》）。作者此前任职江南淮海道，管理黄淮水利，故有此联想。

7. 如是观，指佛家教义之看法，此处乃是希望黄河沿线均有海晏河清的"画本"景象。

兰州历代楹联辑注

晚清时河坊的"九曲安澜"匾

河坊匾联

两河通济；九曲安澜。

——〔清〕佚名（见《皋兰县志》）

【笺注】

1. 据清乾隆《皋兰县志·卷十二》记载，"黄河南北岸"有此二坊，其址应在镇远浮桥两岸。其匾文相互成对。

河神庙

曾经沧海千层浪；又上黄河一道桥。

——〔清〕查廷华（见梁章钜《楹联丛话》）

【笺注】

1. 见《楹联丛话·卷七》："兰州城北之黄河……河神庙中，有查九峰观察廷华联曰……亦自纪其所历也。"

荡喧楼

外域全归，坐揽关山皆胜地；
上游得据，笑谈西北有高楼。

——〔清〕萨迎阿（见梁章钜《楹联丛话》）

【笺注】

1. 见《楹联丛话·卷七》："道光丁酉，长懋亭将军、杨时斋督部克复西域四城。兰州同官于黄河南岸，对金城关（在金山寺下）建楼三楹，题额曰'荡喧'。萨湘林廉访题联云……余于乙未莅兰州，则荡喧匾犹存，而联不可复见矣。"联中"外域全归"，即指"克复西域四城"之事。

2. 据《皋兰县续志》："荡喧楼，旧名水洞楼，在桥门外西侧。道光九年，按察使萨迎阿公余每憩游此地。眺黄河之胜，涤尘嚣，荡胸臆，因额其楼曰'荡喧'。右带镇远桥，左环白云观，金山对峙，汇园相连，浪声汹汹，如数十万甲兵奔驰而下，此中静喧荡之者自领之，岂第游目骋怀已哉。"

3. 魏晋《古诗十九首·其五》诗有"西北有高楼，上与浮云齐"。

山陕会馆小亭

轩窗远引楼台影；几席平分水月光。

——〔清〕杨廷俊（见颜永祯《兰州楹联汇存》）

山陕会馆东钟楼

狮剑峥嵘含碧玉；龙文烂漫耀浮金。

——〔清〕佚名（见颜永祯《兰州楹联汇存》）

【笺注】

1. 原配匾额"吹云"，此处亦形容钟鼓之声。三国曹植《吹云赞》有"天地变化，是生神物，吹云吐润，浮气蓊郁"。

2. 狮剑，指宝剑；碧玉，见《山海经·北山经》"又北三百里曰维龙之山，其上有碧玉"，此处指剑饰，以喻西北豪雄之风。

3. 龙文，古文中既指宝剑，也指文笔，此处更倾向于洪钟之纹饰。

4. 浮金，用以形容钟之纹饰。

5. 此联以玉、金收笔，亦有"金声玉振"之寓意。

西关火祖庙魁星阁

鳌背腾辉，万丈文光连九曲；
龙山毓秀，一枝彩笔映三台。

——〔清〕佚名（见颜永祯《兰州楹联汇存》）

【笺注】

1. 魁星阁主祀主管文运之神，"鳌背腾辉"，即独占鳌头，功名有成之意。

2. 龙山，应指兰山龙尾山，即今伏龙坪一带，于魁星阁中可远眺其景。

3. 三台，本指星宿，元人李好古《张生煮海》中有"望黄河一股儿浑流派，高冲九曜，远映三台"。此处既与魁星相照应，也暗指兰山之巅的三台阁，而三台阁初名即是魁星阁，相传为主兰州文运而建。

火祖楼

溪云初起日沉阁；山雨欲来风满楼。

——〔清〕谢咸凤（见颜永祯《兰州楹联汇存》）

【笺注】

1. 在袖川门外，握桥东，内供火祖菩萨，即今文化宫一带。
2. 原配匾额"水声山色"。
3. 此联原为唐人许浑《咸阳城东楼》诗句"溪云初起日沈阁，山雨欲来风满楼"。

水月村前楼其一

半榻炉烟邀素月；一帘风雨读南华。

——〔清〕梁济瀍（见颜永祯《兰州楹联汇存》）

【笺注】

1. 在五泉山东龙口前西边。

水月村前楼其二

流水不将山色去；好风时卷市声来。

——〔清〕颜学重（见颜永祯《兰州楹联汇存》）

【笺注】

1. 落款"颜学重，光绪九年"。光绪九年即1883年。
2. 宋人陆游《闲意》诗有"妍日渐催春意动，好风时卷市声来"。

重新寺文昌楼其一

地近南山，耸起文峰千尺；
楼迎北极，拓开云路万重。

——〔清〕佚名（见颜永祯《兰州楹联汇存》）

【笺注】

1. 原注："南为魁星，北为武圣。"

重新寺文昌楼其二

彩笔徇南楼,蔚起文人朝凤阙;

金鳌撑北极,维持士子跃龙门。

——〔清〕张城(见颜永祯《兰州楹联汇存》)

【笺注】

1.落款"张城,雍正乙卯"。乙卯即雍正十三年(1735年)。

无题

静夜雨声知造化;小园花事自升平。

——〔清〕谭钟麟

【笺注】

1.现藏兰州市博物馆,为拓片,从文字看,或为其时某园亭悬联所拓印。

后五泉福泉寺

新水乱侵青草路;寒山半出白云层。

——〔清〕佚名(见颜永祯《兰州楹联汇存》)

清谭钟麟联墨拓片

【笺注】

1.原配匾额"水石人心",明末郡人杨泰升题。后五泉在皋兰山后,正对前五泉西龙口。此寺在后五泉山中,依岩凿三洞,内塑坐立各佛。

2.此联为集句联,分别出自唐人雍陶《晴诗》中"新水乱侵青草路,残烟犹傍绿杨村",唐人刘沧《咸阳怀古》诗中"风景苍苍多少恨,寒山半出白云层"。

后五泉福泉寺菩萨殿

云霞啸傲抒幽趣;岩壑嵚崎写壮怀。

——〔清〕白鉴真(见颜永祯《兰州楹联汇存》)

【笺注】

1.嵚崎，险峻不平之状，南朝谢灵运《山居赋》有"上嵚崎而蒙笼，下深沉而浇激"。

白衣庵

夜月千江天地晓；秋花一树镜台空。

——〔清〕佚名（见颜永祯《兰州楹联汇存》）

【笺注】

1.上联化用北宋诗僧释守卓《偈二十四首·其十六》："诸佛不出世，四十九年说。千江有水千江月，万里无云万里天。"

2.下联化用唐代高僧慧能偈语："菩提本无树，明镜亦无台。本来无一物，何处惹尘埃。"

荣光寺前楼

万丈文光连北斗；四时佳气对南山。

——〔清〕佚名（见颜永祯《兰州楹联汇存》）

【笺注】

1.原配匾额"忠孝文章"。

2.主祀文昌，主管文运，故说"文光"，而地址面对南山（即兰山）。

金天观缮性园

跳盪中原，万派激湍流剑外；
萧疏斜日，四山苍翠落尊前。

——〔民国〕汪青（见颜永祯《兰州楹联汇存》）

【笺注】

1.跳盪，亦作跳荡，本为跳跃之意，也代指精锐部队，也比喻激动心绪。如清人陈维崧《念奴娇》词有"剑气纵横，酒肠跳盪，老笔苍无敌"。

2.剑外，指剑阁以南地区。此联作于抗战时期，应是化用唐人杜甫《闻官军收河南河北》诗中"剑外忽传收蓟北，初闻涕泪满衣裳"之意。

3. 尊前，即樽前，宋人晏几道《满庭芳》词有"漫留得尊前，淡月西风"。

潜园树人堂

四十年丹桂黄槐，变作桑田偏自我；
千百尺苍松翠柏，养成材木在乎人。

——〔民国〕刘尔炘（见《果斋别集》）

【笺注】

1. 民国六年（1917年），皋兰名士刘尔炘在原甘肃举院（今兰州大学第二医院）西北部建"祝楠别墅"，寄寓培养优秀人才之意。别墅北部为校圃，因深居幽隐，故悬匾"潜园"，寓学生潜心深造之意。

2. 四十年，指四十年前的光绪元年（1875年），左宗棠请奏陕甘分闱，于此处建设甘肃贡院，并在题联中有"一攀丹桂，三趁黄槐"，刘尔炘借此感慨沧海桑田，时过境迁。

潜园百获轩

与天时要息息相关，趁春雨春风，松梅兰竹齐下种；
愿他日举欣欣来告，说山南山北，梗楠杞梓尽成材。

——〔民国〕刘尔炘（见《果斋别集》）

【笺注】

1. 松梅兰竹，梗楠杞梓，皆用以比喻人才。

潜园拳石山房

有时见天上浮云，在红树枝头，幻成苍狗；
何处觅人间乐事，向绿杨烟外，且听黄鹂。

——〔民国〕刘尔炘（见《果斋别集》）

【笺注】

1. 苍狗，比喻世事变化无常。唐人杜甫《可叹》诗有"天上浮云如白衣，斯须改变如苍狗"。

潜园可望亭

高吟树蕙滋兰句；环顾栽桃种李人。

——〔民国〕刘尔炘（见《果斋别集》）

【笺注】

1.树蕙滋兰，比喻培育英才。见《楚辞·离骚》"余既滋兰之九畹兮，又树蕙之百亩"。此处与"栽桃种李"均指教书育人之事。

潜园溯洄艇

名世必其间，渺渺予怀，红树青山兹放桨；
古人前不见，茫茫秋水，苍葭白露且凭栏。

——〔民国〕王烜（见颜永祯《兰州楹联汇存》）

【笺注】

1.名世，指显名于世。《孟子·公孙丑下》有"五百年必有王者兴，其间必有名世者"。

仰园

曲曲弯弯，前前后后，花花叶叶，水水山山，人人喜喜欢欢，处处寻寻觅觅；
年年岁岁，暮暮朝朝，雨雨风风，莺莺燕燕，想想来来往往，常常翠翠红红。

——〔民国〕慕寿祺（见颜永祯《兰州楹联汇存》）

【笺注】

1.在广武门外，民国十一年（1922年）韩仰鲁购先农坛旧址创建，内栽各色丽花，颇多异种。时人评曰："省垣以新法培植园艺者，以此为先河。"

2.见张思温《兰州园林旧识》"园在兰州广武门外近东校场处……民国二十三年邓宝珊将军买为别业"，即今邓园所在。

仰园淡香山馆

萃万种名葩，搜奇选俊；辟数椽精舍，雅歌投壶。

——〔民国〕许承尧（见颜永祯《兰州楹联汇存》）

【笺注】

1. 见张思温《兰州园林旧识》"园内以盆景见长"。

仰园抱月亭

欲穷造化源，先觅山后曹溪路；

不信阴阳理，试看眼前太极图。

——〔民国〕邓隆（见颜永祯《兰州楹联汇存》）

【笺注】

1. 落款"壬戌夏，睫巢子邓隆题并有联云……"壬戌，即民国十一年（1922年）。

2. 曹溪，禅宗南宗别号。唐人善生《送玉禅师》诗有"洞了曹溪旨，宁输俗者机"。此处曹溪路喻指禅机。

望园瑶树琼林楼其一

楼阁势凌云，极目山河凭眺远；

春秋逢佳日，高谈风月故人多。

——〔民国〕刘光祖（见颜永祯《兰州楹联汇存》）

【笺注】

1. 落款"渭滨八十老人刘光祖"。

2. 望园在下沟，原天水会馆东，民国八年（1919年）重建，门前有额曰"望园"。

望园瑶树琼林楼其二

广厦宏开，喜同故雨一堂，话十年萍梗；

层楼更上，最好春风二月，看四面梨花。

——〔民国〕梁耀宗（见颜永祯《兰州楹联汇存》）

【笺注】

1. 故雨，即指故友。

2. 下沟一带，广布梨花，为兰州八景"梨苑花光"所在，故说"四面梨花"。

望园瑶树琼林楼其三

万间得梨圃浓阴，挹三台阁，倚四墩坪，胜境接蓬莱，欣闻鸟语花香，江左风光如此少；

百尺起渭川新馆，对五泉山，环九曲水，边声销鼓角，喜萃文通武达，陇南灵秀毓才多。

——〔民国〕张广建（见颜永祯《兰州楹联汇存》）

【笺注】

1. 落款"合肥张广建题，民国八年"。民国八年即1919年。

2. 三台阁，在皋兰山巅，于此可远眺；四墩坪，在龙尾山下，今伏龙坪一带，与此紧邻。

望园瑶树琼林楼其四

伏羲故里隔千程，爱商建馆于斯，筑楼为辅，有棠梨嘉卉，四时看花放水流，结伴宴游，把袂临风消客思；

天上长河环九曲，细数名泉列右，杰阁当前，集桑梓良俦，百尺揽山光云影，登高啸傲，举杯邀月话乡情。

——〔民国〕贾缵绪（见颜永祯《兰州楹联汇存》）

【笺注】

1. 见张思温《兰州园林旧识》："下沟天水会馆之旁有望园，原为天水贾雨卿缵绪别业。贾自兰解官归里，此园即为会馆所有，然其中房宇无多，花木数畦而已。"联中建馆、乡情等即言此。

望园瑶树琼林楼其五

五千年浩劫从头，空余桑梓经营，河山共永；

三十载昔游如梦，闲说槐花院落，薨栋重开。

——〔民国〕任承允（见颜永祯《兰州楹联汇存》）

【笺注】

1. 薨栋，原指屋梁，后代喻重臣。《后汉书·方术传上·谢夷吾》有"诚社稷之元龟，大汉之薨栋"。

望园怡亭

四面烟岚新雨后；一庭花鸟午晴初。

——〔民国〕刘光祖（见颜永祯《兰州楹联汇存》）

鸿泥园印雪厅其一

印月到波心，琼筵飞羽，曲水引觞，幽人酌酒临流，想都是五柳先生，七松逸老；

雪花飘谷口，瑶圃梅开，绀园絮起，骚客吟诗入室，问谁非大千世界，不二法门。

——〔民国〕白文俊（见颜永祯《兰州楹联汇存》）

【笺注】

1. 此园在五泉山红泥岩前，民国五年（1916年）皋兰张子新创建。

2. 五柳先生，指晋代隐士陶潜，字渊明，号"五柳先生"；七松逸老，指唐人郑薰，晚年于里第植小松七棵，自号"七松处士"。

3. 绀园，佛寺的别称。

鸿泥园印雪厅其二

鸿钧气转春，正值二铭堂构，飞革兴歌，喜从烟柳丛中，佳音听黄鹂两个；

泥火炉当月，敢传九老钵衣，诗筒招饮，笑向雪梅影里，美酒酌绿蚁千杯。

——〔民国〕白文俊（见颜永祯《兰州楹联汇存》）

【笺注】

1. 鸿钧，指天或自然。

2. 二铭，即宋代大儒张载有传世名作《东铭》《西铭》，简称"二铭"，后其族人改堂号为"二铭堂"。此园为皋兰张子新创建，故切合其姓。

3. 革飞，即鸟革翚飞，语出《诗经·小雅·斯干》"如鸟斯革，如翚斯飞"，后形容建筑之华美。

4. 九老，即香山九老，指唐代白居易、胡杲、吉旼、郑据、刘真、卢慎、张浑、狄兼谟、卢贞九人，在洛阳龙门寺聚会，"诗筒招饮"亦指此事。绿蚁，为酒之代称。宋人司马光《见山台浇花亭》诗："吾爱白乐天，退身家履道。酿酒酒初熟，浇花花正好。作诗邀宾朋，栏边长醉倒。至今传画图，风流称九老。"

鸿泥园北厅其一

听兰山暮鼓晨钟，顿回蝶梦；
避宦海惊涛骇浪，此是桃源。

——〔民国〕彭契圣（见颜永祯《兰州楹联汇存》）

【笺注】

1. 落款"蓝山彭契圣书，民国七年"。民国七年即1918年。蓝山，即兰山。

2. 原配匾额"寄傲"。

3. 蝶梦，即庄子化蝶之梦。清人孙枝蔚《遭困苦道旁行乞莫相嗔》诗有"欲觅桃源聊避乱，还凭蝶梦暂宽愁"。

鸿泥园北厅其二

别墅围棋，小园作赋；孤山息影，曲水流觞。

——〔民国〕孙耀章（见颜永祯《兰州楹联汇存》）

【笺注】

1. 相继化用四个典故，即晋人谢安围棋赌墅，南朝庾信著有《小园赋》，吟咏出"疏影横斜水清浅"的宋人林逋隐居孤山，以及晋人王羲之兰亭雅集之曲水流觞。

鸿泥园北厅其三

谷暗藤斜，山高树逼；花浓雪聚，鸟啭歌来。

——〔民国〕慕寿祺（见颜永祯《兰州楹联汇存》）

【笺注】

1. 此联为集句联，上联出自唐人王勃《净惠寺碑铭》，下联出自南朝庾信《小园赋》"花浓雪聚，鸟啭歌来"。

鸿泥园东亭

塔影落尊中，河声喧枕上；

山云压栏际，溪水绕庭除。

——〔民国〕林棠（见颜永祯《兰州楹联汇存》）

【笺注】

1. 庭除，指庭阶。唐人刘兼《对镜》诗有"风送竹声侵枕簟，月移花影过庭除"。

鸿泥园东前楼

峻阁映三台，地拆红泥蕃草木；

名泉分一脉，沟衔翠筦灌园亭。

——〔民国〕张绍烈（见颜永祯《兰州楹联汇存》）

【笺注】

1. 原配匾额"舒啸"。地在红泥沟，紧邻五泉山，上通三台阁，故有此说。
2. 翠筦，引水的竹管。宋人黄庭坚《奉和王世弼寄上七兄先生用其韵》诗有"疏杵韵寒砧，幽泉流翠筦"。

安宁堡吴氏桃园

蒙茸草色衔烟翠；点注桃梢射地红。

——〔民国〕慕寿祺（见颜永祯《兰州楹联汇存》）

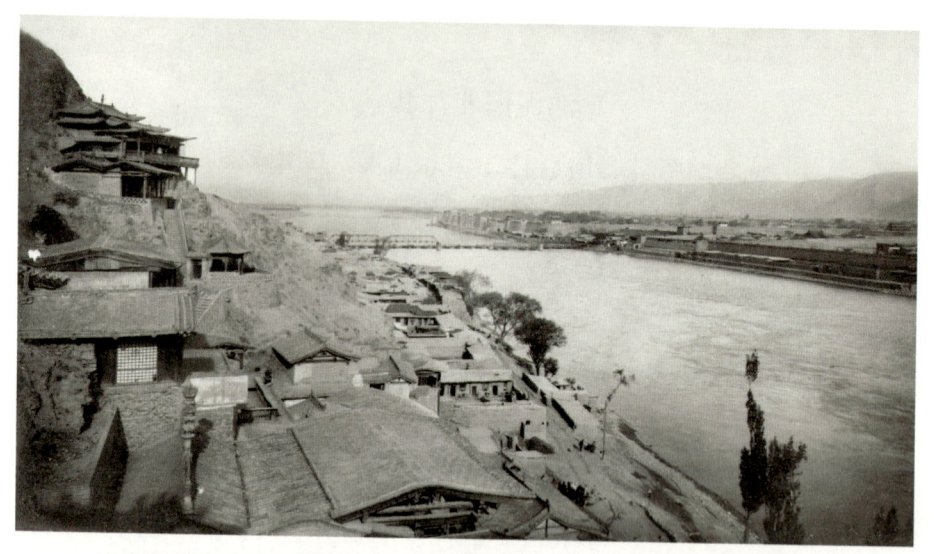

1908年前后从金山寺远眺河景，见《穿越陕甘——克拉克考察队华北行纪》

怡园亭联

古寺对金山，看翠岘扑人眉宇；

长桥开铁锁，放黄河入我胸襟。

——〔民国〕慕寿祺（见颜永祯《兰州楹联汇存》）

【笺注】

1. 原注"此园在袖川门外北垣，坐南向北，皋兰王慎之先生改建"，袖川门俗称西稍门，在今西关清真寺一带。

2. 金山，即金山寺，在黄河北岸白塔山下，与此隔河相望。

3. 长桥，即指黄河铁桥。

水洞楼

望白塔盘空，楼阁直连霄汉上；

展青天作纸，河山都在画图中。

——〔民国〕慕寿祺（见颜永祯《兰州楹联汇存》）

【笺注】

1. 见张思温《兰州园林旧识》："兰州东郊滨河有水洞楼，下有水车，轮转提灌，堤柳掩映。夏日登临，俯览大河，遥见北山。把酒临风，脩然意远矣。"水洞楼即今水车园小学附近。

拱星墩柱联

举手摘星辰，仰攀云汉三千丈；

罗胸有丘壑，横览烟村十八滩。

——〔民国〕慕寿祺（见颜永祯《兰州楹联汇存》）

【笺注】

1. 原注："墩在城东十里，旧名'空心墩'，有'势凌龙尾'四字正书，勒石横嵌墩中。款识剥落，惟万历字仅存。"其旧址为明代驻军之处，原延伸到黄河南岸，因中有暗道，通黄河而汲水，故称"空心墩"。见赵世英《兰州市区县主要地名沿革》"民国五年（1916年），甘肃督军张广建，以忌'空心墩'之'空'字不雅，故改名'拱星墩'，并在墩题有'拱星来朝'四字。因此流传至今。又一说，因其'墩'呈'拱'形，谐音为拱星墩至今。"

2. 十八滩，指雁滩地区，因其旧有大小滩涂十八处，故名。此地与之紧邻。

梨花馆

胜地客登高，斜指金天开道观；

晴空云退尽，喜看玉雨洒瀛洲。

——〔民国〕慕寿祺（见颜永祯《兰州楹联汇存》）

【笺注】

1. 原注："此馆在上沟，每年春二三月间，多有游客展齿集其上，以赏桃梨焉。"见张思温《兰州园林旧识》"旧时兰州梨树满川，暮春登城远望，一片花光，胜于香雪海矣……上沟、下沟，在伏龙坪下静安门外，梨花园落尤盛。春游者自山前登上帝庙等处俯视胜概，称其地为'梨花馆'。"此为兰州八景之"梨苑花光"所在。

2. 金天，即金天观，与之不远。

3. 瀛洲玉雨，为梨花的别名。宋人陶谷《清异录·瀛洲玉雨》："司空图《菩萨蛮》，谓梨花为瀛洲玉雨。"

无题

笔下江山，一时葱蒨；

云中楼阁，万古阴晴。

——〔民国〕刘尔炘

【笺注】

1. 无题，见墨迹传世，现刻挂于兰州碑林。

2. 上联化用宋人朱熹《题祝生画》诗"眼明骨轻须不变，笔下江山转葱蒨"，下联化用宋人文同《无为山寺》诗"烟外川原谁绣画，云中楼阁自阴晴"。

民国刘尔炘联墨

青城竹林轩

桃李自成蹊，揽胜独饶三月景；

春秋多佳日，呼朋再见七贤风。

——〔民国〕杨巨川（见《青城记》）

【笺注】

1. 原注："竹林轩在龙王宫迤东，刘君固庵所筑也……四围阶下杂植花草竹木，桃李正开时，游览之胜境也。"

2. 七贤，指竹林七贤，与"竹林轩"主题契合。

青城延春别墅其一

置酒萃名流，且遍尝秋末晚菘，春初早韭；

登楼看画景，最可爱夹河烟树，黄石晴岚。

——〔民国〕杨巨川（见《青城记》）

【笺注】

1. 原注："延春别墅在罗家台，罗君子云所筑……门前为小园，四周杂以榆柳。开北户登楼，可望鹦哥湾、黄石台诸山，大河横其前，桂林廖君元佶题以'河山揽胜'四字，可谓记实。"

2. 菘，指白菜一类的蔬菜。下联出自《南齐书·周颙传》"文惠太子问颙：'菜食何味最胜？'颙曰'春初早韭，秋末晚菘'"，即认为初春鲜嫩的韭菜和晚秋时鲜的白菜，是菜中最美味者，实则表露顺应天时的恬淡心境。

青城延春别墅其二

欣看茅檐容夏果；先歌花树满春田。

——〔民国〕佚名（见《青城楹联集锦》）

青城源兴家怡园

静观浮世人宜淡；闲伴名花梦亦香。

——〔民国〕佚名（见《青城楹联集锦》）

青城普济寺戏楼后台

河岳苍茫千里月；楼台烟雨万人家。

——〔民国〕佚名（见《青城楹联集锦》）

寺庵

白衣寺多子塔

玉柱玲珑通帝座；金城保障永皇图。

——〔明〕佚名（见《兰州市博物馆馆藏一级文物图录》）

【笺注】

1. 原配匾额"耸瞻震旦"及落款"崇祯辛未孟夏之吉"，为明藩末代肃王朱识𨫂题写，崇祯辛未，即崇祯四年（1631年）。匾下有龛，对联砖刻于两旁。

2. 白衣寺建于明中期，因供奉白衣观音而名，院中有八角十三级实心覆钵式砖塔，明肃王为求子嗣而修，故又名"多子塔"，取《诗经》"宜尔子孙，蛰蛰兮"之意。寺塔犹存，即今兰州市博物馆所在。

3.《兰州楹联汇存》原注："临下瞻仰，如接云霄。省垣附近，遥遥可以望见。足证塔身之高，建筑之雄。在省垣古迹中，亦一特色也。"

白衣寺塔匾联

重新寺旧联

屹砥柱,障狂澜,当代文章特振起;

耀长庚,映霄汉,斯儒脉胳永昭回。

——〔明〕王标极(见颜永祯《兰州楹联汇存》)

【笺注】

1. 落款"王标极,崇正十二年,钦差总理、陕西甘固粮储、户部郎中"。明崇正十二年,即1639年。

2. 原配匾额"文德配天"。结合联文,此联应是原题文昌之类。

3. 长庚,即长庚星,又称太白金星,《诗经·大东》有"东有启明,西有长庚。"

木塔寺大士联

出山则尔,那有多端妙相,传语人间鹦鹉,

嗟礼时须认取本来真面目;

度世宜然,可无一片威音,现身座上狻猊,

皈依处莫因循过去老头陀。

——〔明〕王了望(见《王了望墨迹选辑》)

【笺注】

1. 原题"大士联",自注"木塔寺"。木塔寺,原称嘉福寺,始建于唐,清同治十三年(1874年)古塔失火而焚为灰烬。

2. 鹦鹉,见《百缘经》,"值诸群鸟中有鹦鹉王,遥见佛来,飞腾虚空……赍持香花而供养佛,头面顶礼",最终经佛陀点化修成正果。

3. 狻猊,传说龙生九子之第五子,形如狮子,喜烟好坐,佛家收为坐骑,常见在寺庙基座、香炉之上,随之吞烟吐雾。五代贯休和尚《送颢雅禅师》诗有"天花娉婷下如雨,狻猊座上师子语"。

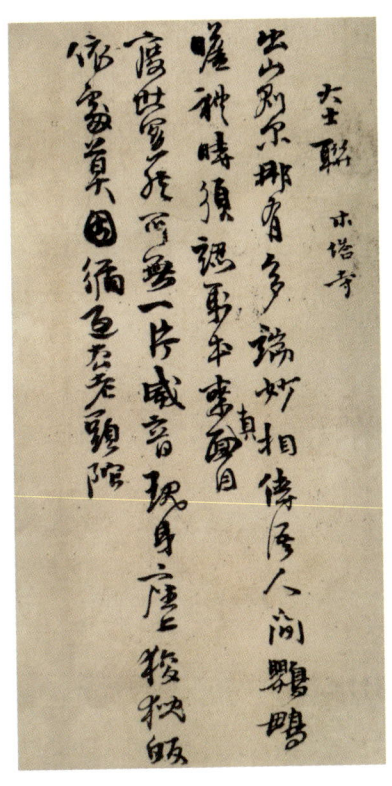

明末王了望木塔寺大士联手稿

佛寺

西方贝叶演真经，总不出戒定慧三条法律；
南海莲花生妙相，也只消闻思修一味圆通。

——〔清〕吴镇（见《松厓对联》）

【笺注】

1. 原题"佛寺"，见《兰州楹联汇存》记载，后题在五泉山嘛呢寺。

2. 戒定慧，佛教语，范文澜《唐代佛教·佛教各宗派》曰："佛教修行方法，不外戒定慧三种。戒如捉贼（烦恼），定如缚贼，慧如杀贼。因此学佛首先要守戒律。"

3. 闻思修，佛教语，表示达成的三种智慧境界。《三藏法数》言："谓人以闻、思、修之三慧，倍策精进，出生一切善根者，是为菩萨之善友也。"

千手佛

一心念佛佛如来，鹤唳猿啼，都演出三生妙谛；
千手示人人不悟，龟毛兔角，直指开四大疑团。

——〔清〕吴镇（见《松厓对联》）

【笺注】

1. 妙谛，精妙之真谛。宋人葛胜仲《乙未次普信院与首座惟表谈道》诗："表公久游方，妙谛明佛祖"。

2. 龟毛兔角，龟生毛，兔长角，以喻不可能存在或有名无实的东西。《楞严经》有"无则同于龟毛兔角，云何不著"。

3. 四大疑团，指佛教成、住、坏、空"四劫"，系佛教对于世界生灭变化之基本观点。

佛殿

翠竹黄花皆佛性；清池皓月照禅心。

——〔清〕吴镇（见《松厓对联》）

【笺注】

1. 此联为集句联，分别集自唐人司空曙《寄卫明府常见短靴褐裘又务持诵是以有末句之赠》诗"翠竹黄花皆佛性,莫教尘境误相侵",唐人李颀《题璿公山池》诗"片石孤峰窥色相,清池皓月照禅心"。

白衣寺内殿

指普天之青云,两只佛手;

视众生如赤子,一片婆心。

——〔清〕黄璟(见颜永祯《兰州楹联汇存》)

【笺注】

1. 原注:"下为文昌宫,上为观音阁……"
2. 婆心,即老婆心,佛教语,谓禅师反复叮咛,急切诲人之心。《大慧普觉禅师语录》有"老僧二十年前有老婆心"。

广福寺前庭

闭户三年,行著严霜劲雪;

登堂一喝,云垂翠竹黄花。

——〔清〕唐琏(见颜永祯《兰州楹联汇存》)

【笺注】

1. 落款"唐琏,乾隆辛亥"。乾隆辛亥即乾隆五十六年(1791年)。
2. 广福寺,旧址在南关,俗名高壁寺,始建于明。今庆阳路部分旧址犹存。
3. 闭户,即佛教闭关修行之意。
4. 翠竹黄花,典出《景德传灯录·慧海禅师》"迷人不知法身无象,应物现形,遂唤青青翠竹,总是法身;郁郁黄华,无非般若"。后以"翠竹黄花"指眼前境物。

广福寺戏楼

假貌演真迹,勿闲看镜花水月;

新声传旧事,须认作暮鼓晨钟。

——〔清〕唐琏(见颜永祯《兰州楹联汇存》)

广福寺西陪殿

说法现诸身，休认作群儿嬉戏；

闻声悲众苦，已援来六道沉沦。

——〔清〕吴镇（见颜永祯《兰州楹联汇存》）

【笺注】

1.六道，佛教语，谓众生轮回的六个去处，即天道、人道、阿修罗道、畜生道、饿鬼道和地狱道，常称六道轮回。

广福寺南陪殿

空囊容甚物，贮亿万心经，归吾密橐；

跌坐笑何人，嘲三千世界，役尔虚神。

——〔清〕佚名（见颜永祯《兰州楹联汇存》）

【笺注】

1.橐，为口袋。从文字看，此处应供奉佛家大肚弥勒佛，即俗称布袋和尚。空囊、密橐，皆指其布袋。

2.跌坐，佛教所谓结跏趺坐，一种禅修者的坐法，此处指弥勒盘腿坐姿。

握桥寺

彼岸庆同登，雁齿横空开觉路；

迷川其共渡，龙山终古接慈航。

——〔清〕蔡廷衡（见颜永祯《兰州八景丛集》）

【笺注】

1.原注："蔡公于嘉庆丙寅修堤后，又将桥（虹桥）西之握桥寺，亦重新之。题额曰'福荫津梁'，并有联云……按右联所称龙山，即阿干河东之龙尾山，至桥之东端而山势已尽。"握桥在雷坛河口，始建于唐，清代重修，1952年时拆除。

2.雁齿，比喻台阶，此处指拱桥横空的阶梯。唐人白居易《答王尚书问履道池旧桥》诗有"虹梁雁齿随年换，素板朱栏逐日修"。

3.迷川，指迷津，佛教意为迷妄的境界。《醒世恒言·黄秀才徼灵玉马坠》有"望罗汉指示迷津，救拔苦海"。此处，也暗合其川沟地形。

水门真武庙菩萨殿

宝座现莲花，普洒西方千点露；

金城植杨柳，愿分南海一枝春。

——〔清〕佚名（见颜永祯《兰州楹联汇存》）

五泉山寺

法轮自转菩提海；净域长流功德泉。

——〔清〕左宗棠（见刘尔炘《兰州五泉山修建记》）

【笺注】

1.原注："左文襄题联云……其额为'水流花开'四字，尤传诵一时。自是以来，蔓草盈阶，荒烟四合，既无楹柱，谁又题词。"至民国时，左宗棠所题匾联尚存。

2.菩提海，亦称大觉海，佛家指如海般无边无际的法力。

3.净域长流，隐喻佛法弘扬。

4.功德泉，指寺庙所在，亦扣五泉其地。

五泉山寺金刚殿

界极三千，钵现琉璃传象教；

身存丈六，杵擎珠火护龙泉。

——〔清〕曹春生（见颜永祯《兰州楹联汇存》）

【笺注】

1.落款"曹春生题并书，咸丰十年"。咸丰十年即1860年。

2.象教，释迦牟尼离世后，诸弟子想慕不已，刻木为佛，以形象教人，故称佛教为象教。

3.金刚为护法神，有托钵、擎杵之相，故有此言。

4.龙泉，为佛家吉祥之所，此处亦指五泉，引申护佑地方之意。

五泉山地藏寺观音殿

音亦可观,始信聪明能并用;

士何称大,须知儒释本同源。

——〔清〕佚名（见颜永祯《兰州楹联汇存》）

【笺注】

1.落款"赵光琳叩,胡学骏书,光绪十二年"。光绪十二年即1886年。"赵光琳叩"或为其敬献,或并非撰联者,暂且以"佚名"标之。

2.首句嵌"观音大士"。

五泉山卧佛殿

佛法无边,十地圆通开觉路;

慈航有岸,三乘教化渡迷津。

——〔清〕联祥（见颜永祯《兰州楹联汇存》）

【笺注】

1.落款"金台联祥撰书,光绪二十二年"。光绪二十二年即1896年。

2.十地,佛教语,亦称十住,谓菩萨修行所经历的十个境界。唐高宗《谒慈恩寺题奘法师房》诗有"萧然登十地,自得会三归"。

普照寺牌门

众生福地；三界觉津。

——〔清〕佚名（见《皋兰县志》）

【笺注】

1.清乾隆《皋兰县志·卷十二》记载,"普照寺东西"有此二匾。其匾文相互成对。

2.清乾隆《皋兰县志·卷十二》："普照寺。城内东南,俗名大佛寺。唐贞观间建,明永乐间肃藩重修。"清道光时,陕甘总督杨遇春复修。其"古刹晨钟"为兰州八景之一。寺在学院街,今武都路中段原兰园旧址,后迁建至五泉山动物园山麓。

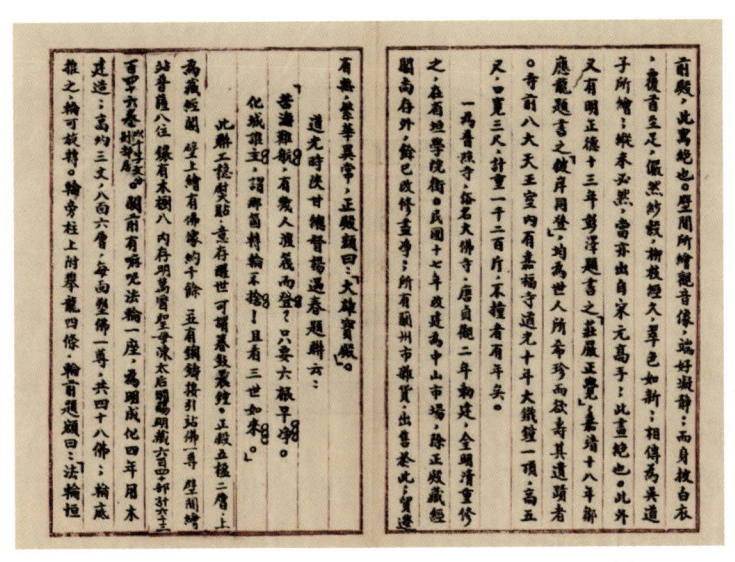

近代颜永祯《兰州八景丛集》关于普照寺及其楹联的介绍

普照寺前殿

苦海难航，有几人渡筏而登，只要六根早净；

化城谁主，谓那个转轮不舍，且看三世如来。

——〔清〕杨遇春（见颜永祯《兰州楹联汇存》）

【笺注】

1. 原配匾额"大雄宝殿"。据《皋兰县续志》："道光十四年，总督杨遇春重修。"道光十四年，即1834年。

2. 见颜永祯《兰州楹联汇存》："此联工稳熨帖，意存醒世，可谓暮鼓晨钟。"

3. 化城，代指佛寺。唐人王维《登辨觉寺》诗："竹径从初地，莲峰出化城。"

4. 三世如来，即佛教所谓三世佛，谓过去、现在、未来三世，各有千佛出世。

普照寺观音堂

璎珞现花天，石可点头，座下狻猊曾听法；

琉璃观色界，鸟能解语，枝间鹦鹉亦传经。

——〔清〕佚名（见颜永祯《兰州楹联汇存》）

【笺注】

1.璎珞，用珠玉串成的装饰物，多作颈饰。《南史·夷貊传上·林邑国》："其王者著法服，加缨络，如佛像之饰。"

2.石可点头、狻猊听法、鸟能解语、鹦鹉传经，均为佛教感化万物而修成正果的故事。

龙尾山菩萨殿

借黄河为净海，度引奸人孽汉，何须服玉液饮琼浆，瓶中甘露，略尝滋味，刹那间顿超波罗彼岸；

依龙岭化普陀，提携义士忠臣，不用吞金丹饵灵药，掌上宝珠，稍放光明，倏忽时直登极乐仙乡。

——〔清〕刘一明（见《栖云笔记》）

【笺注】

1.原注："殿下有关帝殿，台下有酒仙药王殿，面向白马浪。"故下联二三句皆指此。

2.龙岭，即龙尾山，今伏龙坪一带；普陀，即普陀山，佛教以为观音之道场。

布袋和尚

放下皮囊，物我皆空归一笑；

丢开柱杖，有无不立了三乘。

——〔清〕刘一明（见《栖云笔记》）

【笺注】

1.三乘，佛教语，一般指小乘、中乘、大乘，亦泛指佛法。

后五泉福泉寺其一

庙貌傍灵岩，喜四境桑麻，同沾法雨；

祥光凝宝座，愿万家兰桂，普荫慈云。

——〔清〕张墩（见颜永祯《兰州楹联汇存》）

【笺注】

1.落款"晋太齐岳张墩敬书,道光戊申"。道光戊申即道光二十八年(1848年)。

2.见《重修皋兰县志》："夜雨岩,在县南十里,皋兰山后麓深谷内……其地水木清华,佛寺幽僻,与五泉相埒,故又称为'后五泉'。"

后五泉福泉寺其二

发妙明心,共拔迷途臻彼岸;

云真实相,常瞻贝阙净凡尘。

——〔清〕秦维岳(见颜永祯《兰州楹联汇存》)

【笺注】

1.落款"秦维岳,道光十四年"。道光十四年即1834年。

2.妙明心,佛教语,见《楞严经·卷二》:"我虽承佛如是妙音,悟妙明心,元所圆满,常住心地。"

3.贝阙,以紫贝为饰的宫阙,代指龙宫水府,亦指华丽宫室,此处呼应"福泉"。

后五泉福泉寺其三

婆心荫山后龙泉,群生被泽;

妙相现云中鹫岭,大地如春。

——〔清〕曹炯(见颜永祯《兰州楹联汇存》)

【笺注】

1.落款"曹炯题,光绪元年"。光绪元年即1875年。

2.婆心,即老婆心,佛教语,谓禅师反复叮咛,急切诲人之心。

3.鹫岭,即灵鹫峰,相传佛祖所在之处,后代指佛寺。

白衣庵大殿

宝座生春,紫竹因空翻有色;

香台说法,白鹦能悟渐无言。

——〔清〕佚名(见颜永祯《兰州楹联汇存》)

【笺注】

1.在通远门外，俗名稍门寺，今畅家巷西。

华林寺菩萨殿

座下莲花，占断西湖三月景；

瓶中杨柳，分来南海一枝香。

——〔清〕佚名（见颜永祯《兰州楹联汇存》）

【笺注】

1.在华林山，旧名古封寺，明正统间肃藩重修，改名华林寺。山名因之而成。

法云寺正殿

三藏传心，方便尽捱诸佛好；

万人合掌，皈依惟向此君多。

——〔清〕佚名（见颜永祯《兰州楹联汇存》）

【笺注】

1.原配匾额"念兹在兹"。旧址在广武门，明洪武时建。

2.捱，通"挨"，靠近之意。

法云寺东陪殿其一

在在自心观，自在自观观自在；

来来如意见，如来如见见如来。

——〔清〕张佐敬（见颜永祯《兰州楹联汇存》）

法云寺东陪殿其二

甘露时凝，历千劫而不古；

慈云普覆，偕万物以同春。

——〔清〕徐可兴（见颜永祯《兰州楹联汇存》）

【笺注】

1.落款"徐可兴,道光二十三年"。道光二十三年即1843年。

2.不古,此处为不朽之意。

白塔寺楼

座上神仙,得至宝于形骸以内;

炉中造化,知有物在天地之先。

——〔清〕佚名(见颜永祯《兰州楹联汇存》)

【笺注】

1.在黄河北岸白塔山上,又名慈恩寺,康熙五十四年(1715年)甘肃巡抚绰奇有《重建北山慈恩寺碑记》。

白塔寺水帘观音洞

随处现身,芙蓉面上春风拂;

寻声救苦,杨柳枝头甘露流。

——〔清〕长龄(见颜永祯《兰州楹联汇存》)

【笺注】

1.原配匾额"慈云妙相"。

2.见邓明《兰州史话》:"康熙五十七年(1718年)又在慈恩寺西侧建救苦观音洞天,俗称'水帘洞'。"

荣光寺正殿后楼

谁牧丹阳,请谒寒山拾得;

人瞻南海,群钦慧水如来。

——〔清〕佚名(见颜永祯《兰州楹联汇存》)

【笺注】

1.丹阳,佛教所谓超脱尘世的境界。

2.寒山、拾得,唐代天台山国清寺两位隐僧,也是佛教史上著名的诗僧。

新城楼菩萨殿其一

闻思修明心，非镜非台，大地山河辉粟影；

现女身说法，是空是色，梵天花雨映朱衣。

——〔清〕徐敬（见颜永祯《兰州楹联汇存》）

【笺注】

1.旧址在新关横街子，今张掖路以南。为南北往来之过街，重修于道光年间。

2.闻思修，佛教语，表示达成的三种智慧境界。

3.粟影，指描绘传神的佛像。

4.朱衣，旧指官服，此处应指佛教所谓"现宰官身"。

新城楼菩萨殿其二

明镜高悬，慧眼光明同皎皎；

风幡微动，禅心安稳自如如。

——〔清〕佚名（见颜永祯《兰州楹联汇存》）

【笺注】

1.联中化用佛家"既非风动，亦非幡动，仁者心动"的故事。

上沟酒仙殿菩萨

无难不救，须化成千万亿身，方为自在；

有誓未圆，纵现出三十二相，岂是如来。

——〔清〕佚名（见颜永祯《兰州楹联汇存》）

【笺注】

1.三十二相，佛教语，指佛陀具有三十二种不同凡俗的显著特征。

永登红城感恩寺

空色见如来，色空空色，寂寂然天外浮云身不染；

了凡推上乘，凡了了凡，浩浩乎山中明月目常舒。

——〔清〕佚名（见《甘肃对联集成》）

红城感恩寺匾中联

【笺注】

1.此联为寺门牌坊之匾中联,中有匾额"慈被无疆",鲁如皋书。两侧小字刻有此联。

榆中青城普济阁其一

入寺拜观音,紫竹林中千佛会;
登楼看画景,绿杨荫里万家春。

——〔清〕张浚濂(见杨巨川《青城记》)

【笺注】

1.原注:"普济阁在崇兰山麓,创建于明时,始名观音寺。"

榆中青城普济阁其二

寺内无僧风扫地;庙中少烛月点灯。

——〔清〕佚名(见《青城楹联集锦》)

永登妙因寺德尔经堂

昙花着雨龙归钵；贝叶翻风虎听经。

——〔清〕佚名（见《连城史话》）

【笺注】

1. 传为殿门古八思巴文对联汉译之意。

2. 又称多吉羌殿，是妙因寺主殿。初建于明成化七年（1471年），大殿正门两侧，有彩绘浮雕，蓝底黑字的古八思巴文对联。

永登妙因寺鹰王殿

不二法门云结彩；三千界里雨飞花。

——〔清〕佚名（见张尚瀛《甘肃古今楹联选集》）

【笺注】

1. 传为殿门古八思巴文对联汉译之意。

妙因寺德尔经堂
八思巴文对联

五泉山浚源寺其一

大地山河，造成乐土；满林风月，来扣禅关。

——〔民国〕刘尔炘（见《兰州五泉山修建记》）

五泉山浚源寺其二

我来敲不二法门，催座上菩提，快拔众生登彼岸；
佛既辟大千世界，种人间烦恼，莫耽独乐守名山。

——〔民国〕刘尔炘（见《兰州五泉山修建记》）

【笺注】

1. 原注："寺门三，左右各小门一，皆北向。右小门题曰'光明路'，左小门题曰'方便门'。寺旧称崇庆古刹。'浚源寺'者，此次改题之名也。"

五泉山浚源寺流水今日门

笑指河山问释迦，不知我千圣百王继志传心之地，种甚么因，结这般果；
别开世界生盘古，好度那五洲万国圆颅方趾之俦，悟无为法，登自在天。

——〔民国〕刘尔炘（见《兰州五泉山修建记》）

【笺注】

1.圆颅方趾，圆头方足，后代指人，见《淮南子·精神训》："故头之圆也象天，足之方也象地。"

五泉山浚源寺明月前身门

花即是禅，鸟即是禅，山耶云耶亦即是禅，钟磬声中，随你自寻禅意去；
男可成佛，女可成佛，老者少者都可成佛，松杉影里，何人不抱佛心来。

——〔民国〕刘尔炘（见《兰州五泉山修建记》）

五泉山浚源寺大雄殿其一

悔当日误来尘海，偶铸成火热乾坤，既辟生机，便藏劫运；
要从今别造天堂，改换个水晶世界，更无浊气，焉有争端。

——〔民国〕刘尔炘（见《兰州五泉山修建记》）

五泉山浚源寺大雄殿其二

可怜那尘世间孽海风潮，狂卷众生，何日才能登岸去；
只为这人境内名山烟雨，误牵老佛，有时翻悔出家来。

——〔民国〕刘尔炘（见《兰州五泉山修建记》）

五泉山浚源寺大雄殿其三

山即是空，水即是空，花花草草亦即是空，到此恍然空诸所有；
天不可说，地不可说，人人物物都不可说，既然如此说个甚么。

——〔民国〕刘尔炘（见《兰州五泉山修建记》）

【笺注】

1.原注:"余不读佛书,所略识释氏宗旨者,皆耳食者也,皆涉猎群书时偶然遇之者也,以门外人装作内行话,亦聊以资游赏者之谈笑耳。"

五泉山大悲殿千眼千手佛

眼不宜多,眼多则遍观那人世间困苦颠连,徒增难过;
手尤要少,手少则专抱我自家的精神念虑,免得乱抓。

——〔民国〕刘尔炘(见《兰州五泉山修建记》)

【笺注】

1.原注:"大悲殿所祀者曰'千眼千手佛',此等所谓法象者,老氏亦有之,皆寓言也,乌可为事实。余题大悲殿一联,则又寓言之寓言也,呵呵。"

五泉山卧佛殿

还不起来么?此等工夫,怕是懒人都藉口;
何妨睡着了!这般时代,倘成好梦亦欢心。

——〔民国〕刘尔炘(见《兰州五泉山修建记》)

【笺注】

1.原注:"卧佛殿塑佛氏卧像。佛氏工夫,行住坐卧,固皆有之,拜佛者不知也,徒以资男男女女之妄言妄听而已。"

五泉山千佛阁

登斯楼危乎危哉,敢存妄想,焉有妄为,能这般面壁十年,入定便成尊者相;
到此处高则高矣,切莫自矜,也休自喜,忘不得悬崖万丈,临深长抱惕然心。

——〔民国〕刘尔炘(见《兰州五泉山修建记》)

【笺注】

1.原注:"千佛阁高踞东岩,登其上,树色泉声皆在脚下,摩挲星斗,吞吐烟云,仿佛已置身天上。然悬岩惴惴,栏槛飞空,俯视尘寰,动增惕惧。"

五泉山嘛呢寺

倘飞来南海慈云，当为听泉响空山，不回南海；

这便是西天福地，何必问雷音古刹，又访西天。

——〔民国〕刘尔炘（见《兰州五泉山修建记》）

观音院

点醒那世上群痴，法雨飞来能换骨；

看透了人间儿戏，彩云过处怕低头。

——〔民国〕刘尔炘（见《果斋别集》）

红泥岩山门

真灵虽还虚，偶过此蛙谷鹰巢，当忆朱家旧迹；

三教原一贯，何妨邀儒流道侣，来与弥勒同龛。

——〔民国〕邓隆（见颜永祯《兰州楹联汇存》）

【笺注】

1. 落款"乙丑浴佛日，积石邓隆敬题"。乙丑即民国十四年（1925年）农历四月初八日。

2. 红泥岩在五泉山东龙口东侧，俗名红泥沟，有志公洞。相传志公者，姓朱，金城人，后得道，于此修炼时，蛙鸣不已，志公咒之，故此地从此再无蛙声。联中蛙谷、朱家等皆指此事。

3. 三教原一贯，据《兰州楹联汇存》，志公"塑像虽道装，实则为僧也"，以体现三教一体的理念。

白衣寺观音阁

种豆得豆，种瓜得瓜，举念时须修善果；

说法非法，说相非相，会心处才是上乘。

——〔民国〕慕寿祺（见颜永祯《兰州楹联汇存》）

宫观

金天观混元殿其一

混成妙觉，非有非无，太极图中藏本相；
元始灵机，至虚至实，鸿蒙窍里见真空。

——〔清〕刘一明（见《栖云笔记》）

【笺注】

1. 原配匾额"三清道祖"。

2. 金天观在袖川门外，俗名雷坛，今兰州市工人文化宫所在。清《重建金天观雷坛碑记》记载："道宫谓之观，隶兰州以观名者四，而金天观为最胜。"

3. 鸿蒙，道教以为宇宙形成前的混沌状态。《庄子·在宥》："云将东游，过扶摇之枝，而适遭鸿蒙。"

金天观混元殿其二

太极原从无极来，分一炁以化身，神周六合；
后天本自先天立，统万灵而作祖，德配三才。

——〔清〕佚名（见颜永祯《兰州楹联汇存》）

【笺注】

1. 一炁，即一气，道家以为混沌之气。《庄子·大宗师》："彼方且与造物者为人，而游乎天地之一气。"

2.六合，泛指整个宇宙的巨大空间。《庄子·齐物论》："六合之外，圣人存而不论；六合之内，圣人论而不议。"后成玄英注疏曰："六合者，谓天地四方也。"

3.三才，指天、地、人。《周易·说卦》："是以立天之道曰阴与阳，立地之道曰柔与刚，立人之道曰仁与义。兼三才而两之，故《易》六画而成卦。"

金天观玉皇殿

妙乐分形，香岩养道，经历三千余劫，完满功德，清净自然，无等无伦，同虚空不坏；

玉京说法，金阙藏真，济拔亿万生灵，统摄阴阳，神通莫比，至仁至圣，与元气混成。

——〔清〕刘一明（见《栖云笔记》）

【笺注】

1.道教传说玉帝经过三千劫始证金仙，又超过亿劫始证玉帝，故联中有此说。

金天观文昌殿

象纬列三台，千秋桂籍联奎壁；

星躔尊六府，百代龙文灿斗牛。

——〔清〕朱麟祥（见颜永祯《兰州楹联汇存》）

【笺注】

1.落款"锡山朱麟祥，嘉庆十一年"。嘉庆十一年即1806年。

2.象纬，指星象经纬，谓日月五星。晋人王嘉《拾遗记·殷汤》："精述阴阳，晓明象纬，莫测其为人。"

3.三台，星名。《晋书·天文志上》："三台六星，两两而居……西近文昌二星曰上台。"

4.桂籍，科举登第人员的名籍，因相传文昌主管文运，故有此说。

5.奎壁，二十八宿中奎宿与壁宿，旧谓二宿主文运，故常用以比喻文苑。

6.星躔，日月星辰运行的度次。

7.六府，相传文昌宫之六星。

8. 龙文，以喻雄健文笔。唐人韩愈《病中赠张十八》诗："龙文百斛鼎，笔力可独扛。"

9. 斗牛，二十八宿中斗宿和牛宿。

金天观雷祖殿

臣何力之有焉，及尔同僚，以祈甘雨；
神为德其盛矣，生我百谷，迄用康年。

——〔清〕魏光焘（见颜永祯《兰州楹联汇存》）

【笺注】

1. 落款"集句，魏光焘，光绪二十六年"。光绪二十六年即 1900 年。

2. 此联为集句联，上联分别出自《宋史》"皆上禀庙算，臣何力之有焉"，西晋潘尼《赠陆机出为吴王郎中令诗》"及尔同僚，具惟近臣"，《诗经·甫田》"以祈甘雨，以介我稷黍"；下联分别出自《中庸》"鬼神之为德，其盛矣乎"，《诗经·信南山》"既沾既足，生我百谷"，《诗经·臣工》"明昭上帝，迄用康年"。

3. 虽为集句，但串联一起，结合雷祖所谓掌管司雨之事，勾勒出祈求风调雨顺的寓意。

金天观老祖殿其一

光昭表一无之真，体元会以立诚，迩日青牛来玉垒；
妙谛垂五千之秘，协清宁而定极，万年紫气拥金城。

——〔清〕杨懋德（见颜永祯《兰州楹联汇存》）

【笺注】

1. 光昭，发扬光大之意。《左传·隐公三年》："光昭先君之令德，可不务乎。"

2. 一无之真，即道家所谓"一气之中即有阴阳"，以"一"而幻化无穷。

3. 青牛、紫气，相传老子骑青牛而过函关，时紫气东来，以为有圣人至。

4. 五千之秘，指老子《道德经》为五千言。

金天观老祖殿其二

八十载老须眉，历穷甲子；

五千言真道德，理极天人。

——〔清〕佚名（见颜永祯《兰州楹联汇存》）

【笺注】

1.传说老子母亲怀胎八十一年才生下李耳，而其传道之时，也一直是八十岁左右的老翁形象，道教信徒以为其穷尽甲子，长寿无极。甲子，此处代指时光岁月。

金天观慈母宫

普物无心，万方共戴慈云遍；

资生有道，百族同依爱日长。

——〔清〕林则徐（见颜永祯《兰州楹联汇存》）

【笺注】

1.原配匾额"慈赞坤元"。古人以地为坤，坤元，即就"慈母"而言。

2.见邓明《兰州史话》，林则徐是道光二十六年（1846年）四月二十五日游览金天观。

3.爱日，以喻恩德，此处指神恩。

金天观华佗庙

灵素阐真诠，断胃淌肠征异术；

岐黄宣妙蕴，解头理脑媲神功。

——〔清〕佚名（见颜永祯《兰州楹联汇存》）

【笺注】

1.灵素，指心神胸臆。唐人司空图《十二四诗品·形容》："绝伫灵素，少迴清真。"

2.断胃淌肠、解头理脑，均指华佗之神奇医术。

3.皆传此联为林则徐所撰，实则非也。

金天观孙真庵

环室月怀人，可又青鸾来玉塞；
楚山云取路，定骑黄鹤到金天。

——〔清〕佚名（见颜永祯《兰州楹联汇存》）

【笺注】

1.在金天观华佗庙后。孙真人，为陕西冯翊人，生于明洪武，时与张三丰游，明肃王闻其名，迎请师之，筑"环室"于金天观。

2.楚山、黄鹤，指武当山、黄鹤楼，因其从武当而来，故言。

金天观道院庭房

修行不必觅仙山，闲观闹市通衢，何妨在世离世；
养道无容寻福地，静坐古坛深院，即可居尘出尘。

——〔清〕刘一明（见《栖云笔记》）

【笺注】

1.金天观紧邻街市，故言。

纯阳祖师

楼中绿蚁千杯满；袖里青蛇一剑寒。

——〔清〕吴镇（见《松厓对联》）

【笺注】

1.纯阳祖师，即吕洞宾，有三醉岳阳楼等轶事，其手执宝剑名曰"青蛇剑"。

2.绿蚁，因古时酒面上常浮起绿色泡沫，称为绿蚁，借以指酒。

白云观正殿

仗三尺剑，扫天下妖氛，具见英雄手段；
著千金方，拯民间疾苦，依然菩萨心肠。

——〔清〕谭钟麟（见颜永祯《兰州楹联汇存》）

【笺注】

1. 落款"谭钟麟，光绪十一年，督秦陇使者"。光绪十一年，即1885年。
2. 在原袖川门外，黄河南岸，主祀吕洞宾，据《皋兰县续志》："道光十九年总督瑚松额奏请建立，祀吕祖。"道光十九年，即1839年。今犹存。
3. 联中仗剑除妖、施药救苦，皆指吕洞宾之传说事迹。

白云观前庭其一

游碧海，踏红尘，遍东西南朔以神行，度柳卖桃，总是代天宣化；
戴蓝巾，衣黄服，经唐宋元明而显应，飞鸾跨鹤，无非护国祐民。

——〔清〕朱光德（见颜永祯《兰州楹联汇存》）

【笺注】

1. 联中所言，皆传说吕洞宾之形象、事迹。

白云观前庭其二

忆黄粱炊熟又二千年，先生以后无人醒；
把铁笛吹残刚两三下，尘世曾经几劫灰。

——〔清〕龚俊宜（见颜永祯《兰州楹联汇存》）

【笺注】

1. 落款"龚俊宜，光绪八年"。光绪八年即1882年。
2. 黄粱，即黄粱一梦，吕洞宾点化世人的故事。
3. 铁笛，指吕洞宾吹笛之形象。明人唐文凤《题颜辉写吕洞宾像》诗："一声铁笛月色新，葫芦酒熟纯阳春。"

白云观前庭其三

朝游碧海，暮宿苍梧，睹观外白云，云外神仙，慧眼临空应识我；
西望昆仑，东瞻华岳，听陇中铁笛，笛中杨柳，边关无处不回春。

——〔清〕奎绂（见颜永祯《兰州楹联汇存》）

白云观前庭其四

浮云关塞多，问谁将铁笛吹开，放出一轮明月；
秋水洞庭阔，愿此后金樽饮去，荡平万倾烟波。

——〔清〕赵铉（见颜永祯《兰州楹联汇存》）

白云观戏楼

为子当孝，为臣当忠，千百载豪杰英雄，皆抱定这性中根本；
何日无炊，何人无梦，四十年得失荣辱，谁悟澈了枕上因缘。

——〔清〕佚名（见颜永祯《兰州楹联汇存》）

【笺注】

1. 原配匾额"借假传真"。
2. 下联就吕洞宾黄粱梦的故事借题发挥。

金山寺药王殿

山产黄金，愿得千斤铸神像；
河翻白浪，常将九曲涤人疴。

——〔清〕黄建中（见颜永祯《兰州楹联汇存》）

【笺注】

1. 落款"黄建中，乾隆三十二年"。乾隆三十二年即1767年。原配匾额"万世医宗"。
2. 颜永祯《兰州八景丛集》："〔金山寺〕山门东为药王庙，皋兰黄建中借地生情，有联云。"
3. 白浪，金山寺在白塔山下、金城关侧，山脉伸张于河滨，对岸即黄河白马浪。

金山寺混元阁

日永壶中，开忆万年上清世界；
云飞关外，留五千言道德真经。

——〔清〕佚名（见颜永祯《兰州八景丛集》）

【笺注】

1.壶中，即壶天之中，以为仙境。

2.上清，为道家三清之一，也代指道观。

新城楼混元阁

五千锦字大文章，合紫气权尊，景运宏开犹道气；

百丈金身真烂漫，对明离光灿，灵符朗照洽仙风。

——〔清〕音得正（见颜永祯《兰州楹联汇存》）

【笺注】

1.五千锦字，指五千言《道德经》；紫气，即老子出关紫气东来之事。

2.明离，见《周易·离卦》"明两作离，大人以继明照于四方"，后以"明两"指太阳。

东华观老祖殿

白发髟髟，八十载腹中，宁非幻妄；

青牛湿湿，五千言书内，毕竟精微。

——〔清〕佚名（见颜永祯《兰州楹联汇存》）

【笺注】

1.在东大街，今张掖路城关区人民医院西侧。宋时创建，又名玄妙观。观内有几代明肃王所撰石碑，并有崇祯时肃王朱识鋐所书"玉清殿"匾。

2.髟髟（biao），意为毛发长垂之状。北周庾信《竹杖赋》："发种种而愈短，眉髟髟而竞长。"

3.八十载腹中，传说老子的母亲怀孕八十一年才生下李耳。

4.湿湿，指牲畜耳朵摇动之貌。《诗经·无羊》："尔牛来思，其耳湿湿。"

白塔寺文昌宫

德业要踏实修成，平步到紫省三台，不亏阴骘；

文章须横空作起，细心看黄河九曲，如此波澜。

——〔清〕陈兆鹏（见颜永祯《兰州楹联汇存》）

【笺注】

1.紫省，即紫微省，指旧时中枢机构，这里与"位列三台"之三台，均指功名利禄显赫之时。

2.阴骘，即指阴德，这里是要诠释显赫之人，先修德业的所谓因果之说。

3.波澜，表面写黄河波涛，实则指文章起伏出彩。

白塔寺老祖殿

山空碧水流，百丈金身开翠壁；
花暖青牛卧，五千文字閟瑶缄。

——〔清〕佚名（见颜永祯《兰州楹联汇存》）

【笺注】

1.閟，古通"祕"，神秘、慎重之意。

2.瑶缄，藏书的玉箧，亦指珍贵典籍，此处指老子《道德经》。

3.此联为集句联，分别集自唐人李白《谢公亭》诗"客散青天月，山空碧水流"，唐人司空曙《题凌云寺》诗"百丈金身开翠壁，万龛灯焰隔烟萝"，唐人李白《寻雍尊师隐居》诗"花暖青牛卧，松高白鹤眠"，唐人温庭筠《老君庙》诗"百二关山扶玉座，五千文字閟瑶缄"。

五泉山文昌宫其一

五百年劫尽销沉，幸值景祚更新，人文一振；
十七世化身印证，又瞻曜灵降止，宫阙重兴。

——〔清〕金文同（见颜永祯《兰州楹联汇存》）

【笺注】

1.落款"金文同撰联，古燕戴彬元书，光绪十年"。光绪十年即1884年。

2.景祚，景运福运之意。《旧唐书·高骈传》："我国家景祚方远，天命未穷。"

3.十七世，道家《文昌帝君阴骘文》开篇即言："吾一十七世为士大夫身。"

4.曜灵，原为光明照耀之意，此处以喻神灵。

五泉山文昌宫其二

位天府以司文，奎璧联辉，七曲星躔悬玉尺；
佑儒林而敷教，山河毓秀，千秋甲第耀金城。

——〔清〕曹炯（见颜永祯《兰州楹联汇存》）

【笺注】

1. 奎璧，奎星与璧星的并称，古人以为此二星主宰文运。
2. 七曲，据传文昌为晋人张亚子，居于四川梓潼县七曲山。
3. 星躔，星辰运行之次序。
4. 敷教，教化之意。唐人褚琇有诗："惟师恢帝则，敷教叶天工。"

五泉山酒仙殿

惟酒无量；有仙则名。

——〔清〕林鹄年（见颜永祯《兰州楹联汇存》）

【笺注】

1. 此联为集句联，分别出自宋人饶节《送故人》诗"惟酒无量与兴会，我醉未去君经营"，唐人刘禹锡《陋室铭》"山不在高，有仙则名"。

太清宫文昌殿

九曲河声，无非弦诵；五泉山色，都是文章。

——〔清〕刘尔炘（见颜永祯《兰州楹联汇存》）

上沟文昌宫

神何取乎哑聋，想读书不在口耳；
衣特重于朱绿，能出色便是文章。

——〔清〕李友桃（见颜永祯《兰州楹联汇存》）

【笺注】

1. 哑聋，据传文昌帝君有两个侍童"天聋地哑"，取意"能知者不能言，能言者不能知"。

2.朱绿,道教中文昌之形象,常饰以红绿两色。

栖云山王母宫

岭后有清溪,此间即是瑶池岸;
山头生彩雾,这里分明王母宫。

——〔清〕刘一明（见《栖云笔记》）

栖云山寿星庵

寿从德来,寿我何妨寿世;
生自道得,生人即是生仙。

——〔清〕刘一明（见《栖云笔记》）

清刘一明《栖云笔记》书影

栖云山三清殿

乾坤若大,怎见端倪,但看乌飞兔走,斗转星移,终而始始而终,始始终终,总来一气周旋,别无异样,此些子元机,明明朗朗,打的彻天关在手;
造化虽深,可知消息,试推阳生阴长,神藏鬼匿,复又姤姤又复,复复姤姤,不过三家配合,还有甚么,这点儿枢纽,中中正正,认得真地轴由心。

——〔清〕刘一明（见《栖云笔记》）

【笺注】

1.原注:"内有天盘地轴,拨之旋转。"

栖云山孚佑阁

青蛇剑斩断根尘,七返九还皆妙用;
黄鹤赋阐明道要,片言只语尽元机。

——〔清〕刘一明（见《栖云笔记》）

【笺注】

1.孚佑阁供奉道教纯阳祖师吕洞宾,民间称为"孚佑帝君",故以此为名。联中青蛇剑、黄鹤赋,均为吕洞宾故事。

2.九还七返,为道家术语,以此来比喻内丹之道。

兴龙山灵官殿

灵光普照,愚必警贤必度,一点公心参化育;
圣德无私,困也济危也扶,满腔正气贯乾坤。

——〔清〕刘一明(见《栖云笔记》)

【笺注】

1.化育,化生长育。宋人苏轼《御试重巽申命论》云:"天地之化育,有可以指而言者,有不可以求而得之者。"

白道楼老君阁

借假形真,紫气光中传道德;
随方设教,青牛背上现神通。

——〔清〕刘一明(见《栖云笔记》)

【笺注】

1.原注:"系尹喜问道化胡之像。"即关令尹喜于函谷关求《道德经》向老子问道,道家以为老子出关后"西行化胡",胡泛指西方少数民族居住区。

水门真武庙真武殿

岩岩圣像,足蹑龟蛇,万法总归三尺剑;
奕奕神威,气冲牛斗,五云展出七星旗。

——〔清〕佚名(见颜永祯《兰州楹联汇存》)

【笺注】

1.供奉道教真武大帝,为龟蛇仗剑形象。

三官庙正殿

太极肇阴阳，合天地人而成圣；

三元阐道德，如日月星之有明。

——〔清〕蔡廷衡（见颜永祯《兰州楹联汇存》）

【笺注】

1.三官，道教所奉为天官、地官、水官，又称天、地、水为"三元"。

三官庙

龙编鸟纪只奇闻，取诸乾取诸坤取诸坎，万事得其宜，变动不居，统周易凡三百八四画；

牛鬼蛇神笑野史，今夫天今夫地今夫水，一言可以尽，至诚无息，读中庸右第二十六章。

——〔清〕吴可读（见《吴可读文集》）

【笺注】

1.龙编鸟纪，以喻上古之文字，后引申出伏羲画卦之事。

2.三官，道教所奉为天官、地官、水官；坎卦，指水；联中乾坤坎、天地水，均对应三官。

3.三百八四画，指《周易》有六十四卦，每卦又分六爻，共计三百八十四爻。

4.无息，不间断之意。《礼记·中庸》："故至诚无息，不息则久，久则征，征则悠远。"此正是《中庸》第二十六章所载，此章并言"天地之道，可一言而尽也……今夫天，斯昭昭之多，及其无穷也……今夫地，一撮土之多，及其广厚……今夫水，一勺之多，及其不测"，恰与"三官"相应和。

白塔寺三星殿

南极分辉，星散光芒通八表；

西山竞秀，人来瞻拜祝三多。

——〔清〕绰奇（见颜永祯《兰州楹联汇存》）

【笺注】

1. 落款"绰奇，巡抚甘肃都察院"。原配匾额"三星拱照"。
2. 三星，为福禄寿三星；南极，即南极星，道教以为主掌寿福。
3. 三多，指多福、多寿、多男子，古人常用祝颂之辞。

榆中清水驿财神楼

遍地有黄金，试从清水街头，高抬脚步，义中取利；

到处藏白镪，可向通衢要口，大放眼眶，明里生财。

——〔清〕刘一明（见《栖云笔记》）

【笺注】

1. 原注："在清水穿街路口。"
2. 白镪，白银的别称。明人《醒世恒言》："见因贪白镪，番自丧黄泉。"

榆中清水驿马王殿

神出星精，八骏生成蒙圣德；

位司天厩，六龙变化与时行。

——〔清〕刘一明（见《栖云笔记》）

【笺注】

1. 星精、天厩，均指供奉的马神；八骏，即八骏马，与马有关的典故。
2. 六龙，古代天子的车驾为六马，称为六龙，唐人李白《上皇西巡南京歌之四》："谁道君王行路难，六龙西幸万人欢。"此处亦是对马之赞美。

金天观老君台

紫气满前程，从函谷关来，闻道者非徒尹喜；

丹经流妙说，上昆仑山去，尽头处乃号天尊。

——〔民国〕慕寿祺（见颜永祯《兰州楹联汇存》）

吕祖庙

觉来梦里黄粱，过眼浮云非富贵；
舍遍怀中丹药，关心满地是疮痍。

——〔民国〕刘尔炘（见《果斋别集》）

白云观前庭

惊乾坤欹侧，悲闾巷呻吟，黄鹤孤还边塞月；
是天上神仙，作人间福主，白云普护大千春。

——〔民国〕李蔚起（见颜永祯《兰州楹联汇存》）

【笺注】
1. 落款"乙丑，伏羌李蔚起"。乙丑，即民国十四年（1925年）。
2. 欹侧，为倾斜摇动之意，此处指时局动荡。

潼关楼文昌阁

我但祈天上文衡，将礼乐诗书，悬之日月；
神既掌人间禄籍，把功名富贵，注与贤豪。

——〔民国〕刘尔炘（见颜永祯《兰州楹联汇存》）

【笺注】
1. 在黄家园，民国八年（1919年）经致兰斋主人柴作栋劝募重建。
2. 见《果斋别集》，此联亦为刘尔炘为五泉山文昌阁所撰。

五泉山文昌宫其一

山鸟似犹啼往事；皇天原不丧斯文。

——〔民国〕慕寿祺（见《求是斋楹联汇存》）

【笺注】
1. 自注分别集自宋人陆游及明人某诗，实则为宋人高翥《谒阙里·其二》诗"用舍从来关治乱，皇天本不丧斯文"。

五泉山文昌宫其二

此邦在武始郡以前，赖霍去病、赵充国、邓后将军，功业炳边陲，今虽时世变迁，祠祀宜钦明德远；

先达应文昌星而降，如黄廷臣、段容思、彭大司马，声华光史册，都是山川灵秀，楷模留与后人看。

——〔民国〕慕寿祺（见颜永祯《兰州楹联汇存》）

【笺注】

1. 原款："镇原慕寿祺撰，靖远陈国钧书。"
2. 武始，为兰州一带古郡名。
3. 邓后将军，即三国名将邓艾，曾因败归姜维，自请贬为后将军。与霍去病、赵充国，均指在兰州及陇上建功立业的英雄人物。
4. 黄廷臣、段容思、彭大司马，即兰州本土乡贤明代探花黄谏，明代理学名家段坚，和明代官至兵部尚书的彭泽。

白塔寺三官殿

此地胜琼台，万壑千岩，允矣清微圣境；

何人临宝阁，十洲三岛，宛然缥缈神仙。

——〔民国〕佚名（见颜永祯《兰州楹联汇存》）

白塔寺三教道统祠

佛老识天倪，不受五行束缚；

圣贤重人事，能开万世太平。

——〔民国〕刘尔炘（见颜永祯《兰州楹联汇存》）

【笺注】

1. 落款"刘尔炘撰书，民国十一年"。民国十一年即1922年。原配匾额"各行所知"。
2. 天倪，自然之道，此处指天机。

庙宇

省城隍庙大门

好大胆敢来见我；快回头莫去害人。

——〔清〕周汉（见颜永祯《兰州楹联汇存》）

【笺注】

1. 原配匾额"你来了么"。

2. 祀汉将军纪信为城隍，纪信为天水人，因救其主刘邦而赴死，后被奉为甘肃等地城隍。兰州城隍庙建于宋，乾隆时毁于火，现存为乾隆三十二年（1767年）重建，即今张掖路城隍庙旧址。

省城隍庙前殿其一

尔斯尔，我岂斯尔；人负人，天不负人。

——〔清〕佚名（见颜永祯《兰州楹联汇存》）

省城隍庙前殿其二

举念时明明白白，毋欺了自己；
到头处是是非非，曾放过谁人。

——〔清〕佚名（见颜永祯《兰州楹联汇存》）

省城隍庙前殿其三

威烈壮千秋，趁照眼榴花，合四境以称觞，共见老者安少者怀，不仅一人有庆；
灵辰逢五月，祝延龄松柏，歌九如而献颂，固知仁之至义之尽，自然万寿无疆。

——〔清〕佚名（见颜永祯《兰州楹联汇存》）

【笺注】

1.榴花，见唐人韩愈《题榴花》"五月榴花照眼明，枝间时见子初成"，相传城隍诞辰在五月，故联中榴花、五月等，均指此事。此联内容，当为城隍祝寿之作。

金县城隍

节著荥阳，当年救主时将军一个；
功兴汉室，后世为神者父子三人。

——〔清〕刘一明（见《栖云笔记》）

【笺注】

1.原注："神系汉王臣，姓纪名信，在荥阳代汉王死节者，父弟皆汉臣，俱死节，后皆为城隍神。"指纪信父子兄弟三人，为救其主刘邦，同时死于荥阳之事。

青城城隍庙殿内楹联制式的神幡

青城城隍庙献殿

大节著荥阳，取义成仁，独赖将军扶赤帝；
贞名标忠烈，佑民护国，群依社主镇金城。

——〔清〕佚名（见《青城楹联集锦》）

【笺注】

1. 赤帝，指汉高祖刘邦，《史记·高祖本纪》记载刘邦斩蛇故事，后由此称汉朝崇火，火赤色，因神化刘邦为赤帝子。纪信于荥阳义救刘邦，故有此说。
2. 社主，古谓社稷之神，这里指城隍主宰一方福祸。

黄河大渎庙

探源头天上而来，仗神力疏通，澜安九曲；
展祀则人心致敬，知典章隆重，秩视三公。

——〔清〕崧蕃（见颜永祯《兰州楹联汇存》）

【笺注】

1. 落款"长白崧蕃撰书，光绪辛丑"。光绪辛丑即光绪二十七年（1901年）。原配匾额"荣国献瑞"。
2. 在通济门外，黄河南岸，为河神庙，前对黄河铁桥。通济门，俗称桥门，在中山桥正南。
3. 展祀，祭祀之意；秩视三公，即以三公之礼致祭。

皋兰半个川孔庙其一

泠泠四壁竹丝音，不止德观七世；
切切一庭诗礼训，居然美备百官。

——〔清〕吴镇（见《松厓对联》）

【笺注】

1. 德观七世，见《尚书》有"七世之庙，可以观德"，本指帝王能立七代以来祖先之庙，不忘根本，说明为有德之主。此处以"不止"说明对孔子之崇拜千秋万世。
2. 美备百官，《论语》中引用子贡的话说，"夫子之墙数仞，不得其门而入，不见宗庙之美、百官之富"，以此来赞誉孔子的学问何其高深。

皋兰半个川孔庙其二

数仞墙高，幸边方堂构仅存，差免颓山之叹；

两楹奠远，羡后裔蘋繁迭荐，犹余饮水之风。

——〔清〕吴镇（见《松厓对联》）

【笺注】

1. 数仞墙高，《论语》中引用子贡的话说，"夫子之墙数仞，不得其门而入"，以此来赞誉孔子的学问何其高深。

2. 颓山之叹，即山颓木坏之叹，见《礼记·檀弓上》："泰山其颓乎？梁木其坏乎？哲人其萎乎？"孔子逝世前曾歌之，后以此比喻对重要人物去世的哀挽。

3. 蘋繁迭荐，见唐人为祭奠孔子而写《郊庙歌辞·释奠文宣王乐章》"明德惟馨，蘋蘩可荐"，荐为进献之意。

4. 饮水，见《论语》"子曰：饭疏食饮水，曲肱而枕之，乐亦在其中矣。不义而富且贵，于我如浮云"，以指孔子淡泊之风。

皋兰半个川孔庙其三

志在鲁论，何处非其乡党；

书终秦誓，以能保我子孙。

——〔清〕吴镇（见《松厓对联》）

【笺注】

1. 鲁论，指《论语》；乡党，泛指家乡，《论语·乡党》："孔子于乡党，恂恂如也，似不能言者。"

2. 秦誓，指《尚书》中，其最末篇为秦穆公在被俘后，总结教训，告诫子孙。

关帝庙正殿

姓氏流香，大义与乾坤不朽；

风声持达，孤灯共日月争光。

——〔清〕唐琏（见颜永祯《兰州楹联汇存》）

【笺注】

1. 落款"唐琏，嘉庆二十三年"。嘉庆二十三年即1818年。
2. 风声，指声望风范，唐人元结《下客谣》："风声与时茂，歌颂万千年。"
3. 持达，应为"特达"，指明达突出。唐任华《杂言寄杜拾遗》诗："英才特达承天眷，公卿谁不相钦羡。"

忠义祠关帝庙

万古重纲常，是继文宣而起者；
一朝新典礼，当偕武穆以祀之。

——〔清〕慕寿祺（见《求是斋楹联汇存》）

【笺注】

1. 文宣，指孔子，意为武圣继文圣之后；武穆，即岳飞，二人同为忠义典范。

广福寺关圣殿

正则扶奸则诛，这便是春秋学问；
始以仁终以义，已到了圣贤工夫。

——〔清〕封士衔（见颜永祯《兰州楹联汇存》）

【笺注】

1. 春秋学问，指关羽常读《春秋》而晓明大义之典。

水门真武庙关圣殿

义存汉室三分鼎；志在春秋一部书。

——〔清〕佚名（见颜永祯《兰州楹联汇存》）

华林寺九间楼

义勇镇边疆，泽并黄河流万古；
武安延社稷，群瞻紫塞峙千秋。

——〔清〕佚名（见颜永祯《兰州楹联汇存》）

【笺注】

1.在华林山华林寺之北，亦名华林寺，俗名九间楼，内亦供奉刘关张桃园三圣。

山陕会馆关帝庙

汉臣忠义感曹瞒，患难周旋，何况张文远三生知己；

蜀志刚矜笑陈寿，幽明激赏，且看罗贯中一部传奇。

——〔清〕吴镇（见颜永祯《兰州楹联汇存》）

【笺注】

1.落款"洮阳吴镇题，前楚沅守"。

2.曹瞒，指曹操；张文远，即张辽。

太清宫关帝殿

文武圣神，奕奕两间正气；

君臣兄弟，巍巍千古完人。

——〔清〕佚名（见颜永祯《兰州楹联汇存》）

【笺注】

1.在袖川门外，龙尾山麓，内供关圣文昌财神三官等。

2.《刘尔炘楹联集》记为刘尔炘撰。

洪恩楼关圣殿

常将腐鼠视孙曹，人谓目空一世；

若使卧龙非管乐，自当功盖三分。

——〔清〕佚名（见颜永祯《兰州楹联汇存》）

【笺注】

1.在袖川门外，洪恩街，今洪门子一带。原注："相传音得正撰。"

2.腐鼠，典出《庄子·秋水》，后用来形容贱物。

3.管乐，管仲、乐毅并称，春秋战国时的名臣名将，晋代袁宏《三国名臣序赞》"孔明盘桓，俟时而动，遐想管乐，远明风流"，即诸葛亮曾自比管乐之才。

东关关帝庙

千百载至大至刚,统是当年浩气;

十六代封王封帝,依然旧日亭侯。

——〔清〕佚名(见《关庙楹联大观》)

【笺注】

1.十六代,指历史上曾有十六个皇帝二十三次给关羽降旨敕封,但揣测他本人仍看重的是"汉皇"生前所封的寿亭侯,由此以示其对汉家的忠贞不二。

五泉山秦公庙

唐室建奇勋,护国佑民,庙貌重新依鹫岭;

熙朝崇盛典,铭功绘像,地灵仍旧挹龙泉。

——〔清〕佚名(见颜永祯《兰州楹联汇存》)

【笺注】

1.秦公,即唐名将秦琼,拜上柱国,追封胡壮公。

2.鹫岭,即灵鹫山,代指佛寺,此处指秦公庙邻近五泉山大悲殿。

3.熙朝,指王朝兴盛,明人张居正《寿陈松谷相公》:"诚旷世之希逢,熙朝之盛典也。"

4.铭功绘像,指秦琼曾为凌烟阁二十四绘像功臣之一。

金花庙

玉液现祥光,时引迷人登觉路;

金花生瑞气,惟援尘世跻春台。

——〔清〕佚名(见颜永祯《兰州楹联汇存》)

【笺注】

1.在旧南门外煤市街口,道光十九年(1839年)建。供奉金花仙姑,世居兰州教场关(即井儿街),生于明洪武,时年十七逃至吧咪山,坐化石洞中,因祷雨辄应,光绪时左宗棠请敕封,遂列入祀典。

五泉山金花庙

昂首月当门,向天上闲游,摆脱尘凡归碧落;
无心云出岫,在人间小住,作为霖雨润苍生。

——〔清〕刘尔炘(见《兰州五泉山修建记》)

【笺注】

1.自注:"金花庙祀金花仙姑,建于光绪丁亥间。相传神系洪武时人,得道于吧咪山,语多传会,姑妄听之而已。光绪间以祷雨有应,邦人建庙请封。当时曾属余为联,余应之。"

小西湖龙王庙

山川出云作霖雨;楼台倒影入池塘。

——〔清〕杨昌浚(见刘尔炘《重修小西湖记》)

【笺注】

1.《重修小西湖记》原注:"入门从湖南西行约数十步,北向有庙祀龙神,土人呼为龙王庙,其实泉神也。庙前有泉,浚之水极盛,为甃,如半月形,约以石栏,每当夏日,苹藻纵横,游鱼嬉戏于天光云影之中,凭栏俯视,使人有濠上之思……杨公曾集句为门联云……可谓妙造自然,亦落落大方矣。"

2.此联为集句联,上联出自南宋许及之《云龙歌上周丞相寿》诗"公不见崧岳降神生甫申,山川出云作时雨",原文为"时雨";下联出自唐人高骈《山亭夏日》诗"绿树阴浓夏日长,楼台倒影入池塘"。

节园烈妃庙

一抔荒土苍梧泪;百尺高楼碧血碑。

——〔清〕左宗棠(见《左文襄公诗文别集·联语》)

清左宗棠书烈妃庙联拓片

【笺注】

1.烈妃庙在兰州节园，祀明末肃王殉难之妃嫔。当时明亡，妃嫔等皆触碑而亡，后来碑石渗血，故名碧血碑。左宗棠同时撰有《烈妃庙记》，又名"韬碧亭"。

西园花神庙

园祀秋实春华举；神在风情雨意中。

——〔清〕林扬祖（见颜永祯《兰州楹联汇存》）

西园土地祠

山峙水流，荷神功于万古；
花香树密，仗土德以千秋。

——〔清〕常绩（见颜永祯《兰州楹联汇存》）

五瘟祠正殿

瘟自人招，何须登高效桓景；
疫从天降，惟当慎疾学仲尼。

——〔清〕曹炯（见颜永祯《兰州楹联汇存》）

【笺注】

1.在南关广福寺东，五瘟为春、夏、秋、冬和中瘟，民间祭祀的瘟神。

2.桓景，南朝志怪小说《续齐谐记》记载，东汉人桓景曾登高避灾，智斗瘟魔，重阳登高的故事也由此而来。此处辩证地指出，瘟病多由人招惹，登高等办法只是治标不治本。

3.仲尼，指孔子，《论语》中说孔子提出要慎斋、慎战、慎疾，其中慎疾，就是要慎重对待疾病，提倡注重保养之意。

百子楼

抱来天上麒麟子；送与人间积善家。

——〔清〕王进禄（见颜永祯《兰州楹联汇存》）

【笺注】

1.落款"王进禄,光绪癸未"。光绪癸未即光绪二十九年(1903年)。

2.此处供奉主管生育之神,故有"送子"之说。旧址在今武都路。

山陕会馆药王殿

妙药贮青囊,橘井杏林沾利泽;

奇方轶金匮,龙鳞虎口著神功。

——〔清〕佚名(见颜永祯《兰州楹联汇存》)

【笺注】

1.青囊,代指草药,相传东汉神医华佗有《青囊书》。

2.橘井、杏林,为古时神医故事,此处均代指行医之人。

3.金匮,指东汉名医张仲景所著《金匮要略》,此处代指药方;龙鳞虎口,相传唐代名医孙思邈得龙宫方,能医虎口龙鳞,以喻其善治疑难杂症,医术高超。

东关财神庙

降福无疆,一点灵光昭玉塞;

生财有道,万年瑞气霭金城。

——〔清〕达昌(见颜永祯《兰州楹联汇存》)

青城文庙

宪章盛于文武;诗书焕乎唐虞。

——〔清〕佚名(见《青城楹联集锦》)

【笺注】

1.宪章,效法之意,《礼记·中庸》记载"仲尼祖述尧舜,宪章文武";文武,即周文王、周武王。

2.唐虞,即唐尧与虞舜的并称,古人以为太平盛世。联中"诗"本指《诗经》、"书"本指《尚书》,意为上古的文章,体现着尧舜之精神。

青城禹王庙

忆昔八年勤治水；于今九曲庆安澜。

——〔清〕佚名（见《青城楹联集锦》）

【笺注】

1.八年，相传大禹治水用时八年，《孟子》有"禹八年于外，三过其门而不入"之句。

大成殿

圣道绵绵传数千载，依乎中庸，察乎天地；
人才济济合新旧学，无不覆载，莫不尊亲。

——〔民国〕慕寿祺（见颜永祯《兰州楹联汇存》）

五泉山既济宫

翠霭千山雨；苍生万灶烟。

——〔民国〕刘尔炘（见《兰州五泉山修建记》）

【笺注】

1.原注"祀水神、火神"。

2.既济，为《易经》中卦名，汉代孔颖达疏"万事皆济，故以既济为名"，此处紧扣其"水火相融"之意。

五泉山土神祠

最妒此老头儿者，先我入山，早据林泉娱杖履；
亦古之伤心人乎，为谁守土，懒开门户受香烟。

——〔民国〕刘尔炘（见《兰州五泉山修建记》）

【笺注】

1.自注："吾国风俗，土地神随处有之。山之土神祠，在摸子洞旁，仅一楹。民国以来，香火又远逊于前矣。慨然为赋一联云。"

2.守土，此处一语双关，喻指当时时局更迭频繁。

五泉山泉神雹神祠

水流心不竞；云在意俱迟。

——〔民国〕刘尔炘（见《兰州五泉山修建记》）

【笺注】

1.原注："泉神、雹神既移祀于西小院，用杜句题祠云。"此联摘自唐人杜甫《江亭》之原句。

五泉山太昊宫伏羲殿其一

在当年玩河洛理星辰，俯察仰观，思创出文明世界；
到今日驾风云走雷电，醨漓朴散，悔打开混沌乾坤。

——〔民国〕刘尔炘（见《兰州五泉山修建记》）

【笺注】

1.原注："伏羲殿配祀者为庖娲女皇氏、黄帝轩辕氏，而以太昊伏羲氏为宗。"太昊，即伏羲氏，传说诞生于天水一带，故五泉山设祠以祭。

2.原落款"榆中罗经权撰"。据刘尔炘《兰州五泉山修建记》，此联为刘氏代笔。

3.河洛、俯察仰观，均指伏羲观察万物而画八卦一事。

4.醨漓，即醇醨，原指酒味的厚与薄，后以喻风俗的敦厚与浇薄；朴散，《道德经》有"朴散为器"，后亦谓淳朴之风消散。联系后文，此处指当时风气不淳，局势混沌。

五泉山太昊宫伏羲殿其二

画成卦有三爻天地人，分阴分阳，造化机缄都在手；
易之书无一字文周孔，读来读去，圣神事业只传心。

——〔民国〕刘尔炘（见《兰州五泉山修建记》）

【笺注】

1.原落款"伏羌王赞勋撰"。据刘尔炘《兰州五泉山修建记》，此联为刘氏代笔。

2.文周孔，即文王、周公、孔子，将此奉为继伏羲等上古圣贤之后，弘扬中华文明的大贤者。

庙宇

五泉山太昊宫伏羲殿其三

以八卦定大业，文化昭垂二千年，郁郁秦州，是乃吾祖发祥之地；

循河源至海峤，声教所讫数万里，遥遥华胄，毋忘神圣创始唯艰。

——〔民国〕陈闾（见颜永祯《兰州楹联汇存》）

【笺注】

1. 落款"古越陈闾题，观察兰山使者"。原有额曰"参天两地"。
2. 遥遥华胄，谓显贵者的后代，此处指炎黄子孙。

五泉山太昊宫伏羲殿其四

从盘古时初开浑沌，世风噩噩，经几千万年天地精英，始萃于陇山之灵，陇水之秀；

自神农后下至明清，华胄遥遥，历二十七代儿孙事业，谁不以帝功为祖，帝德为宗。

——〔民国〕秦望濂（见颜永祯《兰州楹联汇存》）

小西湖龙王庙其一

数行杨柳，十里烟波，载酒寻诗，不减苏堤韵事；

北塔抽簪，南屏拥翠，浓妆淡抹，依然西子风流。

——〔民国〕杨巨川（见颜永祯《兰州楹联汇存》）

【笺注】

1. 以杭州西湖景致借喻兰州小西湖。

小西湖龙王庙其二

何人不盼望云霓，当通知河汉江淮，邀四海同心，霖雨酿成天下乐；

随处要拨开烟雾，为抬举星辰日月，发九乾正怒，雷霆打出世间春。

——〔民国〕刘尔炘（见《重修小西湖记》）

【笺注】

1.原注："庙之殿既祀龙神，余拟题额曰'云从殿'，云固从龙者也。"

2.九乾，乾为天，即为九天之意；正怒，即震怒，形容雷霆之状。

东园龙王庙

在天作霖雨；随地涌甘泉。

——〔民国〕张广建（见颜永祯《兰州楹联汇存》）

城隍庙戏楼

曾见那大奸雄大豪杰，善未必福，恶未必凶，看了他使我低头，叹报应分明，便非天道；

若是个真孝子真忠臣，听之可歌，思之可泣，演得我替他坠泪，知神灵感格，不外人情。

——〔民国〕刘尔炘（见《果斋别集》）

【笺注】

1.感格，谓感于此而达于彼,此处指神灵感应。宋人李纲《应诏条陈七事奏状》："天人一道，初无殊致，唯以至诚可相感格。"

五泉山关圣殿

当三国纷争时，认定刘家为正统；

在五泉幽胜处，占来汉土守中华。

——〔民国〕刘尔炘（见《兰州五泉山修建记》）

桥门关岳庙

恒岳之英，嵩岳之灵，与两间正气同流，仰瞻风马云旗，庙貌巍峨光日月；

上祀曰德，中祀曰功，合五族明禋以享，愿祝金城玉垒，边荒詟服靖烽烟。

——〔民国〕陆洪涛（见颜永祯《兰州楹联汇存》）

庙宇

【笺注】

1.落款"陆洪涛,民国十一年"。民国十一年即1922年。原配匾额"河岳日星"。

2.恒岳即恒山,在山西;嵩岳即嵩山,在河南。以此扣关羽、岳飞之籍贯。

3.云旂,即云旗,指军中旌旗。

4.上祀,古代将祭礼分为大祀、中祀、小祀,这里指关岳二人之德品可配上祀,功绩可配中祀,以示推崇之意。

5.明禋,指明洁诚敬的献享,此处指祭祀。

6.詟服,使之服从,这里指边疆无战事。见《汉书·项籍传》:"诸将詟服,莫敢枝梧。"

青城城隍庙戏台

上将筑名城,六代河山安乐土;
崇兰开盛世,万家饶鼓庆丰年。

——〔民国〕佚名(见《青城楹联集锦》)

【笺注】

1.上将,指宋代名将狄青,青城即因狄青而名,城隍庙即原为狄青府。

2.崇兰,指青城之崇兰山。

祠堂

甘肃昭忠祠

转战效前驱，执锐披坚，群推壮士；
明禋垂后世，秋霜春露，永报忠魂。

——〔清〕佚名（见颜永祯《兰州楹联汇存》）

【笺注】

1.据《皋兰县续志·卷之五》，昭忠祠"在省城东关，嘉庆七年奉旨建。春秋季，地方官承祭"。地址在今庆阳路南关一带。嘉庆七年，即1802年。所祭为甘肃历次战事阵亡将士。

2.明禋，指虔诚敬献，明人何景明《忧旱赋》："坎击鼓兮舞成行，荐明禋兮输款诚。"

甘肃全省忠义总祠前庭其一

报二百余年养士之恩，大死靡他，共仰英灵光玉塞；
聚数十万人同堂而祀，昭兹来许，长留俎豆奠金城。

——〔清〕杨昌浚（见颜永祯《兰州楹联汇存》）

【笺注】

1.落款"杨昌浚，光绪六年"。光绪六年即1880年。

2.旧址在下东关，即今庆阳路至东方红广场一带。光绪六年（1880年）建，所祭为甘肃明清以来阵亡将士，故有"二百余年"之说。

甘肃全省忠义总祠前庭其二

生而为英，死而为灵，同是两朝正气；
忠以殉君，义以殉友，允称一代完人。

——〔清〕左宗棠（见颜永祯《兰州楹联汇存》）

甘肃全省忠义总祠正堂其一

浩气壮山河，马革归来成烈死；
大名光史策，豹皮常在想英风。

——〔清〕左宗棠（见颜永祯《兰州楹联汇存》）

【笺注】

1. 落款"左宗棠撰书，光绪六年"。光绪六年即1880年。原配匾额"忠义之林"。
2. 马革，指马革裹尸之典；豹皮，古代武将常坐虎皮、豹皮等，以代指武将风采。

甘肃全省忠义总祠正堂其二

节义凛风霜，碧血千年殷塞草；
春秋绵俎豆，黄河九曲咽忠魂。

——〔清〕魏光焘（见颜永祯《兰州楹联汇存》）

杨椒山先生祠其一

此事先生真有胆；当时阁老竟何心。

——〔清〕左宗棠（见《左宗棠全集·联语》）

【笺注】

1. 援引《对联话》，即明代杨继盛祠堂。
2. 有胆、阁老，指杨继盛弹劾奸臣严嵩之事。

杨椒山先生祠其二

圜舍亦流芳，浩气常存，看此日祠旁大树；
云司今避席，爰书谁定，问当年座上诸公。

——〔清〕吴可读（见《吴可读文集》）

【笺注】

1. 原注："祠有榆一株，树身高不及垣，上分数大枝，屈曲盘结如龙蛇……相传为先生手植物。"

2. 圜舍，圆形小屋，此处指简陋祠堂。

3. 云司，指掌握刑法的官。杨继盛曾遭诬陷下狱，在狱中备经拷打而死；撰者吴可读亦为刑部主事，此时已离职，故称"避席"；爰书，为古代记录囚犯供词的文书，撰者以此反问，意在表明当年刑法不公下杨之冤情。

左文襄公祠正堂其一

恢复数万里版图，湘水多才，直同曾文正胡文忠，功在社稷；
上下千百年人物，金城崇祀，当与赵卫尉邓卫国，美并古今。

——〔清〕谭继洵（见颜永祯《兰州楹联汇存》）

【笺注】

1. 1885年左宗棠在福州病逝，1886年甘肃遵敕建左文襄公祠，俗称"左公祠"。在兰州府文庙东，内有卧龙阁、真人庙等，均建于光绪十二年（1886年），民国后改为兰州市私立第一小学校，1939年成立志果中学，今在兰州市第二中学东侧。

2. 曾、胡，指同为晚清名臣的曾国藩、胡林翼；赵、邓，指在甘肃建有军功的汉代名将赵充国、明代名将邓愈。

左宗棠担任陕甘总督时留影

祠堂

左文襄公祠正堂其二

帝者师，王者佐，群夷惮之，臣品不论三代下；
博岳东，华岳西，筹笔苦矣，公灵应在五泉多。

——〔清〕魏光焘（见颜永祯《兰州楹联汇存》）

【笺注】

1.博岳，指新疆博格达峰；华岳，指华山；五泉，指兰州五泉山，皆以西北名山以喻其功绩。

左文襄公祠前庭

公真一代伟人，仰德被雍凉，犹想见元戎旌节；
我亦三秦黎庶，幸籍联湘鄂，更得瞻丞相祠堂。

——〔清〕李联芳（见颜永祯《兰州楹联汇存》）

【笺注】

1.落款"古岐亭李联芳，光绪辛卯"。光绪辛卯即光绪十七年（1891年）。
2.雍凉，即雍州、凉州，泛指西北。
3.元戎，指军中统帅。
4.籍联，撰者李联芳为陕西籍贯，但生于湖北麻城，故有此说。
5.丞相祠堂，丞相既指左宗棠官居宰辅，又指左宗棠生前好以诸葛自喻。

左文襄公祠戏台其一

乐以象功，箫鼓永清关塞月；
声能和听，笙歌遥遏洞庭云。

——〔清〕佚名（见颜永祯《兰州楹联汇存》）

左文襄公祠戏台其二

跃马军前，在昔旌旗昭武烈；
卧龙阁下，于今钟鼓乐清时。

——〔清〕何福堃（见颜永祯《兰州楹联汇存》）

【笺注】

1.武烈，见《国语·周语下》"成王能明文昭，能定武烈者也"，后以"武烈"谓武功。

左文襄公祠卧龙阁其一

杨柳度边关，瞻望衡峰，归去愿随回雁影；
榆枌叨旧荫，炳灵汉水，后来应有卧龙才。

——〔清〕李端棻（见颜永祯《兰州楹联汇存》）

【笺注】

1.以衡阳落雁，喻指左宗棠及湖湘子弟。

左文襄公祠卧龙阁其二

五载重来，喜玉敦珠槃，文武衣冠如昔日；
三边无恙，问黑山红水，馨香俎豆更何人。

——〔清〕魏光焘（见颜永祯《兰州楹联汇存》）

【笺注】

1.玉敦珠槃，古代诸侯盟誓时用的器具，左宗棠时任陕甘总督，肩负守卫边疆重任，故说"三边无恙"。

2.黑山红水，代指西北地域。

湘阴祠正堂其一

广厦万千间，地转长安，文运从来关国运；
圣朝三百载，天生名相，将坛拜后又词坛。

——〔清〕吴可读（见颜永祯《兰州楹联汇存》）

【笺注】

1.原注："在举院内。旧名报德祠，光绪六年建。"即为左宗棠祠堂，因左宗棠奏请陕甘分闱并创建举院，故其逝后，为感念其功，后人建有此祠，曾名"报德祠"亦是指此。

2.地转长安，唐人李白《上皇西巡南京歌十首·其四》诗"地转锦江成渭水，天回玉垒作长安"，此处化用其意，指陕甘分闱之事。

湘阴祠正堂其二

先生曾湘上为农，旷世英雄龙善卧；

当日亦庄前种柳，感时怀抱鸟知还。

——〔清〕刘尔炘（见《果斋别集》）

【笺注】

1.湘上为农，左宗棠早年潜居家中，曾自号"湘上农人"，犹如孔明躬耕之事。

湘阴祠正堂其三

旌旗鸾鹤倘停云，看门外沧桑，公应大笑；

花草虫鱼闲度日，对湘中豪杰，我愧虚生。

——〔清〕刘尔炘（见《果斋别集》）

刘果敏公祠其一

大将出儒生，佐元老平定东南，廓清西北；

圣朝崇祀事，报功臣馨香百世，俎豆千秋。

——〔清〕江廷栋（见颜永祯《兰州楹联汇存》）

【笺注】

1.即刘典之祠。刘典为湘军将领，曾任甘肃布政使等，光绪五年（1879年）随左宗棠西征途中死于军中，光绪七年（1881年）陕甘总督谭钟麟奉召在兰州敕建祠堂，民国后改为宁乡会馆。

刘果敏公祠其二

汾社一书生，二十年戎马驰驱，战绩留关山浙水；

丛祠半天下，数千里骖鸾来去，灵旗飐陇月秦云。

——〔清〕谭钟麟（见颜永祯《兰州楹联汇存》）

【笺注】

1. 枌社，泛指故乡，撰者谭钟麟与刘典皆为湖南同乡。

2. 骖鸾，谓仙人驾驭鸾鸟云游，此处指其神灵游踪。清代名臣名将去世后，一般在其曾建功立业的地方都会敕令建有祠堂以为纪念，此联即说刘典戎马一生，转战多地，故而"丛祠半天下"，数千里地都有供奉。

刘忠壮公祠其一

力卫畿疆，借箸频烦天下计；
恨遗灵武，止戈还赖将门才。

——〔清〕陶模（见颜永祯《兰州楹联汇存》）

【笺注】

1. 即刘松山之祠。刘松山为湘军将领，同治八年（1869年）随左宗棠平定西北乱局时战死，时年三十八岁。光绪九年（1883年）陕甘总督谭钟麟奉召在兰州敕建其祠堂，民国后改为湖南会馆。

2. 借箸，见《汉书·张良传》，指为人谋划；唐人杜甫《蜀相》诗"三顾频烦天下计，两朝开济老臣心"，此处亦将其比作诸葛亮。

3. 灵武，在宁夏境内，刘松山于附近阵亡，故说"遗恨"。

4. 止戈、将门，指刘松山侄子刘锦棠后来成为湘军将领，协助左宗棠平定西北。

刘忠壮公祠其二

地当万里长城，剩残垒斜阳，河水咽馀终古恨；
我是十年旧部，拜新祠遗像，斗山凄绝故乡情。

——〔清〕王翔（见颜永祯《兰州楹联汇存》）

【笺注】

1. 斗山，北斗和泰山，以喻德高望重之人。明人张居正《和答龙湖阁老舟中见示》诗："海内几年公辅望，士林今日斗山情。"

刘忠壮公祠戏楼

从江南河北奏凯而来，声振三边，自是曲高和寡；
值陇中关外销兵以后，风清万里，好聆古调遗音。

——〔清〕佚名（见颜永祯《兰州楹联汇存》）

阿文成公祠其一

铜柱勒奇勋，一代声华光日月；
金城歌盛德，三边俎豆寿山河。

——〔清〕佚名（见颜永祯《兰州楹联汇存》）

【笺注】

1.即清太子太保、武英殿大学士阿桂之祠，在金天观东真武祠旧址，乾隆时奉旨建造，道光四年（1824年），其孙那彦成出任陕甘总督时重建。

2.铜柱，指汉代名将马援铜柱立功之事，以喻指其西北军功。

阿文成公祠其二

从享亦千秋，公自大名垂宇宙；
开边曾百战，人言此气作山河。

——〔清〕杨遇春（见颜永祯《兰州楹联汇存》）

五泉山精忠阁其一

曾谒汤阴祠，读壁上残诗，惊雨惊风，雪尽犹余鸿爪在；
重登兰岭阁，望峰头夕照，好山好水，月明应有马蹄归。

——〔清〕吴可读（见《吴可读文集》）

【笺注】

1.精忠阁主祀岳飞，因岳飞为河南汤阴人，故又称"汤阴祠"。

2.壁上残诗，一般指岳飞名作《满江红》；马蹄，指岳飞《池州翠微亭》诗"好山好水看不足，马蹄催趁月明归"。

五泉山精忠阁其二

碧血奠英灵，万古忠臣惟孝子；

翠微传妙句，千秋名将几诗人。

——〔清〕吴可读（见《吴可读文集》）

【笺注】

1. 翠微，即指岳飞《池州翠微亭》诗。

潘氏祖先堂

读圣贤书，明善复初，方为认得宗祖；

了身心事，绍前启后，才是不忘本源。

——〔清〕刘一明（见《栖云笔记》）

【笺注】

1. 明善复初，即"人之初，性本善"之意，宋人朱熹《论语集注》："人性皆善，而觉有先后，后觉者必效先觉之所为，乃可以明善而复其初也。"

颜氏祠堂其一

馨香分郭外之田，夕膳晨馐，讵敢作拾尘野祭；

展拜守家中之训，左昭右穆，何须缮争坐名书。

——〔清〕吴镇（见《松厓对联》）

【笺注】

1. 在城南颜家沟，皋兰颜氏源于东鲁复圣颜子一脉。此祠原建于明中叶，屡修于兵燹之余，后于光绪十一年（1885年）重建。

2. 郭外，指颜回有郭外之田知足常乐之事；拾尘，指颜回与孔子等外出，煮粥拾尘而被孔子称赞之事，皆在彰显其清贫乐道之家风。

3. 家中之训，即南北朝颜之推所作《颜氏家训》；争座，指唐代书法家颜真卿之名作《争座位帖》；左昭右穆，是古代座位的排序方法，这里指社会秩序，以喻其后代规矩为人。

颜氏祠堂其二

兰岭注分流,弈叶有贤承四勿;
杏坛羡亲炙,敝庐近圣守三迁。

——〔清〕孟广均(见颜永祯《兰州楹联汇存》)

【笺注】

1. 弈叶,即弈世,世代之意。三国曹植《王仲宣诔》:"伊君显考,弈叶佐时。"
2. 四勿,见《论语·颜渊》所记"非礼勿视,非礼勿听,非礼勿言,非礼勿动"。
3. 三迁,指孟母三迁之事,作者为孟氏后裔,家中与此紧邻,故有此言。

马滩刘氏宗祠其一

孝友为政;耕读传家。

——〔清〕佚名

【笺注】

1. 据清光绪《刘氏族谱》,刘氏"马滩家祠自嘉庆四年……与族人同建者也",至光绪七年重修告竣,主体建筑至今犹存。

马滩刘氏宗祠正殿及其楹联

2.此副短联,红底金字,楷书题写,无款,至今犹存。从字迹看,比较《族谱》,或为清人刘鹤年所撰。

马滩刘氏宗祠其二

耕读裕孙谋,旧德先畴绵世泽;
蒸尝思祖烈,秋霜春露荐时馨。

——〔清〕佚名

【笺注】

1.联为黄底墨字刻板,无款,至今犹存。
2.孙谋,见宋人朱熹《诗经集传》:"谋及其孙,则子可以无事矣。"
3.先畴,先人所遗的田地,此处代指祠堂及家业等。
4.蒸尝,本指秋冬二祭,后泛指祭祀,联后"秋霜春露"亦是指此。
5.祖烈,祖宗之功绩。

段氏家祠其一

理学衍家传,尊祖敬宗,型仁讲让;
名臣绵世泽,父慈子孝,兄友弟恭。

——〔清〕段维翰(见颜永祯《兰州楹联汇存》)

【笺注】

1.落款"十五代孙段维翰"。
2.明代兰州乡贤段续之祠。在东关,牌坊题曰"理学名臣",清乾隆时建。
3.型仁讲让,兄友弟恭,皆为儒家思想。

段氏家祠其二

名满南阳卧龙岗,设书院以来,长留遗泽;
道宗东鲁壤驷子,阐薪传而后,再见斯人。

——〔清〕慕寿祺(见《求是斋楹联汇存》)

【笺注】

1. 南阳，段坚曾任南阳知府，并建有志学书院弘扬理学。

2. 壤驷子，即壤驷赤，秦州人，孔门七十二贤之一，以此指段坚在甘承接儒学正脉之意。

青城东滩李氏祠堂其一

谱溯咸阳，渭水秦云瞻故里；
派延陇右，朔风边月忆将军。

——〔清〕陈逸（见《青城楹联集锦》）

【笺注】

1. 将军，指汉代飞将军李广。

青城东滩李氏祠堂其二

继世诗书，鹿洞龙门垂典列；
传家忠孝，东阳北海著仪型。

——〔清〕陆润庠（见《青城楹联集锦》）

【笺注】

1. 鹿洞，即江西白鹿洞，唐人李渤与兄隐居读书于此，畜一白鹿，因名。

2. 龙门，据《世说新语·德行》，东汉名士李膺志在培养后进之士"有升其堂者，皆以为登龙门"。

3. 东阳，即明朝名臣李东阳；北海，即唐朝书法家李邕。

青城东滩李氏祠堂其三

道犹有龙，世泽至今思老子；
才推倚马，文章更古焕长庚。

——〔清〕李宗堃（见《青城楹联集锦》）

【笺注】

1.上联指老子李耳"其犹龙也"之事;下联指李白"倚马之才"的典故。

青城关家沟关氏祠堂

燕翼有良谋,忠义家声绍汉代;

豆笾无亵味,枣葵手泽胜邠风。

——〔清〕关元儒（见《青城楹联集锦》）

【笺注】

1.燕翼,见《诗经·文王有声》"诒厥孙谋,以燕翼子",谓善为子孙后代谋划。

2.忠义家声,指关羽忠义之风范。

3.豆笾,古代祭器,木制叫豆,竹制叫笾;亵味,指平素嗜好的食品。此处皆指祭祀之事。

4.邠风,即豳风,《诗经·豳风·七月》"六月食郁及薁,七月亨葵及菽,八月剥枣……食我农夫",前人认为其诗"致王业之艰难也",此处即指常念先祖创业之艰难,并毋忘农桑之本色。

东园烈妃祠其一

秀木久成阴,寂寞园林,何处寻故宫花草;

沧海新换劫,联翩裙屐,依然见汉代冠裳。

——〔民国〕张广建（见颜永祯《兰州楹联汇存》）

【笺注】

1.故宫、裙屐,因在明肃王府旧址,所祀者为末代肃王妃嫔等,故有此说。

东园烈妃祠其二

古墓几朝存,锈成一片肝肠铁;

边城阴雨湿,流作千秋血泪碑。

——〔民国〕慕寿祺（见《求是斋楹联汇存》）

【笺注】

1.当时明亡，肃王妃嫔等皆触碑而亡，传说后来碑石每逢阴雨季便有渗血，故名"碧血碑"。

吴柳堂先生祠

故国山河在；孤忠天地知。

——〔民国〕慕寿祺（见《求是斋楹联汇存》）

【笺注】

1.此联为集句联，分别集自宋人陈师道《南歌子·贺彭舍人黄堂成》"故国山河在，新堂冰雪生"，元人白珽《岳武穆精忠庙》"国势已如此，孤忠天地知"。

五泉山武侯祠其一

在三国中，论时会论遭逢，壮志未酬，天运早归司马晋；
从两汉后，数经纶数学识，真才难得，人间只有卧龙岗。

——〔民国〕刘尔炘（见《兰州五泉山修建记》）

【笺注】

1.早归司马晋，指三国后三家归晋，司马氏一统天下。

五泉山武侯祠其二

凭栏纵远观，叹东方大陆风起云飞，欲倩卧龙作霖雨；
寻壑恣幽赏，值西域胡氛烟销火灭，且容立马看河山。

——〔民国〕马福祥（见颜永祯《兰州楹联汇存》）

【笺注】

1.原联并有跋文："民国初基，海内多事，陇首一隅，浣可小康。暇日登临，拈毫撼蓄，非曰能赋，藉留鸿爪。"联中风起云飞等，皆是对时局的感慨。

五泉山武侯祠其三

天与三台座；名成八阵图。

——〔民国〕慕寿祺（见《求是斋楹联汇存》）

【笺注】

1. 原注"距三台阁甚近"。指山上有皋兰山三台阁。
2. 此联为集句联，分别集自唐人张九龄《奉和圣制送尚书燕国公赴朔方》诗"天与三台座，人当万里城"，唐人杜甫《八阵图》诗"功盖三分国，名成八阵图"。

五泉山皋兰乡贤祠容思殿其一

从伊古以来，谨尊崇历代英贤，得其数八；
愿自今而后，多诞降救时豪俊，立不朽三。

——〔民国〕刘尔炘（见《兰州五泉山修建记》）

【笺注】

1. 主奉段容思，即明代理学家段坚，配祀晋代大将麴允、唐代大将辛云京等以来至清代秦维岳、吴可读、卢政、张国常等兰州历代乡贤三十三人。其中此联题于西配殿，共配祀其中八人，故说"得其数八"。原配匾额"枌榆生色"。
2. 立不朽三，谓立德、立功、立言，见《左传·襄公二十四年》："虽久不废，此之谓不朽。"

五泉山皋兰乡贤祠容思殿其二

我既成世上游民，虚度一生，空藉将俎豆馨香，瞻依往哲；
谁不是后来志士，力争千古，须要把勋名道德，超越前人。

——〔民国〕刘尔炘（见《兰州五泉山修建记》）

五泉山精忠阁

杨椒山祠庙近邻，想天上忠魂，到此均堪瞑目；
秦丞相子孙如在，见阶前垢面，其将何以为情。

——〔民国〕慕寿祺（见《求是斋楹联汇存》）

【笺注】

  1. 杨椒山，即明代名臣杨继盛；秦丞相，即宋代奸臣秦桧；因精忠阁主祀岳飞，故以岳祠门前秦桧夫妇跪像遭人唾弃而言。

五泉山清虚府其一

  山色五泉雄，好携铁板铜琶，凭吊英灵潸古泪；
  河声千里壮，想见云车风马，卷舒忠愤挟惊涛。

      ——〔民国〕徐声金（见颜永祯《兰州楹联汇存》）

【笺注】

  1. 落款"楚北徐声金谨撰，民国九年"。民国九年即1920年。
  2. 清虚府，主祀宋代名将岳飞，配祀明代名臣杨继盛，清代名臣左宗棠。

五泉山清虚府其二

  三字狱含冤，杀身成仁，犹留大节传千古；
  十年功不朽，精忠保国，特奉馨香祀五泉。

      ——〔民国〕江命职（见颜永祯《兰州楹联汇存》）

【笺注】

  1. 落款"江命职敬题，皋兰县知事"。
  2. 三字，指岳飞"莫须有"三字冤案；十年，指左宗棠在西北经营十余年。

五泉山清虚府其三

  怜他南渡君臣，无热血丹心，认不得英雄豪杰；
  邀我西州人士，拜精忠浩气，仰之如日月星辰。

      ——〔民国〕刘尔炘（见《兰州五泉山修建记》）

【笺注】

  1. 原配匾额"顽廉懦立"，系张謇所题。原落款"永昌何念忠题，庚申"。据刘尔炘《兰州五泉山修建记》，此联为刘氏代笔。庚申，即民国九年（1920年）。

五泉山清虚府其四

公真一代伟人，著辣手文章，十罪自能寒贼胆；
我亦宏农世冑，矢寸心清白，四知惟恐坠家声。

——〔民国〕杨巨川（见颜永祯《兰州楹联汇存》）

【笺注】

1. 此联就杨继盛事迹而言。辣手，即其"铁肩担道义，辣手著文章"一联；十罪，指其声斥严嵩之"五奸十大罪"。

2. 宏农世冑，即宏农（华阴）杨氏，为史上望族，作者以其后代自居；《后汉书·杨震传》记载，其族中人，东汉名臣杨震曾有"天知，神知，我知，子知，何谓无知"的著名论断，史称"四知"，后来杨氏遂堂号曰"四知堂"，联中家声亦是指此。

五泉山清虚府岳忠武王殿其一

一桧遮天迷帝眼，弥显公忠，树柏羞朝羯胡主；
五泉辟地妥王灵，重雪国耻，登台笑指狗葬村。

——〔民国〕巨国桂（见颜永祯《兰州楹联汇存》）

【笺注】

1. 一桧，此处代指秦桧；狗葬村，指秦桧死后，其坟为人践踏，辱之为"狗葬"。

2. 羯胡，见《魏书·石勒传》，用以泛称来自北方的外族，联中称其为"主"，是就秦桧卖主求荣而言。

五泉山清虚府岳忠武王殿其二

垢面跪阶前，对冠冕森严，遗像昔瞻荡阴县；
英灵在天下，想风云来往，长车仍蹈贺兰山。

——〔民国〕慕寿祺（见《求是斋楹联汇存》）

【笺注】

1. 垢面跪阶前，指岳祠前下跪的秦桧夫妇铁像，因遭人唾弃而垢面；荡阴县，即汤阴县，为岳飞家乡。

2. 长车之句，化用岳飞《满江红》"驾长车踏破，贺兰山缺"之意。

五泉山清虚府杨忠愍公祠其一

在两间为志士仁人，便冠绝群伦，义胆忠肝充四海；
无一念非民生国计，即谪居边塞，流风余韵亦千秋。

——〔民国〕刘尔炘（见《兰州五泉山修建记》）

【笺注】

1. 原注："杨忠愍〔即杨继盛〕公谪狄道未及二年，为狄兴学，开煤矿，普万世之利，狄人立庙祀之。吾兰闻风兴起，拜礼甚虔，兹供奉于岳忠武王殿西，题额曰'杨忠愍公祠'。"

五泉山清虚府杨忠愍公祠其二

开邹侍御谏疏先声，报国忘身，十罪已传诛佞稿；
与岳少保崇祠并峙，忠臣义士，五泉分占好山光。

——〔民国〕么联元（见颜永祯《兰州楹联汇存》）

【笺注】

1. 落款"天津么联元敬撰并书，民国九年"。民国九年即1920年。
2. 邹侍御，即兰州籍明代谏臣邹应龙，继杨继盛后成功弹劾严嵩父子。

五泉山清虚府杨忠愍公祠其三

奉亚圣为师，浩气塞两间，莫谓泰山其颓矣；
率诸生讲学，高台留百尺，曾从狄道拜超然。

——〔民国〕慕寿祺（见《求是斋楹联汇存》）

【笺注】

1. 亚圣，即孟子，其名言"养吾浩然之气"为杨继盛所推崇。
2. 泰山句，出自《礼记·檀弓上》"泰山其颓乎，梁木其坏乎，哲人其萎乎"，以喻对重要人物逝世的哀伤。
3. 下联指杨继盛谪居临洮（古狄道）时，建超然书院，讲学育才。

五泉山清虚府左文襄公祠

提江南江北数千里扫荡之师，靖陇上烽烟，修明礼乐；

愿关内关外亿万户弦歌之士，学湘中豪杰，旋转乾坤。

——〔民国〕刘尔炘（见《兰州五泉山修建记》）

【笺注】

1.原注："左文襄功在西陲，其泽之远大者，尤莫如分闱。吾甘分闱后之人才，实远胜于前，邑中人已有专祠祀之矣。"

五泉山太昊宫三子祠其一

从东鲁圣人，悟易象春秋诗书礼乐所传，为儒门要道；

俾西方佛地，知格致诚正修齐治平之说，是天下大经。

——〔民国〕刘尔炘（见《兰州五泉山修建记》）

【笺注】

1.三子，即位列孔子门下七十二贤的石作蜀、秦祖、壤驷赤，三人均为旧时天水人。

2.原注："三先贤其初合为一祠，称'圣门三子'。"

3.俾西方佛地，指此处紧邻佛寺，下联实则是表述其推崇儒家之意。

五泉山太昊宫三子祠其二

圣绩悋西行，眺百二河山，不碍春风时雨至；

儒宗传北学，数三千弟子，谁携关月陇云来。

——〔民国〕郑元良（见颜永祯《兰州楹联汇存》）

【笺注】

1.落款"济南郑元良撰并书，民国九年"。民国九年即1920年。

2.悋，通"吝"，吝惜之意。

3.春风时雨，比喻孔子学说泽润西秦故地。

五泉山太昊宫三子祠其三

联梓谊同产西陲，落落孤踪，曾追随尼山杖履；
凭兰皋遥瞻东鲁，茫茫坠绪，谁绍述泗水薪传。

——〔民国〕巨国桂（见颜永祯《兰州楹联汇存》）

【笺注】

1.落款"秦安巨国桂子馥氏撰书，壬戌秋九月"。作者与三子同乡，故上联说"联梓"。

2.尼山、泗水，均代指孔子学说。

五泉山太昊宫三子祠其四

得论语所记共二十篇，牗民觉世，化洽边区，不愧为孔门高弟；
距伏羲之生历数千载，先圣后贤，光增志乘，慎勿谓秦地无人。

——〔民国〕王友曾（见颜永祯《兰州楹联汇存》）

【笺注】

1.落款"秦安王友曾敬撰并书，民国九年"。民国九年即1920年。原配匾额"孔教西来"。

2.牗民，指引导人民，见《诗经·大雅·板》："天之牗民，如埙如篪。"

五泉山太昊宫壤驷子祠

任人间倒海翻江，逐宇宙新潮，正学莫忘宣圣统；
愿我辈模山范水，趁春秋佳日，大家来拜上邽侯。

——〔民国〕刘尔炘（见《兰州五泉山修建记》）

【笺注】

1.宣圣，指孔子；壤驷子，后来被奉为"上邽侯"。

五泉山太昊宫石作子祠

是成纪数千年灵秀所钟，能傍尼山拜日月；

倘孔门二三子渊源不绝，庶几中国有乾坤。

——〔民国〕刘尔炘（见《兰州五泉山修建记》）

【笺注】

1. 成纪，天水古称，其为天水人氏。

五泉山太昊宫秦子祠

挺生于古雍州，求数千年往圣微言，得之东鲁；
赖有此少梁伯，把亿万世斯人命脉，留在西天。

——〔民国〕刘尔炘（见《兰州五泉山修建记》）

【笺注】

1. 古雍州，即指天水一带；"少梁伯"为秦祖封号；西天，此处指西北边陲之地。

阿文成公祠

松柏绕山溪，比较穆果勇左恪靖诸祠，独占林泉名胜；
苹蘩隆享祀，言寻赵营平郭汾阳遗庙，无斯俎豆馨香。

——〔民国〕马福祥（见颜永祯《兰州楹联汇存》）

【笺注】

1. 即清代大学士阿桂祠堂，在雷坛河金天观旁；穆果勇指穆图善，左恪靖指左宗棠，其祠堂均在城内，阿桂祠堂与之相较，依山傍水，风景较好，故上联有此说。
2. 苹蘩，可供食用的水草，古代常用于祭祀，此处泛指祭品。
3. 赵营平指汉代名将赵充国，郭汾阳指唐代名将郭子仪，此处将其与之媲美。

陶肃勤公祠其一

高山仰止；大河前横。

——〔民国〕佚名（见颜永祯《兰州楹联汇存》）

【笺注】

1. 即清陕甘总督陶模之祠，在小西湖，民国三年（1914年），甘肃督军陆洪涛建。

晚清祠堂祖先画像中随处可见追思之联

陶肃勤公祠其二

合亚与欧与澳与非与两美,九万里运量胸中,苦拼此忠荩一腔,屡请倡民权,要变成列邦新法;

由令而牧而守而道而兼圻,三十年回翔陇右,只赢得图书数夹,今来瞻庙貌,如亲见五柳先生。

——〔民国〕慕寿祺(见《求是斋楹联汇存》)

【笺注】

1. 由令而……兼圻,指陶模在甘肃从县令做起,三十余年,一直升任总督。
2. 五柳先生,指晋代陶潜,此处以扣其姓氏。

青城罗家大院敦厚堂

用舍有时,福泽当传千古辈;
行藏在我,德心可育百年才。

——〔民国〕佚名(见《青城楹联集锦》)

青城杨氏祠堂

溯系出弘农，祖德宗功绵世泽；

于今崇庙貌，春尝秋祀报洪恩。

——〔民国〕杨巨川（见《青城楹联集锦》）

【笺注】

1. 弘农，在陕西华阴，弘农杨氏为史上望族，乃其溯源。

青城高氏祠堂其一

训衍浦江，万卷诗书绵世泽；

源宗渤海，一犁春雨报先畴。

——〔民国〕高锡忠（见《青城楹联集锦》）

【笺注】

1. 浦江、渤海，均为史上有名的高氏郡望。

青城高氏祠堂其二

源宗渤海家声远；春满条城雨露新。

——〔民国〕佚名（见《青城楹联集锦》）

青城高氏祠堂其三

丹井为源通渤海；黄河成带绕青城。

——〔民国〕佚名（见《青城楹联集锦》）

题 署

陕甘总督署仪门

政简刑清,所期红水黑山,同登乐土;
民安物阜,从此五风十雨,共步阳春。

——〔清〕佚名（见颜永祯《兰州楹联汇存》）

【笺注】

1.陕甘总督署为明肃王府旧址,乾隆二十九年（1764年）陕甘总督杨应琚改建督署,民国后陆续改建甘肃都督署、甘肃巡按使公署、甘肃省长公署等,均为全省最高行政官署,即今甘肃省人民政府所在地。

2.红水黑山,泛指西北地域;五风十雨,形容风调雨顺。

陕甘总督署大堂

三代之道在民,毋作好也,毋作恶也;
四民观化于我,何以富之,何以教之。

——〔清〕佚名（见魏晋《兰州春秋》）

【笺注】

1.《兰州春秋》原注:"传说这都是谭钟麟总督陕甘时所题的,一直保留到现在。"

2.三代,夏商周,泛指上古时期,见《论语》:"斯民也,三代之所以直道而行也。"

3. 富之、教之，《论语》："子适卫，冉有仆。子曰'庶矣哉！'冉有曰'既庶矣，又何加焉？'曰'富之'。曰'既富矣，又何加焉？'曰'教之'。"

4. 见张思温《兰州园林旧识》："大堂为肃藩王府前殿，后称'中山堂'。解放后，减柱铺板，常作宴会宾客及开会之用。"

大校场及箭厅其一

鹅鹳任参差，部伍分明，自有奇兵雄塞北；
虎熊当踊跃，韬铃贯熟，行看大将出关西。

——〔清〕吴镇（见《松厓对联》）

【笺注】

1. 在陕甘总督署前，即今中央广场。
2. 鹅鹳，古代军阵之名；虎熊，以喻指部队。
3. 韬铃，古代兵书《六韬》《玉铃篇》的并称，泛指兵书谋略。
4. 关西，指函谷关以西，此处指西北，见《后汉书·虞诩传》："谚曰'关西出将，关东出相。'"

大校场及箭厅其二

虎头骨相说班超，想豪俊佣书，频思投笔；
猿臂声名推李广，愿英雄习射，早卜封侯。

——〔清〕吴镇（见《松厓对联》）

甘肃按察使司署二堂

种竹栽花，联吟柏府；
敲棋习射，雅集兰山。

——〔清〕崇福（见颜永祯《兰州楹联汇存》）

【笺注】

1. 按察使司署在旧部门街，康熙年建，中为大堂，堂左右为官厅、科房，民国后改建为甘肃高等审判厅，今武都路与酒泉路交会一带。

2.柏府，御史府的别称，此处代指按察使司。

甘肃按察使司署西廊

诚至则明生，岂可存一毫成见；
情真斯罪当，更难容半点私心。

——〔清〕陶廷杰（见颜永祯《兰州楹联汇存》）

甘肃按察使司署东廊

多留余地培嘉卉；小坐闲庭数落花。

——〔清〕程德润（见颜永祯《兰州楹联汇存》）

【笺注】

1.落款"玉樵程德润题，道光丁酉"。道光丁酉即道光十七年（1837年）。
2.多留余地，既指种花之事，也暗指诉讼断案，为人留有余地。

甘肃盐茶同知署

回民汉民，多是子民，我最爱民无异视；
礼法刑法，无非国法，尔须畏法莫重来。

——〔清〕徐保宇（见梁恭辰《楹联四话》）

兰州道署二堂

此地正当冲，须知吏治民风，都资表率；
一官殊不俗，试看泉声山色，如写襟期。

——〔清〕曹秉哲（见颜永祯《兰州楹联汇存》）

【笺注】

1.落款"岭南曹秉哲，光绪辛巳"。光绪辛巳即光绪七年（1881年）。
2.清分巡兰州道署，在旧道门街，今南关一带。康熙中建为临洮道署，乾隆九年（1744年）改为兰州道署。

兰州道署花园

偷两三刻闲时，习射依然习劳意；

补十数株嘉植，爱花不尽爱才心。

——〔清〕曹秉哲（见颜永祯《兰州楹联汇存》）

【笺注】

1.原联并有跋文："余宦陇三载矣，尘缘历碌，绝少清闲。偷暇惟偕二三寅好，角射为乐，且慨荒园荒木萧条，为补种桃梨等树十数本，劳人消遣，俗吏经营，如是焉已耳，因书志之。"

兰州兵备道匾联

三秦钜镇；八郡上游。

——〔清〕佚名（见清《皋兰县志》）

【笺注】

1.清乾隆《皋兰县志·卷十二》记载，"兵备道东西"有此二坊。其匾文相互成对。

兰州府署大堂其一

万里拓长城，河带山环，自昔秦关首形胜；

一麾惭领郡，政平讼理，常思汉诏励循良。

——〔清〕周景曾（见颜永祯《兰州楹联汇存》）

【笺注】

1.落款"浙西周景曾，光绪丁酉"。道光丁酉即光绪二十三年（1897年）。

2.清兰州府署，在部门街，今南关一带。建于乾隆初，民国后改为实业司、兰山道署、甘肃省会警察厅等。

3.政平讼理，指政治清明，见《汉书·循吏传》"庶民所以安其田里而亡，叹息愁恨之心者，政平讼理也"，汉诏、循良，也是指此。

题署

兰州府署大堂其二

郡领关西，白石红山，拥出千寻气概；
地冲塞北，黄河黑水，翻成万倾文澜。

——〔清〕欧阳永祷（见颜永祯《兰州楹联汇存》）

【笺注】

1. 落款"龙城欧阳永祷题，乾隆庚辰"。乾隆庚辰即乾隆二十五年（1760年）。

兰州府署东小院其一

硃笔毫端皆民命；乌纱顶上有青天。

——〔清〕傅秉鉴（见颜永祯《兰州楹联汇存》）

兰州府署东小院其二

紫塞今言旋，问俗宣风，又趣征车临六诏；
黄堂原旧治，流丹耸翠，顿教广厦辟千间。

——〔清〕丁振铎（见颜永祯《兰州楹联汇存》）

【笺注】

1. 原联并有跋文："昔兰泉公署已极敝陋，每欲修葺，力苦不逮……晤谭之次属撰楹联，聊缀以应。倚装匆促，语不能工。乞鄄政是幸。汝南丁振铎。光绪己亥。"光绪己亥即光绪二十五年（1899年）。言旋，即倚装返程之意。

2. 六诏，代指西南，指作者将去云南赴任，此为临行寄语。

3. 黄堂，古代太守衙中的正堂。《后汉书·郭丹传》注曰："黄堂，太守之厅事。"

4. 流丹耸翠，以喻建筑修葺后焕然一新。唐人王勃《滕王阁序》："层峦耸翠，上出重霄；飞阁流丹，下临无地。"

皋兰县衙大堂

坐此地存半点偏私，难逃天鉴；
劝吾民非十分冤枉，莫到公堂。

——〔清〕赖恩培（见颜永祯《兰州楹联汇存》）

西关礼拜寺过庭

梵音默诵，每拜首而自修身，无事尘心入界；

鸟革翚舒，大观瞻以祝圣寿，恍如瀛海飞来。

——〔清〕噶尔萨（见颜永祯《兰州楹联汇存》）

【笺注】

1. 落款"噶尔萨，康熙庚午"。康熙庚午即康熙二十九年（1690年）。
2. 原配匾额"一心守正"。
3. 鸟革翚舒，形容宫室壮丽。清人《幼学琼林·宫室》："鸟革翚飞，谓创造之尽善。"

西关礼拜寺大殿

真主无形，先天先地，一气浑沦，究竟时原来这个〇；

圣人有教，至正至中，诸缘寂静，归根处止是些儿丨。

——〔清〕刘一明（见《栖云笔记》）

【笺注】

1. 落款"悟元子"。原配匾额"最始无称"。
2. 〇、丨均为阿拉伯语，作者以此来表达伊斯兰"无形""归一"的教义。同时也借此融入道家一些理念，刘一明弟子唐琏所著《证道录·直指》中说："妙道难名，以一喻万，本是这个〇，分阴分阳……道包天地，贯古贯今。"

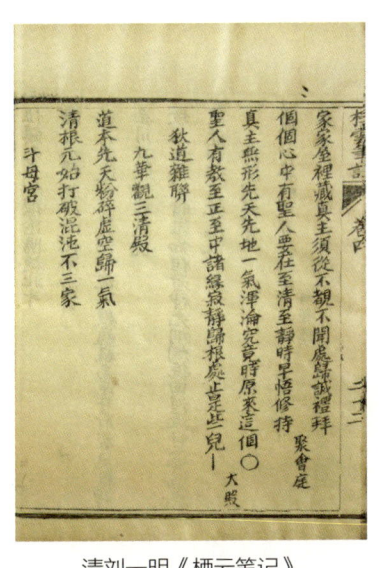

清刘一明《栖云笔记》对西关礼拜寺楹联的记载

桥门礼拜寺

秉简静以居心，精诚端庄参微妙；

持清真而立教，训诲谆切化众生。

——〔清〕佚名（见颜永祯《兰州楹联汇存》）

【笺注】

1. 原注:"康熙三十三年(1694年)建。庙貌雄壮,居省垣各寺之冠。"
2. 桥门,即黄河桥南门,旧址犹存。

拱兰门礼拜寺

欲溯大源,举足莫向他处去;
思归正道,收心且入此门来。

——〔清〕佚名(见颜永祯《兰州楹联汇存》)

【笺注】

1. 拱兰门,俗称南稍门,在今酒泉路南端,原兰州卷烟厂一带。

甘肃督办公署维新堂

于此堂立言立德,冀以善教维人心,自不妨偃武修文,兴仁讲让;
在今日救国救民,须尚文明新事业,方能期移风易俗,利用厚生。

——〔民国〕刘郁芬(见颜永祯《兰州楹联汇存》)

【笺注】

1. 民国十四年(1925年)刘郁芬改建甘肃省长公署为甘肃督办公署,原政府大堂改建维新堂。

甘肃省政府中山堂

惟公揭平等自由独立解放之旗,唤起四百兆同胞,有如春风来临,瞻仰遗容思报国;
此地乃金城玉塞古杰时贤所在,继承五千年历史,好挟黄河东下,誓除倭寇出重洋。

——〔民国〕佚名(见《甘肃档案》)

【笺注】

1. 此联紧扣"中山",旨在赞颂孙中山先生。为抗战时期所题,下联意在作抗战动员。

陕西绥靖公署驻甘行署其一

在周为司徒，在汉为都尉，在唐为金吾，在明为指挥，考历代典章，天职由来资捍御；

其东则崆峒，其南则朱圉，其西则祁连，其北则贺兰，看群峰拱卫，地方从此颂承平。

——〔民国〕王学伊（见颜永祯《兰州楹联汇存》）

【笺注】

1. 落款"王学伊，民国十三年"。民国十三年即1924年。

2. 为清兰州府署旧址改建，在南关一带。上联历数历代对驻军守卫职署的称谓，旨在突出其"捍御"防卫之职能。

陕西绥靖公署驻甘行署其二

钥管金城关陇固；槎横银汉斗牛高。

——〔民国〕郑元良（见颜永祯《兰州楹联汇存》）

甘肃建设厅其一

崇实黜华，期月可三年成，图始共瞻新气象；

勤业为政，庶事修百工举，励精宏展大规模。

——〔民国〕佚名（见颜永祯《兰州楹联汇存》）

【笺注】

1. 为清左营参将署，在部门街，民国后改建建设厅署，今武都路至酒泉路交会一带。

2. 三年成，见《太平环宇记》"以周太王从梁山止岐山，一年成邑，三年成都"，此处指务实搞建设之意。

3. 百工，各种工匠。《墨子·节用中》："凡天下群百工，轮车鞼匏，陶冶梓匠，使各从事其所能。"这里是百业并举之意。

甘肃建设厅其二

宦游经四载，壮志未酬，看农林工商矿甫具萌芽，恐辜负玉塞葡萄，金城杨柳；

胜地重三边，环奇待辟，愿汉满蒙回藏共殚心力，齐造成文明世界，锦绣河山。

——〔民国〕司徒颖（见颜永祯《兰州楹联汇存》）

【笺注】

1. 落款"佗城司徒颖撰书，民国十年"。民国十年即 1921 年。
2. 环奇，即建设壮观之象，明人金守温《喜晴赋》："览都邑之环奇。"

甘肃财政厅石竹轩

理财须知节用；为政不在多言。

——〔民国〕丁道津（见颜永祯《兰州楹联汇存》）

【笺注】

1. 上联借喻"竹之有节"之说，下联借用"石不能言"之说。

甘肃高等法院其一

同寅贵在协恭，自兹砥砺一堂，德业事功期共进；

明刑原以弼教，我辈平亭庶狱，物情法意要深思。

——〔民国〕苏兆祥（见颜永祯《兰州楹联汇存》）

【笺注】

1. 落款"华阳苏兆祥，民国十五年题"。民国十五年即 1926 年。
2. 同寅协恭，见《尚书·皋陶谟》，以喻同僚之间齐心协力共襄政事。
3. 明刑弼教，见《尚书·大禹谟》，谓以刑律晓谕民众，使人知法畏法。
4. 平亭，泛指评议；平亭庶狱，即研究斟酌，使诉讼公平，判决得当。

甘肃高等法院其二

讼在平情，敢冀清声传肺石；

事须酌理，聊持公道本心田。

——〔民国〕徐声金（见颜永祯《兰州楹联汇存》）

【笺注】

1.肺石，古时设于朝廷门外的赤石，民有不平，得击石鸣冤。石形如肺，故名。

甘肃地方法院进思堂

进步本无穷，参西欧法理，合东亚刑名，更喜同堂得砥砺；
思维常再四，是风纪专司，为民权保障，须知折狱要平亭。

——〔民国〕贺辉、苏子俊（见颜永祯《兰州楹联汇存》）

【笺注】

1.原为兰州府监狱旧址，民国后改为地方审判厅，后又改为地方审检厅、地方法院。

2.再四，指连续多次，此处指司法审判应思索再三，确保"平亭"，即判断公平公正。

兰山道尹公署进思堂其一

譬如为山，进吾往也；
施于有政，思则得之。

——〔民国〕张维（见《还读我书楼文集·联语辑存》）

【笺注】

1.旧为五泉书院，在贤后街，民国八年（1919年）改为兰山道署，民国十五年（1926年）道尹张维改建，民国十七年（1928年）裁撤后又改为五泉图书馆。

兰山道尹公署进思堂其二

满眼是苍生，得毋饥，得毋寒，怕见间阎愁苦色；
探怀求素志，何以养，何以教，只余桑梓敬恭心。

——〔民国〕张维（见《还读我书楼文集·联语辑存》）

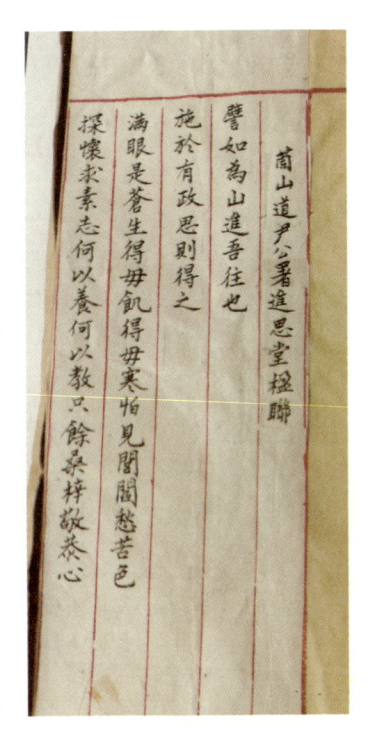

民国张维有关兰山道署楹联的手稿

皋兰县政府进思堂其一

国事当危急艰难，须要激发天良，有进无退；

人民正颠连困苦，须知抚循大道，敏思慎行。

——〔民国〕罗耀枢（见颜永祯《兰州楹联汇存》）

【笺注】

1. 原为清皋兰县衙，民国后改建县政府，民国十八年（1929年）县长王铸文又改为中山堂。

皋兰县政府进思堂其二

终日为官忙，课四境桑麻，休谈风月；

此地非我有，栽几株花木，暂作主人。

——〔民国〕江命职（见颜永祯《兰州楹联汇存》）

皋兰县政府进思堂其三

我亦苍生，须要设身处地；

谁非赤子，毋令搔首呼天。

——〔民国〕张开杰（见颜永祯《兰州楹联汇存》）

【笺注】

1. 落款"合肥张开杰，民国四年"。民国四年即1915年。

2. 搔首呼天，指民有冤情，向天喊叫以求助。《后汉书·张奂传》："凡人之情，冤则呼天，穷则叩心。"

兰州军械局

有备无患；不怒而威。

——〔民国〕佚名（见颜永祯《兰州楹联汇存》）

【笺注】

1.在贡院巷，即今贡元巷。

2.上联见《左传·襄公十一年》："居安思危，思则有备，有备无患。"

3.下联见《礼记·中庸》："是故君子不赏而民劝，不怒而民威于铁。"

宁卧庄礼拜寺

早年游西土，道宗默圣，经演古兰，廿载甫言归，志苦行深，手把光明开玉塞；

真教布东方，神赴天庭，名昭宇内，一灵常不昧，山瞻斗仰，人传歌颂满金城。

——〔民国〕马振滨（见颜永祯《兰州楹联汇存》）

【笺注】

1.落款"马振滨，民国六年"。民国六年即1917年。

2.默圣，指伊斯兰教圣人穆罕默德；古兰，即《古兰经》。

绣河沿清真寺

此处即教门，明道修身，要晓得生于何来，死于何去；

而今循义路，归真复命，方知是共之不合，分之不离。

——〔民国〕喇世俊（见赵忠《楹联拾萃》）

【笺注】

1.落款"喇世俊撰，民国二年"。民国二年即1913年。寺址犹存，在今永昌路与庆阳路交会处。

代清真寺作联

河岳本天生，必授人以道，示人以教；

沧桑多世变，惟养性则清，悟性则真。

——〔民国〕王世相（见《说岩诗草》）

【笺注】

1.据《说岩诗草笺注》，此联作于民国三年（1914年）自平凉返兰之际。

兰州灵明堂拱北

读书得妙意，理合天经三十部；

养气通神明，道统古圣百千年。

——〔民国〕马启西（见《中国伊斯兰教匾额楹联集录》）

【笺注】

1. 三十部，指《古兰经》共三十卷。

兰州中华基督教会礼拜堂

耶稣赎罪救人，人何不出死入生，各卸去一生孽债；

上帝施恩待你，你若能弃邪归正，便得着万事平安。

——〔民国〕佚名（见颜永祯《兰州楹联汇存》）

【笺注】

1. 原配匾额"主恩永存"。

2. 在东大街，今张掖路山子石附近。旧名兰州福音堂，光绪二十八年（1902年）设立，民国十五年（1926年）由总干事郭天俊改为今名。

会馆

两湖会馆其一

假馆忆前年,敬梓恭桑,小住为佳忘客感;

飞觞逢九月,迎梅饯菊,连香同话慰乡情。

——〔清〕李端棻(见颜永祯《兰州楹联汇存》)

【笺注】

1. 由联中可知此为其客居兰州时所撰。
2. 两湖会馆为湖南、湖北会馆,在贤后街,同治三年(1864年)建。

两湖会馆其二

阳关之东,秦关之西,陇月一轮秋,趁今日新开宾馆;

湖水以南,汉水以北,楚天万里梦,到此间同话家山。

——〔清〕李寿芝(见颜永祯《兰州楹联汇存》)

两湖会馆其三

数千里江汉滔流,好从嶓冢诸山,遥寻宗派;

二百年梗楠树立,携得洞庭明月,照澈陇云。

——〔清〕文培夏(见颜永祯《兰州楹联汇存》)

【笺注】

1. 原配匾额"兰芷馨香"。

2. 嶓冢，山名，在天水与礼县之间，古人误以为是汉水源头，故作者以江汉寻源来言说。

两湖会馆其四

二十年官辙勾留，看黄流东注，紫塞西横，似此河山大奇特；
五千里故园迢递，问太傅祠前，鄂王城下，别来风景近何如。

——〔清〕吕恕（见颜永祯《兰州楹联汇存》）

【笺注】

1. 落款"益阳吕恕题，光绪十四年"。光绪十四年即1888年。

2. 太傅祠，即贾谊祠堂，在长沙；鄂王城，在湖北。此处代指两湖风物。

两湖会馆其五

将相出儒生，不过三五年天山底定，青海澄清，勋业直超汉唐上；
冠裳萃陇坂，何图七千里云梦胸襟，洞庭眼界，壶觞时为梓桑开。

——〔清〕赵先榘（见颜永祯《兰州楹联汇存》）

【笺注】

1. 上联是说左宗棠及湘军功业。

两湖会馆其六

楚材本平定西陲，客里话边情，且喜五泉山色，九曲河声，图画依然如昨日；
梓里已大开新政，人来问消息，毕竟汉口斜阳，洞庭秋月，风景曾不似当年。

——〔清〕李锦荣（见颜永祯《兰州楹联汇存》）

【笺注】

1. 上联言左宗棠及湘军功业，下联说湖南湖北支持维新新政之事。

两湖会馆戏楼其一

玉关柳色，陇上梅花，听凭羌笛吹来，雅调都成塞下曲；
汉口夕阳，洞庭秋水，想到渔歌队里，乡心倾尽掌中杯。

——〔清〕谢威凤（见颜永祯《兰州楹联汇存》）

两湖会馆戏楼其二

胜地拓金城，看黄河万里西来，犹仿佛云梦朝烟，洞庭秋月；
奇材萃珊网，正霓裳一曲咏罢，尽流连兰山晓翠，陇水晴岚。

——〔清〕陈兆文（见颜永祯《兰州楹联汇存》）

【笺注】

1. 落款"桂阳陈兆文，光绪己丑典试使者"。光绪己丑，即光绪十五年（1889年）。
2. 珊网，本指捞取珊瑚的铁网，语本《新唐书·西域传下》，后引申为对珍品或人才收罗，此处契合会馆荟萃家乡人才之意。

两湖会馆戏楼其三

来探万里河源，共喜乡情联塞上；
坐话两湖风景，浑忘宦迹寄天涯。

——〔清〕魏光焘（见颜永祯《兰州楹联汇存》）

两湖会馆戏楼其四

杯酒言欢，此地好联榆社；
湖山问讯，故园无恙梅花。

——〔清〕魏光焘（见颜永祯《兰州楹联汇存》）

【笺注】

1. 榆社，泛指故乡。

江南会馆其一

文教讫边陲，正当大比三年，忝载星轺来陇右；
先贤怀故里，共仰遗徽千古，宛亲风范到江南。

——〔清〕江澍畇（见颜永祯《兰州楹联汇存》）

【笺注】

1. 即江苏、安徽籍会馆，在城中山子石，民国六年（1917年）改为皖江会馆。
2. 落款"旌德江澍畇撰，光绪八年，甘肃典试使者"。大比，即指科举乡试，当时作者正好来甘肃担任学政，主持考试，故有此说。

江南会馆其二

座中话皖水吴江，同作宦游，莫因蓴菜秋风，便饶归思；
门外看关云陇树，相逢文宴，最忆杏花春雨，共醉良辰。

——〔清〕史念祖（见颜永祯《兰州楹联汇存》）

【笺注】

1. 蓴菜，即莼菜，淮扬菜常食之，后常与思乡联系，唐人刘长卿《早春赠别赵居士还江左》诗："归路随枫林，还乡念蓴菜。"

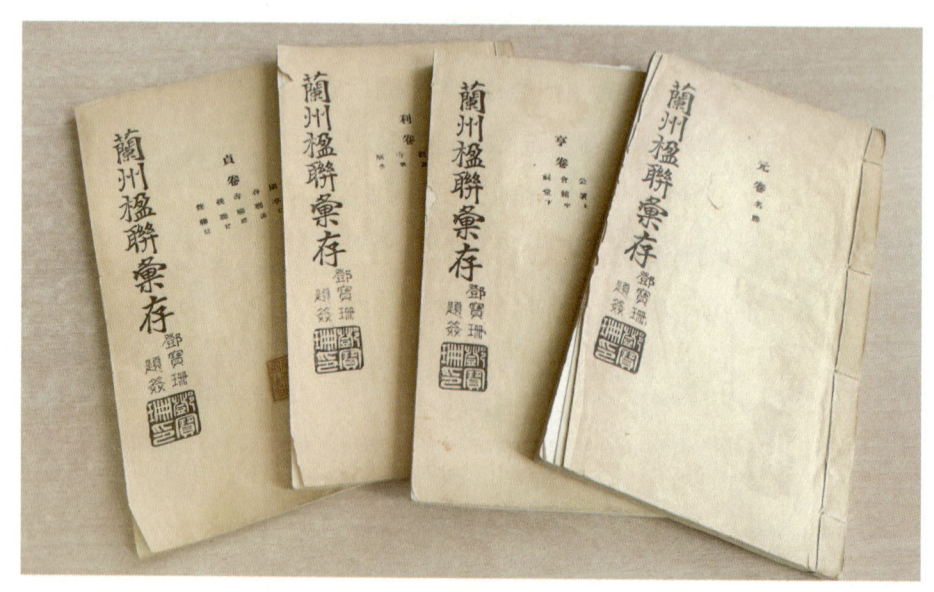

民国颜永祯《兰州楹联汇存》书影

2.文宴，亦作文燕，赋诗论文的宴会。清人曹寅《广陵载酒歌》："从来淮海盛文燕，近时翰墨崇贤科。"

江南会馆其三

到此间恭梓联欢，如闻铁板铜琶，唱一曲大江东去；
笑我辈飘蓬寄迹，为数霜蹄雪爪，历三边周道西来。

——〔清〕吴鉁（见颜永祯《兰州楹联汇存》）

【笺注】

1.原联并有跋文："风尘奔走，二十余年，东至榆关，南游琼岛，北历幽燕，未到西边方以为憾。辛卯岁，家居读礼，会沈梅孙方伯开藩陇右，道经吴下，邀之偕来，襄事幕庭年余。羁旅而临洮古址，嘉峪雄关，历历在目矣。今筮仕晋阳，行将赴省，爰书联语以志鸿雪因缘。吴鉁撰并书。"

陕西会馆其一

云树望秦中，灞岸别离乡梦远；
星轺来陇右，阳关酬唱故人多。

——〔清〕李联芳（见颜永祯《兰州楹联汇存》）

【笺注】

1.在贡院巷，今张掖路与贡元巷交会处，建于清道光时。
2.星轺，使者所乘的车。作者时出任甘肃，故以此自喻。

陕西会馆其二

秦岂无人，看楫让冠裳，山色河声钟秀气；
我原过客，听喧阗箫鼓，乡云关柳赋长征。

——〔清〕宋伯鲁（见颜永祯《兰州楹联汇存》）

【笺注】

1.原联并有跋文："光绪丙午之夏，余随长沙白帅出关，小驻金城，邦人之官斯土者，觞余于此。萍迹偶合，梓谊殷拳，濒行辄撰斯联，用志鸿爪。他日生入玉门关，诸君子政成宦达，相与举杯酒，话往事，其乐如何。既纂而揭诸楹，复缀数语以为券云。醴泉宋伯鲁拜题并识。"光绪丙午，即光绪三十二年（1906年）。

2. 喧阗，喧哗热闹之意，宋人苏轼《竹枝歌》："水滨击鼓何喧阗。"

陕西会馆其三

黄河曲里沙为岸；华岳晴来翠满楼。

——〔清〕李怀庚（见颜永祯《兰州楹联汇存》）

【笺注】

1. 落款"集唐句，朝邑李怀庚题"。

2. 此联为集句联，分别出自唐人高适《夜别韦司士得城字》"黄河曲里沙为岸，白马津边柳向城"，唐人赵嘏《叙事献同州侍御三首·其三》"尊前谁伴谢公游，莲岳晴来翠满楼"。莲岳，即是华岳。

陕西会馆其四

关辅据天下上游，览昆明池华清宫之遗，前不见古人，羌寄怀于陇云洮雨；
岁时联客中乡谊，自吕泾野马豁田以后，生虽惭继起，期勿负此岳色河声。

——〔清〕丁兆松（见颜永祯《兰州楹联汇存》）

【笺注】

1. 落款"澄城丁兆松梦瞻甫撰书，宣统元年"。宣统元年即1909年。

2. 吕泾野，指明代陕西理学家吕柟；马豁田，指明代陕西理学家马理。二人均是关学代表人物，以此喻指关中人才继起。

陕西会馆其五

同是宦游人，宾馆重逢，曾忆否秦地山川，华峰烟雨；
载歌春兴曲，良朋雅集，好探取胡笳杨柳，羌笛梅花。

——〔清〕佚名（见颜永祯《兰州楹联汇存》）

江西会馆其一

治绩溯锦江,直以儒臣见道术;

灵祠瞻铁树,愿从忠孝学神仙。

——〔清〕饶应祺(见颜永祯《兰州楹联汇存》)

【笺注】

1. 落款"饶应祺识,光绪十三年"。光绪十三年即1887年。

2. 在南府街,即今赐福巷至酒泉路一带。道光七年(1827年)由观察程矞采等捐资创建。馆内供道教许真君,即许逊,江西南昌人,晋朝著名道士,相传曾在南昌城中以铁柱镇蛟魑之害,故其殿宇又名"铁柱宫"。联中铁树、神仙,均指许逊之事。

江西会馆其二

铁柱旧铭勋,想当年手奠江河,遍历洞庭彭蠡;

金城新展祀,幸此日躬瞻榱桷,俨如南浦西山。

——〔清〕周之桢(见颜永祯《兰州楹联汇存》)

【笺注】

1. 落款"周之桢题,道光十年,陕甘学政"。道光十年,即1830年。

2. 榱桷,屋椽,代指宫殿。《孔子家语》:"君子入庙,如右,登自阼阶,仰视榱桷,俯察几筵。"

江西会馆其三

桑梓聚他乡,同联万里游踪,章水泛来长浪贾;

春秋欣雅会,各尽一杯酒兴,华林望到夕阳归。

——〔清〕徐敬(见颜永祯《兰州楹联汇存》)

【笺注】

1. 落款"临川徐敬题,道光二十一年"。道光二十一年即1841年。

2. 华林,指华林山,于此可以眺望。

江西会馆其四

西北燧烟清，舞凤潜蛟，想见神灵依陇水；
东南宾主萃，词宗武库，长联胜会话章江。

——〔清〕刘瑞祺（见颜永祯《兰州楹联汇存》）

【笺注】

1.落款"刘瑞祺谨识，光绪纪元，甘肃典试使者"。光绪纪元，即光绪元年（1875年）。

江西会馆其五

悬弧曾此地，捧檄又是邦，六十年塞上重来，何莫非渥荷神庥，倖承世泽；
铁柱仰仙踪，金城叙乡谊，五千里天涯一望，恍若睹东湖月满，南浦云飞。

——〔清〕程鼎芬（见颜永祯《兰州楹联汇存》）

【笺注】

1.原联并有跋文："兰省向无江西会馆，道光初，先世父制军公陈臬于兹，始与同仁创建……回忆先中丞公，以道光乙酉出守凉州，鼎芬生于郡廨，今周花甲，筮仕再来，鸿爪雪泥，重寻旧迹，神旷不已多钦。谨留楹帖以念来兹。新建程鼎芬题。光绪乙酉。分巡陇东使者。"光绪乙酉，即光绪十一年（1885年）。悬弧，旧时指生男子，如作者所言，其本人出生在凉州官廨；捧檄，此处指出仕，如作者所言，又到甘肃任职。

2.渥荷、倖承，均是承受恩泽之意，这里指自己生于陇上，六十年后又任职陇上，意思是冥冥之中自有天意。

江西会馆戏楼

箫鼓骈阗，宛忆江乡风景；
旌旗纷沓，幻成陇外云烟。

——〔清〕佚名（见颜永祯《兰州楹联汇存》）

【笺注】

1.骈阗，聚在一起的意思，此处指箫鼓欢声不断。

三晋会馆其一

钟恒山涑水之英灵，代出伟人，鼎鼐旂常光史册；
倚玉垒金城为屏蔽，宏开大厦，馨香俎豆景乡贤。

——〔清〕何福堃（见颜永祯《兰州楹联汇存》）

【笺注】

1. 在马府街西，今南关一带。光绪三十一年（1905年）山西人何福堃倡建。
2. 旂常，古人旂画交龙，常画日月，代指王侯旗帜，此指山西人才辈出。

三晋会馆其二

会逢乡饮一堂，于此日犹存古礼；
说到官箴三字，愿同人毋负初心。

——〔清〕何福堃（见颜永祯《兰州楹联汇存》）

【笺注】

1. 乡饮，指乡饮酒礼，古代嘉礼之一，此处更多是取字面意思，指同乡人在此欢聚。
2. 官箴，做官的规范，梁启超《新民说·论公德》曾曰："近世官箴，最脍炙人口者三字，曰清、慎、勤。"

三晋会馆其三

作宦游人，回思三晋云山，万里离情系杨柳；
行乡饮礼，好趁九边风月，一樽清酿醉葡萄。

——〔清〕王学伊（见颜永祯《兰州楹联汇存》）

三晋会馆其四

枌社喜谈心，最关怀恒岳千寻，河流九曲；
兰垣欣聚首，愿共庆文徵凤翙，武奋鹰扬。

——〔清〕仪翰鸿（见颜永祯《兰州楹联汇存》）

【笺注】

1.凤翙、鹰扬，指文武之才蔚起。

八旗会馆其一

萃雍梁荆豫于一堂，那堪羌笛胡筘，听折柳唱黄河远上；
走燕赵齐秦者万里，自笑短衣匹马，又摇鞭踏紫塞归来。

——〔清〕黄书霖（见张伯驹《素月楼联语》）

【笺注】

1.在马府街西，今南关一带，又名八旗奉直豫东五省会馆，光绪十七年（1891年）常祥、裕祥倡建。

2.吴恭亨《对联话》评曰："声情豪霸激越，雅与题称。"

八旗会馆其二

沈辽青豫悉近畿疆，试考方舆，应识梓桑无异俗；
秦陇河湟比为都会，同联宦辙，相逢萍梗有余欢。

——〔清〕裕祥（见颜永祯《兰州楹联汇存》）

【笺注】

1.落款"裕祥撰，光绪十七年，甘肃按察使"。光绪十七年，即1891年。

2.近畿疆、无异俗，作者认为五省大多与甘肃一样都是北方疆域，风俗也相近。

3.萍梗，浮萍断梗，以喻漂泊之人。

八旗会馆其三

此地为羲轩故里，河岳根源，宜有群贤毕至；
其人皆星凤瑰才，云龙硕彦，可谓异代同心。

——〔清〕崧蕃（见颜永祯《兰州楹联汇存》）

【笺注】

1.落款"崧蕃题，光绪癸卯，督甘使者"。光绪癸卯，即光绪二十九年（1903年）。

八旗会馆其四

不知何处他乡，异苔同岑，应是拈花一笑；

从此扬镳分道，雪来柳往，相期树木十年。

——〔清〕準良（见颜永祯《兰州楹联汇存》）

【笺注】

1. 原联并有跋文："光绪癸卯，奉命守青海，九月，过皋兰，值五省会馆更新，凑三十二字以志鸿爪。"光绪癸卯，即光绪二十九年（1903年）。作者是路过兰州时所写此联，"扬镳分道"取字面之意，即指此事。

2. 异苔同岑，见晋人郭璞《赠温峤》："及尔臭味，异苔同岑。"后以"苔岑"指志同道合的朋友。

3. 雪来柳往，以喻寒来暑往，时光更替，结句对未来寄予希望。

浙江会馆其一

南国集英贤，接翼龙门看并上；

西山延爽气，举头鹫岭又飞来。

——〔清〕陈墉（见颜永祯《兰州楹联汇存》）

【笺注】

1. 在南府街，道光元年（1821年）建，即今金塔巷一带。

2. 龙门，指黄河禹门，《尚书·禹贡》"导河积石，至于龙门"，此处指越过龙门，沿河并上，再争上游之意。

3. 鹫岭，指杭州灵隐寺前飞来峰，此处代指江浙风物。

浙江会馆其二

吴山越水，万里来游，故人休唱阳关，柳色好同依客舍；

朔雪边云，三年许住，归路倘逢驿使，梅花还与寄乡情。

——〔清〕陆廷黻（见颜永祯《兰州楹联汇存》）

【笺注】

1. 三年，唐人白居易离任西湖时有《西湖留别》诗云"翠黛不须留五马，皇恩只许住三年",以喻宦游之迹。

浙江会馆其三

无非离合悲欢,聊遣客怀惟菊部;

亦有管弦丝竹,每逢畅叙即兰亭。

——〔清〕冯侍稷(见颜永祯《兰州楹联汇存》)

【笺注】

1. 落款"武林冯侍稷,道光二十二年"。道光二十二年即1842年。
2. 菊部,指演戏之事。

浙江会馆其四

四千里枝派遥承,有时话到山阴,敢忘故土;

数十载萍踪无定,何幸宦游塞上,尽听乡音。

——〔清〕方汝翼(见颜永祯《兰州楹联汇存》)

浙江会馆其五

四壁画图开,爱看河山当户牖;

百年觞咏盛,欣逢宾主尽东南。

——〔清〕邵煜(见颜永祯《兰州楹联汇存》)

浙江会馆其六

座有葡萄千斛泻;人从杨柳六桥来。

——〔清〕张继昌(见颜永祯《兰州楹联汇存》)

【笺注】

1. 落款"山阴张继昌书,道光己酉"。道光二十九年即1849年。
2. 六桥,泛指西湖景致。

浙江会馆其七

即兹作兰亭，一觞一咏，况又有兰山在望；

莫笑是萍迹，视今视昔，要无非萍水相逢。

——〔清〕张珩（见颜永祯《兰州楹联汇存》）

广东会馆其一

宦迹聚兰垣，莫道萍踪，卜他年簪黻蝉联，南海衣冠瞻盛气；

乡音怀梓里，恰传梅信，喜此日壶觞燕集，西陲钟鼓庆清时。

——〔清〕许应骙（见颜永祯《兰州楹联汇存》）

【笺注】

1. 落款"许应骙题，光绪三年"。光绪三年即 1877 年。

2. 在南府街，即今金塔巷一带。光绪三年（1877 年），提学使许应骙等创建。

3. 簪黻，华丽之饰，此处代指功名显贵。

广东会馆其二

不辞万里而来，逾南海以度西陲，破浪乘风，此日同心济舟楫；

最喜一堂相对，话乡情即敦寅谊，联珠合璧，他年盛气集衣冠。

——〔清〕曹秉哲（见颜永祯《兰州楹联汇存》）

【笺注】

1. 落款"里人曹秉哲题，光绪壬午"。光绪壬午即光绪八年（1882 年）。原配匾额"源溯珠江"。

2. 寅谊，旧称同僚之间的交谊。语出《尚书·皋陶谟》："同寅协恭，和衷哉。"

广东会馆其三

宾馆重开，喜一时冠盖往来，共唱关前杨柳；

乡园远隔，看万里云山迢递，应思岭上梅花。

——〔清〕张福谦（见颜永祯《兰州楹联汇存》）

广东会馆其四

万里烽烟销雁塞；一帘风月话羊城。

——〔清〕蔡廷蕙（见颜永祯《兰州楹联汇存》）

广东会馆其五

投定远笔，乘博望槎，万里自潆洄，怀不尽鲸海风和，羊城月朗；
传梅岭香，撷兰峰秀，一官成潇洒，记无限五泉山色，九曲河声。

——〔清〕司徒颖（见颜永祯《兰州楹联汇存》）

【笺注】

1. 定远，指班超投笔从戎；博望，指张骞。作者身赴西陲，以前人自喻。

云贵会馆

盍簪庆风虎云龙，缅文襄经略，果勇勋名，诸君愿共师前辈；
把酒话黔山滇海，看星宿乘槎，崆峒倚剑，万里重教拓壮游。

——〔清〕陈灿（见颜永祯《兰州楹联汇存》）

【笺注】

1. 落款"贵阳陈灿题，宣统元年"。宣统元年即1909年。
2. 盍簪，指士人聚会。唐人杜甫《杜位宅守岁》："盍簪喧枥马，列炬散林鸦。"
3. 文襄，指左宗棠；果勇，指穆图善。均为在西北有功勋者。

四川会馆

刻铭天山石；喜作巴人谈。

——〔清〕左宗棠（见《左宗棠全集·联语》）

【笺注】

1. 刻铭，左氏平定新疆阿柏古叛军后，曾亲撰《天山扶栏铭》，镌刻哈宁一带。
2. 此联为集句联，分别集自唐人杜甫《赠司空王公思礼》"洗剑青海水，刻铭天山石"，宋人苏轼《自金山放船至焦山》"老僧下山惊客至，迎笑喜作巴人谈"。

天水会馆其一

文化根帝载，思梓乡昔日，神圣诞生，奥秘应须窥绿字；
高斋枕河流，喜桂子香时，琴书弛担，英髦从此上丹梯。

——〔清〕刘永亨（见颜永祯《兰州楹联汇存》）

【笺注】

1. 原联并有跋文："光绪己卯，秀水陶公由吾州刺史守兰州，斯馆之购，公意也。嗣癸未、甲申、乙酉，余连岁渡河而西，公每来馆，辄以未有楹联而少焉。因勉为此，以志之。时乙酉之明年秋八月也。州人刘永亨并识。"乙酉之明年，即光绪十二年丙戌（1886年）。

2. 在兰州城中下沟，光绪五年（1879年）建。原配匾额"钟灵羲里"。

3. 帝载，帝王的事业，此处圣神、奥秘等，均指伏羲及画卦之事；绿字，相传河图上的文字为绿色，此处仍指伏羲卦象。

4. 弛担，指栖息。元人黄溍《杭州送儿侄归里》诗："息肩弛担今何处。"

5. 英髦，俊秀杰出之人。南朝刘孝标《辨命论》："昔之玉质金相，英髦秀达。"

6. 丹梯，喻仕进之路。因旧时会馆主要为外出参加科考的学子提供住处等，故有此勉励之言。"桂子"亦指科考之事。

天水会馆其二

文明肇太初，应共钟画卦台、笔峰山秀气；
矩矱诒先正，当勉步胡慕东、段可久后尘。

——〔清〕陶模（见颜永祯《兰州楹联汇存》）

【笺注】

1. 矩矱，指规矩法度，此处指以先贤为模范。

2. 胡慕东，明代天水人胡忻，与其父胡来缙并誉为"父子乡贤"；段可久，明代兰州理学名家段坚，为陇学开山之人，故而此处原配匾额"关学阶梯"，亦与此相关。

皖江会馆其一

秉乾坤间气而生，为贤为儒，勉绍先达遗风，淮水吴山光百世；

修春秋明祀之典，若文若武，愿祝群材济美，珠盘玉敦化三边。

——〔民国〕陆洪涛（见颜永祯《兰州楹联汇存》）

【笺注】

1.在山子石附近，民国六年（1917年）由江南会馆改建。因督军陆洪涛、张广建来自江苏及安徽，故多加扩建，规模为当时众会馆中第一。惜民国十七年（1928年）八九月间，因甘肃督办公署之被服厂内失火而被焚。

2.原配匾额"明德惟馨""淮海英灵"。

3.珠盘玉敦，古代诸侯盟誓时用的器具，因作者为甘肃督军，此处以封疆大吏自居。

皖江会馆其二

葡萄饮罢，问何年天马西来，古意起苍茫，好同听九塞霜笳，三边风笛；
觱篥吹残，翻一阕大江东去，乡心纷感触，聊共话苏台杨柳，驿路梅花。

——〔民国〕王宗祐（见颜永祯《兰州楹联汇存》）

【笺注】

1.觱篥，古簧管乐器名，类同笳管，此处均代指西北戍边之音。

皖江会馆其三

饮马踏长城，盼回纥朝降，单于夜遁，好借葡萄美酒，醉卧沙场，听铁笛狂吹，把玉关杨柳，谱入铙歌，壮士定生还，塞上新翻三叠曲；

连云开大厦，拟吴王宫敞，皖北台高，漫因蓴菜秋风，系思乡国，拼金樽共倒，探绮阁梅花，欣逢驿使，江南何所有，天涯犹寄一枝春。

——〔民国〕彭砺金（见颜永祯《兰州楹联汇存》）

【笺注】

1.铙歌，即凯歌。清人赵翼《从军征缅甸》诗："传语健儿休笑我，凯旋时节要铙歌。"

2.蓴菜，即莼菜，淮扬菜常食之，后常与思乡联系。

皖江会馆其四

看巍巍画栋落成，如登吴会楼船，览皖北山色；

喜岁岁梅花开放，好寄江南春信，到陇右人家。

——〔民国〕张敬文（见颜永祯《兰州楹联汇存》）

皖江会馆其五

陇右古雄疆，最难得异地枌榆，三千场酒斟边塞；

江南正春雨，愿从此吾乡兰蕙，二万里香遍神州。

——〔民国〕蒯寿枢（见颜永祯《兰州楹联汇存》）

皖江会馆其六

君不见黄河东走，青雀西飞，白茫茫五月天山，邀将供奉仙才，把塞上吟情，狂吹玉笛；

我所思莼菜秋风，杏花春雨，绿冉冉十年乡梦，好借少陵广厦，掬江南烟景，满注金樽。

——〔民国〕龚元凯（见颜永祯《兰州楹联汇存》）

皖江会馆其七

从戎提一旅偏师，听城南五处泉声，跃马卧龙，犹想见骠姚旧垒；

欢会聚万间广厦，喜江表同时人杰，腾蛟起凤，共追随博望仙槎。

——〔民国〕吴桂攀（见颜永祯《兰州楹联汇存》）

【笺注】

1. 落款"吴桂攀题，民国六年"。民国六年即1917年。
2. 骠姚，指霍去病；博望，指张骞。

四川会馆其一

此邦为羲轩神圣所遗，客里乐清时，悔自成宦海浮鸥，名场梦鹿；
我辈笃桑梓敬恭之谊，人来问乡事，话不尽锦江春色，玉垒秋云。

——〔民国〕张鑑渊（见颜永祯《兰州楹联汇存》）

【笺注】

1. 在侯后街，清同治十三年（1874年）建，民国时重修。原配匾额"南望峨嵋"。
2. 梦鹿，见《列子·周穆王》载郑人获鹿，遗其所藏之处，遂以为梦事，后比喻世事如同梦幻。

四川会馆其二

陇坂我重来，愿玉塞金城，河山无恙；
枌榆人共话，看雕甍画栋，馆舍咸新。

——〔民国〕叶尔衡（见颜永祯《兰州楹联汇存》）

四川新会馆其一

草堂诗句拟分题，问少陵此地卜居，似否锦江春色丽；
玉垒关云劳远望，想商隐归期未定，应有巴山夜雨怀。

——〔民国〕文龙（见颜永祯《兰州楹联汇存》）

【笺注】

1. 落款"成都文龙撰书，民国十三年"。民国十三年即1924年。
2. 四川会馆新馆在五泉山东龙口，民国十一年（1922年）建。

四川新会馆其二

何人力挽江河，陇蜀同居天下首；
此地界分夷夏，岳杨曾著海西功。

——〔民国〕骆成骧（见颜永祯《兰州楹联汇存》）

【笺注】

1. 天下首，指甘肃、四川同位于江河上游。
2. 岳杨，指清代名将岳钟琪、陕甘总督杨遇春，都为四川人在陇上建有功勋。

四川新会馆戏楼

使客向河源，今朝有酒今朝醉；

钧天动丝竹，半入江风半入云。

——〔民国〕颜楷（见颜永祯《兰州楹联汇存》）

【笺注】

1. 此联为集句联，分别集自唐人杜甫《秦州杂诗二十首·其十》"羌童看渭水，使客向河源"，唐人罗隐《自遣》"今朝有酒今朝醉，明日愁来明日愁"，隋人何妥《奉敕于太常寺修正古乐诗》"钧天动丝竹，括地响鏄钲"，唐人杜甫《赠花卿》"锦城丝管日纷纷，半入江风半入云"。

陕西新会馆其一

梁雍并雄州，记风物家园，祖典难忘，数不尽蜀国清弦，新丰美酒；

陇秦原接壤，话枌榆游钓，乡音无改，长相忆巴池秋雨，渭树春天。

——〔民国〕谢刚国（见颜永祯《兰州楹联汇存》）

【笺注】

1. 在曹家厅，民国七年（1918年）甘肃财政厅长雷多寿等创建。

陕西新会馆其二

卅年鼙鼓赋长征，忆霜上军容，剑履犹新，煮酒论英雄，济济冠裳欣萃集；

万里风尘都作客，话边方旅况，河山依旧，畅怀歌驷铁，悠悠笳笛起乡思。

——〔民国〕汪恒泰（见颜永祯《兰州楹联汇存》）

【笺注】

1. 驷铁，见《诗经·秦风·驷铁》，此处代指秦人风范，清人钱谦益《三次申字韵示茂之》"三秦驷铁先诸夏，九庙樱桃及仲春。"

陕西新会馆其三

地近五泉，试回看太华终南，满目山川清似镜；
人来三辅，喜共赋车辚驷铁，一时冠盖闹如云。

——〔民国〕雷多寿（见颜永祯《兰州楹联汇存》）

【笺注】

1. 落款"渭南雷多寿撰，民国七年"。民国七年即1918年。
2. 三辅，汉代京畿长安附近所辖地区，此处代指三秦地区。

陕西新会馆其四

记关西千四百里云程，叱驭来游，一路山光奔眼底；
望陇上数十万家烟树，凭栏吟眺，三秦月影落尊前。

——〔民国〕齐溥（见颜永祯《兰州楹联汇存》）

【笺注】

1. 叱驭，指为报效国家，不畏艰险。唐人王勃《梓州郪县兜率寺浮图碑》："下岷关而叱驭，寄切全都。"

山东会馆

壮士爱远游，为金城玉塞而来，莫辞把酒；
故乡足奇胜，有天风海涛之气，方许登堂。

——〔民国〕蔡镇西（见颜永祯《兰州楹联汇存》）

【笺注】

1. 在西关木塔巷，民国十二年（1923年）建。原配匾额"圣贤桑梓"。

三晋会馆其一

度陇几迟回，况经宦辙勾留，尽销磨杨柳春寒，葡萄酒美；
故乡劳怅望，赖得朋簪洽比，略仿佛唐风蟋蟀，晋地云山。

——〔民国〕张钟骏（见颜永祯《兰州楹联汇存》）

【笺注】

1. 朋簪，指朋辈；洽比，为亲近之意。《诗经·正月》："洽比其邻，昏姻孔云。"
2. 蟋蟀，指《诗经·唐风》中有篇名《蟋蟀》，意在劝人勤勉有为。

三晋会馆其二

为欢万里，尽醉十觞，遥忆三晋云山，荡漾春光来紫塞；
别绪千般，相逢一笑，对此两关风月，依微烛影按凉州。

——〔民国〕孙晋陛（见颜永祯《兰州楹联汇存》）

三晋会馆其三

吾乡多贤豪，汉子长，隋仲淹，唐仁贵，明敬轩，上下两千年，文德武功人宛在；
此邦真形胜，东空同，西祁连，南朱圉，北贺兰，纵横几万里，黄河青海我来游。

——〔民国〕姚以价（见颜永祯《兰州楹联汇存》）

【笺注】

1. 上联说的山西杰出人物，分别为汉代司马迁、隋代王通、唐代薛仁贵、明代薛瑄。

浙江会馆前庭

故里忆东瓯，来从龙湫雁荡之间，桑梓瞻依，长征不已；
假途径西陇，远出金城玉门以外，枌榆雅集，小驻为佳。

——〔民国〕林竞（见颜永祯《兰州楹联汇存》）

广东会馆前庭

越五岭以出三边，倩谁消息梅花，凭寄玉门春度处；
晤一堂而怀万里，对此依稀杨柳，遥思珠海月明时。

——〔民国〕陈菱涛（见颜永祯《兰州楹联汇存》）

广东会馆正堂

边塞雪花天，马迹车尘，陇上相逢探梅讯；
异乡风月夜，酒痕襟影，樽前潦倒忆莼羹。

——〔民国〕马景星（见颜永祯《兰州楹联汇存》）

云贵会馆前庭

万里同游，赖谊协敬恭，滇海黔山联旧雨；
三年再到，幸躬逢楫让，阜财解愠谱熏风。

——〔民国〕丁照龙（见颜永祯《兰州楹联汇存》）

【笺注】

1. 落款"贵阳丁照龙竹孙，民国十三年，知镇番知事"。民国十三年，即1924年。
2. 阜财解愠，指舜帝昔日造《南风》之诗："南风之薰兮，可以解吾民之愠兮！南风之时兮，可以阜吾民之财兮！"后以形容民安物阜。

天水会馆

山水有清音，与二三父老把酒谈心，恍若在羲皇故里；
春秋多佳日，聚数十学子抚今追昔，愿毋忘成纪名邦。

——〔民国〕胡心如（见《甘肃对联集成》）

学苑

甘肃贡院至公堂

共赏万余卷奇文,远撷紫芝,近搴朱草;

重寻五十年旧事,一攀丹桂,三趁黄槐。

——〔清〕左宗棠(见颜永祯《兰州楹联汇存》)

【笺注】

1.原联并有跋文:"光绪纪元,诏开恩科,时关陇肃清,分闱得请,肇建试院告成,入闱监临书此。左宗棠并识。"光绪纪元,即1875年。此联至今犹存。

贡院左宗棠题联原迹

2.甘肃贡院在西关萃英门内，俗称举院，左宗棠担任陕甘总督后，考虑甘肃举子参加乡试要远赴西安，以致人才凋敝，遂请奏分闱，并于光绪元年（1875年）在兰州主持建成贡院。

3.紫芝、朱草，比喻稀有人才。

4.五十年，指左宗棠回忆自己科考之路。

5.丹桂、黄槐，因乡试落笔时值中秋，学子们仿佛"一攀丹桂"；而一轮乡试一般三年，故有"三趁黄槐"之说。

甘肃贡院衡鉴堂

丹綍新承，文治启千秋运会；
朱衣默鉴，辛勤念三载工夫。

——〔清〕刘瑞祺（见颜永祯《兰州楹联汇存》）

【笺注】

1.丹綍，此处指诏开恩科之皇命。明人曹于汴《曲江李年伯》诗："丹綍下天衢，皇言烂于绮。"

2.运会，指时势。清人魏源《道中杂言》诗："岂非运会间，盈亏各有时。"

3.朱衣，宋人欧阳修科考遇朱衣人默默点头的故事，后称科举中选为"朱衣点头"；默鉴，结合朱衣点头之意，又在说作为考官应体谅学子的辛勤付出。

4.三载，即指乡试一般三年一次。

甘肃贡院观成堂其一

秦陇分闱以后，生聚教训，偻指十年，几番星使搜罗，得士期为天下用；
国家吁俊之方，经策诗文，扃门三试，休道风檐辛苦，吾曹亦自个中来。

——〔清〕谭钟麟（见颜永祯《兰州楹联汇存》）

【笺注】

1.落款"谭钟麟撰书，光绪十一年，监临使者"。光绪十一年即1885年，陕甘分闱在光绪元年，距此十年，故上联有此说。

2.吁俊，即求贤之意。《尚书·立政》："乃有室大竞，吁俊尊上帝。"

贡院观成堂及谭钟麟所题楹联原迹

3.扃门,即闭门之意。科考之时,考生日夜全程在贡院,三场测试之后才能放行,一般要九天六夜,异常艰辛,故结尾说休提辛苦,我们这些为官者当年也都是这样过来的。

甘肃贡院观成堂其二

帝德合亿万姓而大甄陶,名相怜才,几经擘画,思造此邦之俊彦;
人文郁数百年而宏发育,英儒重道,争自濯磨,愿为异日之贤良。

——〔清〕崇保（见颜永祯《兰州楹联汇存》）

【笺注】

1.大甄陶,即大造化。《旧唐书·孝友传》:"甄陶化育,莫匪神功。"
2.濯磨,洗涤磨炼,比喻加强修养,以期有为。宋人苏轼《〈居士集〉叙》:"自欧阳子出,天下争自濯磨。"

甘肃贡院观成堂其三

边塞起风云,喜紫气东来,会有軿轩随雁度;
苍生盼霖雨,问黄河远上,此中多少化龙才。

——〔清〕谭继洵（见颜永祯《兰州楹联汇存》）

【笺注】

1. 轺轩，古代使臣的代称，此处指宦迹陇上，而欣然发掘人才。
2. 化龙，即比喻科考为鱼跃龙门。

甘肃创建举院联

二百年草昧破天荒，继滇黔而踵湘鄂，迢迢绝域，问谁把秋色平分。看雄关四扇，雉堞千寻，燕厦两行，龙门数仞，外勿弃九边桢干，内勿遗八郡梗楠，画栋与雕梁，齐焜耀于铁马金戈以后。抚今追昔，饮水思源，莫辜负我名相怜才，如许经营，几番结撰。

一万里文明培地脉，历井鬼而指斗牛，翼翼神州，知自古夏声必大。想积石南横，崆峒东矗，流沙北走，瀚海西来，淘不尽耳畔黄河，削不成眼前兰岭，群山兼众壑，都奔赴于风檐寸晷之中。叠嶂层峦，惊涛骇浪，无非为尔诸生下笔，展开气象，推助波澜。

——〔清〕吴可读（见《吴可读文集》）

【笺注】

1.《兰州楹联汇存》原注："附携雪堂一联。此联吴柳堂先生撰于举院落成之际，惜埋没未悬，故特存之。"吴可读曾协助左宗棠筹建贡院，在建成之际，写下此联，全联192字，有"甘肃第一长联"之誉。联中"饮水思源""名相怜才，如许经营"等，即是说左宗棠奏请陕甘分闱而辛苦营造贡院之事。

2. 二百年之句，指清代二百年来，第一次科考分闱，甘肃也继云南、贵州、湖南、湖北之后新建贡院，以后人才继起，自可与这些地方"平分秋色"。

3. 雄关、雉堞、燕厦、龙门，均形容贡院建筑，周围起城墙，四门高敞，呼应之后的"画栋与雕梁"。

4. 桢干、梗楠，都比喻社稷可用之才，此前科考路途遥远，难免有遗弃之憾。

5. 井鬼、斗牛，指按照星宿分野，为西北地域。

6. 夏声必大，见《左传·襄公二十九年》"为之歌《秦》曰'此之谓夏，夫能夏则大，大之至也，其周之旧乎。'"以此指西北文化深厚。

7. 风檐寸晷，谓科举之艰苦。清人李渔《怜香伴·女校》："风檐寸晷之下，那有好句，不过塞白而已。"

甘肃贡院博物馆内展示的吴可读长联

8. 叠嶂层峦之句，既指眼前景致，也指文海波澜，笔下文章起伏壮阔。

皋兰书院其一

冠五六邑之区，开广厦养士尊贤，自今伊始；
扶九万程而上，愿群才立名砥行，与古为徒。

——〔清〕徐敬（见颜永祯《兰州楹联汇存》）

【笺注】

1. 原配匾额"秀挹三台"，亦为徐敬所题。
2. 在曹家厅，道光二十二年（1842年）皋兰知县徐敬创建，民国后改为皋兰区立小学校，中华人民共和国成立后，为城关区检察院。

皋兰书院其二

汇众力以续前功，一志同心，幸得重开广厦；
愿萃英而尚实学，尊贤取友，定然高步云程。

——〔清〕音得正（见颜永祯《兰州楹联汇存》）

皋兰书院其三

天步日艰难，望诸生学究中西，去我短取彼长，身体力行，造就全材储国用；
宫墙粗补葺，愿后此官司牧令，兼名师为良友，陶甄作育，相与观成竟厥功。

——〔清〕赵铉（见颜永祯《兰州楹联汇存》）

【笺注】

1.陶甄，比喻陶冶教化。《晋书·乐志上》："弘济区夏，陶甄万方。"

文高等学堂其一

学而时习之，温故知新，吾见其进，未见其止；
教亦多术矣，修身为本，磨而不磷，涅而不缁。

——〔清〕慕寿祺（见颜永祯《兰州楹联汇存》）

【笺注】

1.甘肃文高等学堂，自光绪二十八年（1902年）冬始建。民国元年（1912年）改为省立第一中学。

2.磨而不磷，涅而不缁，语出《论语·阳货》，谓极坚之物，磨也磨不薄；极白之物，染也染不黑。比喻潜心一事，不受环境影响。

文高等学堂其二

愤国家积弱情形，学个自强人物；
体孔孟救时宗旨，养成滚热心肠。

——〔清〕刘尔炘（见《果斋别集》）

存古学堂其一

尧舜禹汤文武周孔所传，何可废也；
诗书礼乐易象春秋之道，其在斯乎。

——〔清〕刘尔炘（见《果斋别集》）

【笺注】

1.在贡院巷，原义仓地址。

存古学堂其二

自孔孟至今，屈指已二千年，邹鲁渊源需我辈；
体尧舜以来，传心之十六字，唐虞事业在人间。

——〔清〕刘尔炘（见《果斋别集》）

【笺注】

1.十六字，指《古文尚书·大禹谟》："人心惟危，道心惟微，惟精惟一，允执厥中"，后被朱熹称为"十六字心传"；唐虞，即指尧舜。

两等小学堂其一

无论你学道德学才能，当实志虚怀，要有童蒙求我意；
莫管他是智愚是贤否，只热肠苦口，常存父母爱儿心。

——〔清〕刘尔炘（见《果斋别集》）

【笺注】

1.《兰州楹联汇存》按："光绪三十二年设立于辕门西栅子，旧兴文社地址，后移设举院。民国十五年，与甘肃制造局以房屋抵换，移延寿巷县文庙，改名为兰州市私立第三小学校。"

两等小学堂其二

且趁兹万国笙歌，将礼乐诗书，相与薰蒸为化雨；
忽又是一番烟景，这楩楠杞梓，果然成就在何年。

——〔清〕刘尔炘（见《果斋别集》）

两等小学堂其三

都教存忠爱心肠，看到处园林，百鸟朝阳成乐国；
真个是文明气象，这满门桃李，万花捧日上春台。

——〔清〕刘尔炘（见《果斋别集》）

两等小学堂其四

且随这万变烟云,把幽谷芝兰,化雨蒸腾留宿种;
已过了五年岁月,看满门桃李,春风次第发名花。

——〔清〕刘尔炘（见《果斋别集》）

【笺注】

1.宿种,后辈可育之才。唐人《敦煌曲子·抛暗号》:"富贵须知宿种来。"

青城书院其一

镜带黄流,学海明翻霞九曲;
崇兰叠嶂,文峰耸挹露三霄。

——〔清〕佚名（见《青城楹联集锦》）

【笺注】

1.黄流,指黄河;崇兰,指青城之崇兰山。前人称此地"南屏崇兰,北带大河"。
2.三霄,以喻仕途得意,占据高位。

青城书院其二

蒙泉育德,兑泽讲朋,法健行于乾象,合绛帐同人,益思受、损勿招。虽尔困学,又次而半解一知,咸求进道,庶几观型有自,渐摩不穷。幸斯地教起井田,群依师范。

庚日拜经,乙夜读史,奋壮志于丁年,愿青城诸子,辛作苦、寅以清,兹予申训,命汝将持己接物,未可矜心,从此亥身校字,壬腹贮才。看他时名登甲第,只近辰居。

——〔清〕佚名（见《青城楹联集锦》）

【笺注】

1.上联取自《易经》十四个卦象,分别为蒙、兑、泽、乾、同人、益、损、困、解、咸、观、渐、井、师,每句嵌入一字;下联对应天干地支,每句亦嵌入一字。生僻之典较多,姑且录之。

五泉书院

云阶月路引人来，乐水志在水，乐山志在山，随处襟怀随处畅；

学海书城延客入，见仁谓之仁，见知谓之知，自家门径自家求。

——〔民国〕刘尔炘（见《兰州五泉山修建记》）

【笺注】

1. 原注："五泉书院者，就文昌宫旧有楼台而建设者也。略储新旧图书，期与游人共为欣赏。藉泉石清幽，发英贤志趣，或可免山灵恼客，花鸟笑人乎？"

2. 见邓明《兰州史话》："五泉书院是兰州府官立书院。旧址在城关区贤后街东口北端。"始建于嘉庆时期，1919年改为兰山道署，1928年杨巨川改建五泉图书馆，1999年易地保护迁至今雁滩公园。

五泉书院阅书楼

胸前排数十百里云山，图画天开，好趁闲情临稿去；

眼底是几千万人城郭，英贤日出，共邀同志看书来。

——〔民国〕刘尔炘（见《兰州五泉山修建记》）

【笺注】

1. 原注："阅书楼即魁星楼也，登临一览，眼界大开。上而东西北三面之云山，下而河流之浩淼、城郭之参差，皆奔赴槛前，供人赏玩。"

2. 同志，指志同道合之人。

五泉书院送迎馆

不足供大雅留连，插架图书犹恨少；

最难得高人来往，登门杖履敢嫌多。

——〔民国〕刘尔炘（见《兰州五泉山修建记》）

皋兰兴文社

略具规模承往哲；全将事业望来人。

——〔民国〕刘尔炘（见颜永祯《兰州楹联汇存》）

【笺注】

1.在皋兰县文庙内。原配匾额"可继堂"。

省师范学校讲堂

广厦千万间，故作轩窗挹苍翠；
吾党二三子，须从师友究渊源。

——〔民国〕慕寿祺（见《求是斋楹联汇存》）

【笺注】

1.此联为集句联，分别出自唐人杜甫《茅屋为秋风所破歌》"安得广厦千万间"，宋人朱熹《次韵四十叔父白鹿之作》"故作轩窗挹苍翠，要将弦诵答潺湲"，唐人储光羲《同诸公秋霁曲江俯见南山》"吾党二三子，萧辰怡性情"，宋人吕希哲《句·其二》"他日稍成毛义志，再求师友究渊源"，原文作"再求"。

兰州一中门联

一画开天，文化渊源归陇上；
三民承教，人才拥挤说兰中。

——〔民国〕黄文中（见王家安《黄文中楹联纪年》）

【笺注】

1.此联约作于1944年春，当时黄文中在兰州一中任教。有资料记载当时贴于校门，抑或此年为学校所作春联。

青城龙山学校

有志书生，不怕龙门高万丈；
多才学子，何愁凤阁起千层。

——〔民国〕张智若（见《青城楹联集锦》）

行业

石氏药局

一点仁心,造就长生妙药;

三分义气,炼就济世灵丹。

————〔清〕刘一明（见《栖云笔记》）

甘肃实业馆

劝农惠工,相观益善;融中洽外,舍旧谋新。

————〔民国〕薛笃弼（见颜永祯《兰州楹联汇存》）

【笺注】

1.落款"薛笃弼,民国十五年"。民国十五年即1926年。

2.在省城隍庙旧址,民国十五年（1926年）甘肃实业厅长赵元贞改建,集各处实业物品,分为裁织、弹纺、美术、制造、服饰、文艺、矿石、农产、皮毛、园艺、食品、编织、药材、杂品等十四部,供人游览。

甘肃教育馆国民戏院

妍自为妍,丑自为丑,妍丑由于自作;

忧民之忧,乐民之乐,忧乐要与民同。

————〔民国〕董树棠（见颜永祯《兰州楹联汇存》）

【笺注】

1.上联"妍丑"乃结合戏院演出人物，有感而发。

甘肃省公立图书馆

时不再来，到此馆少留片刻；

书能益智，挪工夫多阅几行。

——〔民国〕佚名（见颜永祯《兰州楹联汇存》）

【笺注】

1.在学院街，今武都路与酒泉路相接处，民国五年（1916年）建。此联原书于大门旁墙壁之上。

2.据《刘尔炘楹联集》记为刘尔炘撰。

甘肃省公立图书馆书楼其一

收全球东西四五千年中巨制零篇，各分门径；

俾大河南北七八十县内后生小子，都有师承。

——〔民国〕刘尔炘（见颜永祯《兰州楹联汇存》）

【笺注】

1.原注："刘尔炘撰，许承尧书。"

甘肃省公立图书馆书楼其二

我不管是中是外，是古是今，但得书便供人读；

你无论为富为贫，为贵为贱，要成人须看书来。

——〔民国〕刘尔炘（见《果斋别集》）

【笺注】

1.据颜永祯《兰州楹联汇存》落款"阎士璘"，阎或为书写者。

五泉图书馆前庭其一

简册浚灵，炳炳六经悬日月；

文章载道，遥遥一脉阐羲轩。

——〔民国〕杨巨川（见颜永祯《兰州楹联汇存》）

【笺注】

1. 落款"青城杨巨川楫舟甫题，民国十九年九月"。民国十九年即1930年。

2. 五泉图书馆在贤后街东口，旧为五泉书院，后改为兰山道署，民国十七年（1928年）改建图书馆。

五泉图书馆前庭其二

鸟声百啭，花影千重，讵为闲情销岁月；

鲁论半斤，周易四两，且邀嘉客入琅嬛。

——〔民国〕杨巨川（见颜永祯《兰州楹联汇存》）

【笺注】

1. 鲁论，即《鲁论语》，《论语》传本之一，相传为鲁人所传。"鲁论半斤，周易四两"暂不知其出处，编者以为，或是"半部论语治天下"及《周易》"四两拨千斤"之说，取其见微知著、高深莫测之意，以此与结尾如入琅嬛之境相契合。

2. 琅嬛，传说中的仙境，或天帝藏书之地，后泛指珍藏书籍之所在。

五泉图书馆拳石山房

城堞风高，频来阁外怜花舞；

书斋月淡，时在檐前听水声。

——〔民国〕杨巨川（见颜永祯《兰州楹联汇存》）

【笺注】

1. 落款"集文文山诗字，青城杨巨川楫舟甫钩勒"。文文山，即南宋名臣文天祥。

五泉图书馆百获轩其一

玉管风生,赏竹连飞叶舃;

酒船云绕,看花时酌壶天。

——〔民国〕杨巨川（见颜永祯《兰州楹联汇存》）

【笺注】

1. 落款"集黄山谷云亭宴集字"。黄山谷，即宋代书法家黄庭坚。

2. 舃，通"鞋"，见唐人姚合《扬州春词三首·其二》有诗"竹风轻履舃，花露腻衣裳。"

五泉图书馆百获轩其二

云路婆娑，九曲远瞻龙虎气；

烟花紫翠，万年高拱凤凰阿。

——〔民国〕杨巨川（见颜永祯《兰州楹联汇存》）

【笺注】

1. 落款"集明藩碑字，青城杨巨川楫舟甫钩勒"。

2. 阿，即崇阿，高丘之意。

五泉图书馆东小门

置酒论文，萃天下士；

登台听雨，作有巢人。

——〔民国〕杨巨川（见颜永祯《兰州楹联汇存》）

【笺注】

1. 落款："可望亭因榆建也，兹门所由以出入者。落成钩何太史子贞字集此联额，辛未七月巧日。"辛未即民国二十年（1931年），七月巧日即七夕，又称七巧节。何太史子贞即清代书法家何绍基。

2. 原有匾额"通天门"。

3. 有巢人，传说中的隐士，此处一语双关，见张思温《兰州园林旧识》："其后有小园，接近北城，老榆一株，婆娑年久，馆人加巢作亭。"

皋兰县图书馆大门其一

创造何须大，就此左图右史，上下五千年，纵横九万里；
搜罗不在多，数这金编玉笈，光明廿二子，灿烂十三经。

——〔民国〕佚名（见颜永祯《兰州楹联汇存》）

【笺注】

1. 附设皋兰县教育会内，民国十二年（1923年）八月颜永祯、李孔昭、周子明、赵筱平等捐资创办，内分新文化部、旧文化部。
2. 廿二子，即二十二史，清刊行《明史》，加先前各史，总名"二十二史"。

皋兰县图书馆大门其二

十三经廿四史诸子百家，并英美法德，新旧图书数百种；
东西汉南北朝旁门正学，合唐宋元明，古今人物二千年。

——〔民国〕佚名（见颜永祯《兰州楹联汇存》）

皋兰县图书馆书橱

刚筑书厨留惠爱；甫将文字结因缘。

——〔民国〕佚名（见颜永祯《兰州楹联汇存》）

甘肃省农会其一

于此验闾阎勤惰；俾人知稼穑难艰。

——〔民国〕佚名（见颜永祯《兰州楹联汇存》）

【笺注】

1. 闾阎，本为里巷，后代指民间百姓。

甘肃省农会其二

知此道不出后稷炎黄而外；愿吾人能传李悝管子之遗。

——〔民国〕佚名（见颜永祯《兰州楹联汇存》）

【笺注】

1.后稷、炎黄，上古时代曾教人耕种。

2.李悝，战国时魏国政治家，曾主持变法，此处与管子，即齐国管仲，均指利民兴农之才。

丰黎义仓其一

丰年多黍多稌；黎民不饥不寒。

——〔民国〕刘尔炘（见《果斋别集》）

【笺注】

1.丰黎义仓，为刘尔炘主持创建的公益团体，旨在非常时期救济灾民。

2.此联为集句联。上联出自《诗经·丰年》"丰年多黍多稌，亦有高廩，万亿及秭"，下联出自《孟子》"七十者衣帛食肉，黎民不饥不寒，然而不王者，未之有也"。

3.以集句而首字嵌名，不留痕迹。

丰黎义仓其二

万国要崇农学，尼山富而后教之经纶，为政先言足食；
五洲争逐末酿，世界愤极不平之祸乱，推原只为愁饥。

——〔民国〕刘尔炘（见《兰州五泉山修建记》）

【笺注】

1.尼山，即指孔子。《论语》："子贡问政，子曰：'足食，足兵，民信之矣。'"联中所谓"为政先言足食"即是指此。

陇右公社

文武衣冠，枌榆烟景；庙堂忧乐，桑梓敬恭。

——〔民国〕刘尔炘（见《果斋别集》）

【笺注】

1.枌榆、桑梓，均泛指故乡。《南齐书·沈文季传》："惟桑与梓，必恭敬止，岂如明府亡国失土，不识枌榆。"

陇右实业待行社

一画当太昊开天之后，倡实业先声，火化经纶，首在人间谋教养；
九曲自昆仑卷地而来，是羲轩故里，文明世界，要从陇上溯渊源。

——〔民国〕刘尔炘（见《果斋别集》）

陇右实业待行社梦羲仙馆其一

何妨邀山月山云，醉白酒一壶，忧乐不关天下事；
偶尔趁秋风秋雨，种黄花三径，栽培全仗后来人。

——〔民国〕刘尔炘（见《果斋别集》）

陇右实业待行社梦羲仙馆其二

朱圉南峙，黄河北流，川岳巩金汤，地形高踞中原上；
卦台肇文，涿野扬武，圣神同井里，男子勉为天下奇。

——〔民国〕马福祥（见颜永祯《兰州楹联汇存》）

【笺注】

1. 落款"马福祥题书，民国六年"。民国十六年即1917年。
2. 朱圉，在天水甘谷县，为古之名山。
3. 卦台肇文，指伏羲画卦之事，在天水境内，今犹名卦台山；涿野扬武，指黄帝在涿鹿之野大败蚩尤之事。相传伏羲、黄帝均诞生在甘肃，故自古称羲轩故里。

电灯局四达亭

东挹华山，北吞蒙古；西含葱岭，南控蚕丛。

——〔民国〕张广建（见颜永祯《兰州楹联汇存》）

【笺注】

1. 在民国甘肃省政府东侧，原配匾额"四达亭"，因其地东边高矗，三层四面洞辟，亦取电话四通八达之意。
2. 葱岭，泛指西域一带；蚕丛，古蜀国之名。此处仍以甘肃周遭疆域，比喻四通八达。

电报局

节钺管三边,云路便催天马走;

关河通一线,家书宁用塞鸿传。

——〔民国〕慕寿祺(见颜永祯《兰州楹联汇存》)

【笺注】

1. 天马,骏马之美称,此处紧扣其地,并喻指邮递驿路。
2. 塞鸿,《汉书·苏武传》载有鸿雁传书之事,后以此代指书信。

五泉酒仙店

安得天瓢酌仙酒;欲题风韵愧凡才。

——〔民国〕慕寿祺(见《求是斋楹联汇存》)

【笺注】

1. 此联为集句联,分别集自元人陈孚《岳阳楼》诗"安得天瓢酌仙酒,跨鲸直上扶桑洲",唐人杨巨源《酬崔驸马惠笺百张兼贻四韵》诗"满箧清光应照眼,欲题风韵愧凡才"。

兰桂轩饭庄

秋兰递初馥;月桂朗冲襟。

——〔民国〕慕寿祺(见《求是斋楹联汇存》)

【笺注】

1. 此联为集句联,分别出自宋人朱熹《去岁蒙学……以寻前约幸一笑》诗"秋兰递初馥,芳意满冲襟",唐人骆宾王《夏日游德州赠高四》诗"霜松贞雅节,月桂朗冲襟"。

旧商号

泰运启三阳,看柳暗花明,无非生意;

同心成大业,愿梯山航海,赞助经纶。

——〔民国〕邓隆(见赵忠《楹联拾萃》)

成雅斋古玩店

夏鼎商彝永宝用；奇书名石古香多。

——〔民国〕张大千（见张尚瀛《甘肃古今楹联选集》）

抗战中某理发店

倭寇未除，有何颜面；国仇待报，负此头颅。

——〔民国〕佚名（见张尚瀛《甘肃古今楹联选集》）

恒盛明商号

明德益加修，道以相交，礼以相接；
号名依旧认，近之者悦，远之者来。

——〔民国〕马恕（见赵忠《楹联拾萃》）

【笺注】

1. 上联出自《孟子·万章》："其交也以道，其接也以礼，斯孔子受之矣。"
2. 下联出自《论语·子路》："孔子曰'近者悦，远者来'。"

青城水烟坊

酒后茶余，香闻兰蕙；风清月白，味淡芭菰。

——〔民国〕佚名（见《青城楹联集锦》）

【笺注】

1. 芭菰，代指烟草。清末洪繻《咏烟》诗："家家爱吸淡芭菰，今日也同禁脔呼。"

寓居

戴氏听泉楼

见善则劝,见过则规,端人也;
与父言慈,与子言孝,正士哉。

——〔明〕宋云其（见颜永祯《兰州楹联汇存》）

【笺注】

1.民国时临夏邓隆居兰州,建藏经阁,自题匾文:"听泉楼戴家旧物。戴系明藩宾师,木主犹存。民国癸亥,其裔孙不能守,隆因购得,改建藏经阁,不忍埋没古迹,乃保存匾额联语,以志缘起,亦以见人间兴废之无常,不可不亟求解脱也。积石睫巢子邓隆书。"

门联

半世学农兼学圃;一生忧道不忧贫。

——〔明〕顾敬（见张尚瀛《甘肃古今楹联选集》）

【笺注】

1.原题"明时皋兰县乡贤顾敬自题门联"。

2.下联来自《论语》:"子曰:君子谋道不谋食。耕也馁在其中矣,学也禄在其中矣。君子忧道不忧贫。"

曹家花园正亭

窗含野色通书幌；山带泉声入酒杯。

——〔清〕佚名（见颜永祯《兰州楹联汇存》）

【笺注】

1. 原配匾额"竹笑兰言"。清同治间兰州进士曹炯创建，民国后售于秦幼溪，又加修葺。见张思温《兰州园林旧识》："园在小稍门外，占地较广，本兰州进士曹家花园。建筑虽不多，其西北一角，楼亭房舍，错落有致。"即今三爱堂医院一带。

2. 上联集自唐人李贺《南园十三首·其八》诗"窗含远色通书幌，鱼拥香钩近石矶"，原作"远色"。

曹家花园亭内

数间茅屋常临水；十亩闲庭半种花。

——〔清〕于毓中（见颜永祯《兰州楹联汇存》）

【笺注】

1. 上联集自唐人刘禹锡《送曹璩归越中旧隐诗》"数间茅屋闲临水，一盏秋灯夜读书"。

曹家花园小亭

丛桂留人，梅花对我；

园林涉趣，山鸟呼名。

——〔清〕张琦（见颜永祯《兰州楹联汇存》）

曹家花园小门

梦里题诗怀润笔；林间煮酒唤提壶。

——〔清〕佚名（见颜永祯《兰州楹联汇存》）

寓居

曹家花园镜泉楼其一

山从树杪参差见；水到花阴曲折通。

——〔清〕太华山人（见颜永祯《兰州楹联汇存》）

【笺注】

1. 落款"太华山人，同治元年"。同治元年即1862年。

曹家花园镜泉楼其二

常思足莫当歧路；慢道身如不系舟。

——〔清〕佚名（见颜永祯《兰州楹联汇存》）

曹家花园瑞杏轩

有松石间意；是羲皇上人。

——〔清〕佚名（见颜永祯《兰州楹联汇存》）

曹家花园养花莳竹之斋其一

此地可游可咏；其人不古不今。

——〔清〕萧国本（见颜永祯《兰州楹联汇存》）

曹家花园养花莳竹之斋其二

鸟向枝头催笔韵；风从花外渡书声。

——〔清〕陈少辅（见颜永祯《兰州楹联汇存》）

【笺注】

1. 落款"陈少辅集句"。原配匾额"潇洒"。自题集句，但所集何人，暂不得考证。

榆中新庄沟抱一亭其一

斗室容身，小中有大人难识；
山居养性，苦里生甜我自知。

——〔清〕刘一明（见《栖云笔记》）

【笺注】

1. 自注"每逢会期避居此处"。即每逢兴隆山庙会,刘一明不堪其扰,避居此处。

榆中新庄沟抱一亭其二

在尘出尘,即是蓬莱道路;

处世离世,居然淡泊家风。

——〔清〕刘一明（见《栖云笔记》）

榆中新庄沟静室

斗室容身,袖里乾坤无界畔;

蜗居乐道,胸藏日月永光明。

——〔清〕刘一明（见《栖云笔记》）

平番孙氏花园

半亩幽园,竹柏成林堪慰目;

三间草屋,诗书满架可陶情。

——〔清〕刘一明（见《栖云笔记》）

阿干镇敬德张公庭联

何事慰亲,看膝下戏舞斑烂,虽菽水足欢,此养心孝道,已立百行之本;

甚方教子,但眼前吹奏篪埙,即绳武可接,这和气家风,堪卜九世之居。

——〔清〕刘一明（见《栖云笔记》）

【笺注】

1. 菽水,豆与水,语出《礼记·檀弓下》,形容生活清苦。
2. 百行之本,指孝道,《全晋文》:"孝德之至,百行之本,本立道生,通于神明。"
3. 篪埙,皆为乐器,后引申为和顺之意。明人杨慎《祭毛以正文》:"分虽丽泽,情犹篪埙。"

4.绳武,见《诗经·下武》:"昭兹来许,绳其祖武。"后称继承祖先业绩为"绳武"。

5.九世之居,据《旧唐书》记载,有张公艺者,治家有方,九辈同居传为美谈。

海某养静处

看破尘情,不向泥途下脚步;
已知趣味,须从静地养天年。

——〔清〕刘一明(见《栖云笔记》)

题句

入座半为求字客;敲门都是送花人。

——〔清〕唐琏

【笺注】

1.见杨秀芝《松石斋集序》,其时拜访唐琏故居,"甫入门,花木竹石满阶,皆画景。至其室,案有书,囊有琴,壁有云山,书篆遍楹柱,而古砚、名帖、奇石、异物之类,其足娱心悦目者复不一"。

清唐琏楹联墨迹

题句

花间闲披长庆集;竹窗静仿永和书。

——〔清〕唐琏(见张尚瀛《张萤拾遗集》)

【笺注】

1.长庆集,唐代诗人白居易著有《白氏长庆集》。
2.永和书,晋代王羲之《兰亭集序》开篇为"永和九年",遂以代指。

兰州卧室

闭门思过;开阁延宾。

——〔清〕裴景福(见《河海昆仑录》)

【笺注】

1.光绪三十一年（1905年）农历十月二十九日，其远戍新疆，暂居兰州时所书。下联化用左宗棠旧联，上联"思过"即指戍边一事。

门联

此日鹿鸣初赴宴；他年雁塔更题名。

——〔清〕张俊源（见张尚瀛《甘肃古今楹联选集》）

兰州民居门联

山河新气象；诗礼旧家声。

——〔清〕佚名（见邓明《兰州史话》）

【笺注】

1.原注："门扇所贴对联多为'山河新气象，诗礼旧家声'之类。"

青城张家大院名顺堂

新论旧铭，德流馨而居枕善；

格言家训，勤补拙亦俭养廉。

——〔清〕佚名（见《青城楹联集锦》）

【笺注】

1.旧铭，指宋代大儒张载有传世名作《东铭》《西铭》，简称"二铭"，后其族人改堂号为"二铭堂"。

2.枕善，见北齐刘昼《新论·慎独》"斯皆慎乎隐微，枕善而居，不以视之不见而移其心，听之不闻而变其情也"，指坚定守善而不移。

青城张家大院解元府

孝友风高，燕喜常昭世德；

经书泽远，鹿鸣丕振家声。

——〔清〕佚名（见《青城楹联集锦》）

青城刘家大院保寿堂其一

万顷墨庄,藜阁勋名标世泽;

百年心地,枝江风范振家声。

——〔清〕佚名(见《青城楹联集锦》)

【笺注】

1. 墨庄,指藏书。宋初官员刘式,酷好读书,其死后,夫人陈氏召集诸子说,父亲为官清廉,没有什么田产,只有藏书千卷,可称之为"墨庄",朱熹闻后,专门写《墨庄记》以纪其美。

2. 藜阁,指汉代学者刘向校书至深夜,烛尽灯熄,刘向仍闭目背诵,忽有黄衣老者扶青藜杖叩门而入,一口气吹燃藜杖,顿时火光通明,原来是仙人被其勤学之精神感动特来助力。后用藜阁以喻勤学。

3. 枝江,即枝江刘氏,乃其郡望,为西汉皇族后裔。

青城刘家大院保寿堂其二

惟有读书高,十策三章绵世泽;

莫如耕稼乐,一茎九穗稔丰年。

——〔清〕佚名(见《青城楹联集锦》)

【笺注】

1. 十策三章,指汉高祖刘邦开国时定有"守成十策"休养生息,又刘邦率兵进咸阳时,曾与父老约法三章,以示文明。

2. 一茎,古人以一茎之上长出数个麦穗为盛世丰收之吉兆。

青城高家大院其一

欲知则问,欲能则学;守身如玉,守口如瓶。

——〔清〕佚名(见《青城楹联集锦》)

【笺注】

1. 此联为集句联,上联见《孔子集语·劝学》,下联见《孟子》及《摩诘经》。

青城高家大院其二

补拙养廉，一帘花鱼三秋月；

横经负耒，四时风雨五更灯。

——〔清〕佚名（见《青城楹联集锦》）

【笺注】

1.横经负耒，语出《围炉夜话》，指出而负耒、入而横经，意思是耕读并举。

青城罗家大院仁德堂

百世雍和修孝悌；一堂敦穆教读书。

——〔清〕佚名（见《青城楹联集锦》）

青城李家大院福善堂其一

鹿洞书香渡兰岭；龙门声望重青城。

——〔清〕佚名（见《青城楹联集锦》）

【笺注】

1.鹿洞，即江西白鹿洞，唐人李渤与兄隐居读书于此，畜一白鹿，因名。

2.龙门，东汉名士李膺志在培养后进之士"有升其堂者，皆以为登龙门"。

青城李家大院福善堂其二

学续青莲，文章华国；云沾绿柳，科第传家。

——〔清〕佚名（见《青城楹联集锦》）

【笺注】

1.青莲，指唐代诗人李白，号青莲居士。

青城李家大院东滩三堂

奎璧焕文光，案上图书昭世德；

彤云笼宝树，阶前兰桂喷天香。

——〔清〕佚名（见《青城楹联集锦》）

寓居

青城王家大院永顺泰其一

乌衣巷里家声旧；槐荫堂前气象新。

——〔清〕佚名（见《青城楹联集锦》）

【笺注】

1. 乌衣巷，指东晋王导家族，即"旧时王谢堂前燕"所指。
2. 槐荫堂，为王氏郡望堂号，又称三槐堂。

青城王家大院永顺泰其二

五桂兆连科，泮水腾辉兄继弟；
三槐绵世德，葳华吐秀子承翁。

——〔清〕佚名（见《青城楹联集锦》）

【笺注】

1. 五桂，本为宋代窦氏五子登科之典，后喻指亲族数人相继登科的美称。

青城郝家大院

鲤化趁风云，初见龙门夸独步；
鹰扬振羽翼，行看麟阁许高翔。

——〔清〕佚名（见《青城楹联集锦》）

【笺注】

1. 麟阁，即麒麟阁，汉宣帝时曾绘霍光等十一功臣像于阁上，以表扬其功绩，后喻指建功立业。

吴柳堂先生故宅其一

环伟本天才，是学士苏子瞻有峥嵘气；
孤忠邀圣鉴，比乡贤王文恪在伯仲间。

——〔民国〕慕寿祺（见颜永祯《兰州楹联汇存》）

【笺注】

1. 即吴可读故居，在南府街，今金塔巷，原有刘尔炘题匾"吴柳堂先生故宅"。

2. 苏子瞻，即宋代名人苏轼。

3. 王文恪，指清道光名臣王鼎，为陕西蒲城人，曾刚正直言，为支持林则徐，参劾大学士穆彰阿误国，自缢而死。

吴柳堂先生故宅其二

旧宅留至新朝，由山白塔水黄河，灵秀所钟，生此人才第一；

小臣力争大计，与杨椒山邹兰谷，后先并起，称为鼎足而三。

——〔民国〕慕寿祺（见《求是斋楹联汇存》）

【笺注】

1. 杨椒山邹兰谷，即明代谏臣杨继盛、邹应龙，均与兰州相关。

题刘晓岚先生寓庐

自喜轩窗无俗韵；始知城市有闲人。

——〔民国〕慕寿祺（见《求是斋楹联汇存》）

【笺注】

1. 即刘尔炘故居。

2. 此联为集句联，分别出自宋人朱熹《曲池轩》诗"自喜轩窗无俗韵，亦知草木有真香"，唐人许浑《赠王山人》诗"赍酒携琴访我频，始知城市有闲人"。

煦园寥天一室其一

莫妙于雨后看山，霞卷云舒，万千气象；

最好是庭前煮酒，花香鸟语，三五友朋。

——〔民国〕林锡光（见颜永祯《兰州楹联汇存》）

【笺注】

1. 落款"古闽林锡光芷馨甫题，甲子"。甲子即民国十三年（1924年）。原配匾额"锦屏围座"。

2. 此园在通远门外颜家沟，民国十一年（1922年）兰州水梓所建家宅。

煦园寥天一室其二

半亩菜园，莽苍独适；五泉瀑布，空翠飞来。

——〔民国〕周希武（见颜永祯《兰州楹联汇存》）

煦园寥天一室其三

拥十万树梨云，入窗山色年年好；

造五百道法乳，惊坐高谭句句新。

——〔民国〕许承尧（见颜永祯《兰州楹联汇存》）

【笺注】

1. 张思温《兰州园林旧识》："亭台无多，惟梨树数十株，老本扶疏为胜耳。"
2. 法乳，佛教语，喻佛法如乳汁哺育众生。见《涅槃经·如来性品》："饮我法乳，长养法身。"

煦园北亭

夜月窥人，九曲河声来枕上；

晴峦当户，五泉山色落杯中。

——〔民国〕胡毓威（见颜永祯《兰州楹联汇存》）

煦园退乐堂

种梨千树菜千畦，备庭帏兼味，公退但知南亩乐；

有竹一坞水一池，值桃李成荫，春来足博北堂欢。

——〔民国〕范振绪（见《煦园春秋》）

若园观澜斋

座中排无数云山，都为主人添画稿；

窗外是奔流河水，能催壮士起歌声。

——〔民国〕佚名（见颜永祯《兰州楹联汇存》）

【笺注】

1.在广武门外,黄河南岸,民国十三年(1924年)皋兰画家曹蓉江创建。原注:"面对南山,背临黄流,河声岳色兼而有之。"

2.画稿,园主人曹蓉江以绘花卉著名。

若园卓然亭

无物不容,我思水浊;有阶可上,人比山高。

——〔民国〕佚名(见颜永祯《兰州楹联汇存》)

秦园

园环绿水,足豁襟怀,试观烟树葱茏,最好是一咏一觞,半耕半读;
地近兰山,自饶风趣,几费心思补缀,才赢得种瓜种豆,看草看花。

——〔民国〕秦望澜(见颜永祯《兰州楹联汇存》)

【笺注】

1.落款"枝阳秦望澜绍观甫题,民国十三年"。民国十三年即1924年。

2.在通远门外,清同治间曹春生创建,民国后售于会宁秦望濂。题联者秦望澜为其胞兄。

3.见张思温《兰州园林旧识》,名为"秦园",此地原为曹家花园,"后归会宁秦氏……见余地皆连畦种麦,如农圃也"。

秦园养花莳竹之斋

曲径斜穿花影入;好风吹送市声来。

——〔民国〕慕寿祺(见颜永祯《兰州楹联汇存》)

【笺注】

1.此联为集句联,分别集自元人袁士元《题城西书舍次韵》诗"曲径斜穿花影入,小池低傍竹阴开",宋人陆游《闲意》诗"妍日渐催春意动,好风时卷市声来"。

颐园

闲坐小窗，苔痕上阶绿；

自锄明月，花影报春深。

——〔民国〕张建（见《思退堂诗文选·联语》）

【笺注】

1.原题"减字集句赠颐园主人秦幼溪"。即从古人诗文中剪取此句集成。

拙园

何处寻桃源，花放水流，俨然是逍遥世界；

闲来开榆社，赋诗饮酒，藉以陶活波天机。

——〔民国〕邓隆（见颜永祯《兰州楹联汇存》）

【笺注】

1.此园在拱兰门外官驿后，今正宁路，民国四年（1915年）临夏邓隆建于宅南。

拙园藏舟亭

积石为山，牵萝补屋；梨花院落，柳絮池塘。

——〔民国〕邓隆（见颜永祯《兰州楹联汇存》）

【笺注】

1.匾下有跋文："昔宰新都，筑室桂湖，假山取庄子意，颜曰'藏舟山馆'。丙辰拙园草亭成，移馆名名之，示不忘也。邓隆。"

2.积石，既指园中假山，也指积石山，传说大禹治水导河之地，在作者家乡境内。

3.牵萝，见南宋陈德武《醉春风》词："采柏卖珠，牵萝补屋，顺天生化。"

4.下联见宋人晏殊《寄远》诗"梨花院落溶溶月，柳絮池塘淡淡风"。

拙园陶陶簃

柳嫩朝阳软；花深夜气香。

——〔民国〕邓隆（见颜永祯《兰州楹联汇存》）

拙园睫巢其一

因树为屋，何尝非巧；抱瓮汲水，今见其人。

——〔民国〕许承尧（见颜永祯《兰州楹联汇存》）

【笺注】

1.张思温《兰州园林旧识》："牡丹芍药均移自故乡，于梨树上结茅亭曰'睫巢'，自称睫巢子。"

拙园睫巢其二

堆书满床，酿云成梦；借月为镜，将山作屏。

——〔民国〕许承尧（见颜永祯《兰州楹联汇存》）

拙园睫巢其三

庭院似清湘，酒渴思茶交午夜；
香雾漫空湿，梨花和月射黄昏。

——〔民国〕黄履平（见颜永祯《兰州楹联汇存》）

【笺注】

1.落款"黄履平集联"。分别集自清人龚自珍《卜算子》词"庭院似清湘，人是湘灵否"，《临江仙二首·其二》"酒渴思茶交午饭，沈烟闲拨钗梁"，《南歌子》词"香雾漫空湿，珠帘窣地横"，《虞美人》词"生怕梨花和月射啼痕"。

拙园楼联

高楼百尺吞山色；春雨一帘卖杏花。

——〔民国〕邓隆（见颜永祯《兰州楹联汇存》）

亦园亭联其一

草有忘忧，花名长乐；人如东晋，户对南山。

——〔民国〕祁荫甲（见颜永祯《兰州楹联汇存》）

【笺注】

1. 落款"祁荫甲题赠，乙丑夏月"。乙丑即民国十四年（1925年）。
2. 此园在安定门外下沟，民国初年循化邓宗建于宅旁。张思温《兰州园林旧识》："无多建筑，前有厅亭数间而已，牡丹多自洛阳移植，故有名种见称于时。"
3. 长乐，花名，又称紫花、月月红。明人曹学佺《蜀中广记·方物记》："长乐花，今蜀人谓之月月红。"

亦园亭联其二

幽禽弄晨，凉月媚夕；净绿飘席，微芬洒襟。

——〔民国〕林棠（见颜永祯《兰州楹联汇存》）

【笺注】

1. 原联并有跋文："绍元兄买宅龙尾山下，宅东花草清幽，就而葺之，原配匾额'亦园'，命撰楹联成十六字，即希正之。"

亦园亭联其三

庭有华巅嶙峋石；花多海国富贵春。

——〔民国〕黄拙（见颜永祯《兰州楹联汇存》）

【笺注】

1. 华巅，指华山。

亦园亭联其四

傍市临山，且称乐地；莳花种竹，聊以慰情。

——〔民国〕邓宗（见颜永祯《兰州楹联汇存》）

朱太岩宅

承家有柏庐格言，垂老不忘修己法；
救世守椿堂遗教，毕生能读活人书。

——〔民国〕刘尔炘（见邓明《安宁旧事》）

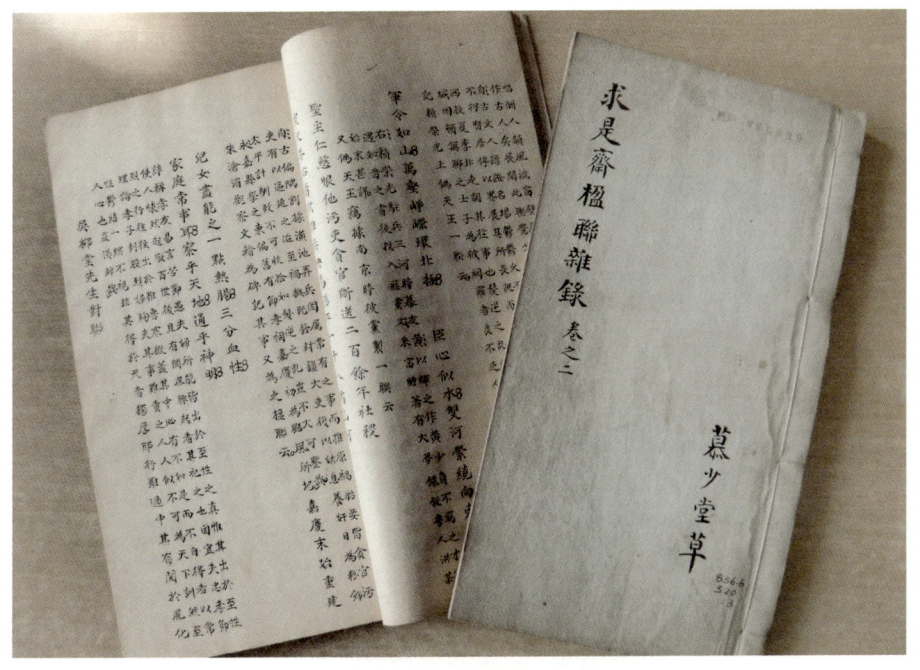

民国慕寿祺《求是斋楹联杂录》书影

【笺注】

1. 朱太岩世居兰州侯后街，几代人皆为儒医，治家有道。"活人书"即指医书。
2. 柏庐格言，即《朱柏庐治家格言》，流传甚广。
3. 椿堂，明人朱有燉《香囊怨》："念吾之风流云散，畏严训于椿堂。"

何实斋五泉山庄

旧宅青山近；荣名白日疏。

——〔民国〕慕寿祺（见《求是斋楹联汇存》）

【笺注】

1. 此联为集句联，分别出自唐人周瑀《潘司马别业》诗"门对青山近，汀牵绿草长"，下联自注为唐人张说诗，暂无从考证。

寓居

张维还读我书楼其一

家世绵清河，乐其道也，乐其义也；
名言稽左氏，美哉轮焉，美哉奂焉。

——〔民国〕王学伊（见《甘肃对联集成》）

【笺注】

1. 张思温《兰州园林旧识》称其为张园，"其别业在城南（今南城巷），公〔张维〕退之时，常著述其中，积稿甚多"。
2. 清河，即清河张氏，隋唐时名门望族，后指张氏郡望。
3. 名言，指《礼记·檀弓下》："晋献文子成室，晋大夫发焉。张老曰：'美哉轮焉，美哉奂焉。'"以其中"张老"谓张氏名言。

张维还读我书楼其二

斗射龙光，洽文能识丰城剑；
印坠鹊石，裕后新开梁相庭。

——〔民国〕陈国钧（见《甘肃对联集成》）

【笺注】

1. 龙光，指宝剑的光芒；丰城剑，见《晋书·张华传》："惟斗牛之间颇有异气……宝剑之精，上彻于天耳……在豫章丰城。"此典后用来比喻人才不该埋没。
2. 鹊石，晋人干宝《搜神记》记载，又常山张颢，为梁州牧，得山鹊化之圆石，后官至太尉，遂以"鹊石"以喻升迁。

张维还读我书楼其三

一生修得至此；万事听其自然。

——〔民国〕王镇（见《甘肃对联集成》）

兰州宅门

敢言绥带轻裘羊叔子；自是纶巾羽扇武乡侯。

——〔民国〕鲁大昌（见赵忠《楹联拾萃》）

【笺注】

1.张思温《兰州园林旧识》:"鲁大昌解兵权后,以……上将虚衔,自岷县移居兰州。于七里河吴家园买地作园,于中起楼居之。其余小屋数处,点缀于果树菜畦间。"

2.羊叔子,西晋初大将羊祜;武乡侯,三国蜀相诸葛亮。

窑洞

上下阶梯,谨防失足;

启关门户,需要小心。

——〔民国〕魏继祖(见《兰州文史资料选辑》)

【笺注】

1.1947年,魏振皆隐居家乡皋兰县文山村,在屋顶石崖处发现一天然洞穴,后经修缮,每日于此读书,并自号"洞叟",题此联于洞口。

自题居所

只爱云山非学道;但开风气不为师。

——〔民国〕叶丁易(见邓明《安宁旧事》)

【笺注】

1.此联为叶丁易在国立西北师范学院任国文讲师时自题,"系叶丁易集句,顾学颉篆书。下联为龚自珍名句,有夫子自道之韵味,他在国文系系主任黎锦熙的主持下,开设中国现代文学史课程,即是开创了新风气"。

2.下联见清人龚自珍《己亥杂诗·其一百四》:"一事平生无龂龁,但开风气不为师。"

青城罗家大院福德堂其一

家声不坠唯端品;壮志欲酬必读书。

——〔民国〕佚名(见《青城楹联集锦》)

青城罗家大院福德堂其二

讲业观风，入世安详称美德；

学诗正乐，治家礼让足清声。

——〔民国〕佚名（见《青城楹联集锦》）

青城白家大院厨房其一

烹调五味培元气；掇拾群芳补太和。

——〔民国〕佚名（见《青城楹联集锦》）

青城白家大院厨房其二

椒酿和来春有味；梅盐调入鼎生香。

——〔民国〕佚名（见《青城楹联集锦》）

【笺注】

1.梅盐，盐味咸，梅味酸，均为调味所需，后以调和鼎鼐，喻指国家所需贤才。

青城白家大院厨房其三

恬淡何妨茅屋小；清贫自觉菜根香。

——〔民国〕佚名（见《青城楹联集锦》）

青城白家大院粮房其一

惜米如惜玉；存粱似存金。

——〔民国〕佚名（见《青城楹联集锦》）

青城白家大院粮房其二

当太平之日；值大有之年。

——〔民国〕佚名（见《青城楹联集锦》）

【笺注】

1.大有之年，即大丰之年。宋人苏轼《坤成节集英殿宴教坊词致语口号》诗："三朝遗老九门前，又见承平大有年。"

青城白家大院驴圈

春光湖水上；风雪灞桥中。

——〔民国〕佚名（见《青城楹联集锦》）

【笺注】

1.上联指宋代韩世忠西湖骑驴之典，下联指唐人孟浩然风雪灞桥吟诗之典。

青城白家大院鸡舍

守夜知时因有信；呼群啄黍果多仁。

——〔民国〕佚名（见《青城楹联集锦》）

【笺注】

1.见《韩诗外传》，相传鸡有五德，文、武、勇、仁、信，"见食相呼者仁也，守夜不失时者信也"。

青城白家大院羊舍其一

出郊不失成群意；跪乳能知报母情。

——〔民国〕佚名（见《青城楹联集锦》）

青城白家大院羊舍其二

正值雨后山晴日；喜得春来草发时。

——〔民国〕佚名（见《青城楹联集锦》）

青城白家大院猪舍

大耳元帅府；长嘴将军门。

——〔民国〕佚名（见《青城楹联集锦》）

题 赠

无题

张公笔致,点染春山;
谢女风流,赓吟片雪。

——〔明〕邹应龙

【笺注】

1.上款"正德十三年重阳后三日",下款"兰谷邹应龙"。

2.张公,指唐代画家张璪,以擅长山水画而闻名。

3.谢女,指东晋才女谢道韫,有白雪咏絮之事迹。

赠冰若和尚

当时行脚多年,踏遍名山参佛祖;
此日归空几劫,收完慧海付儿孙。

——〔清〕黄建中(见颜永祯《兰州楹联汇存》)

【笺注】

1.据《兰州楹联汇存》,撰于乾隆时期,冰若为兰州普照寺僧人。

2.见邓明《兰州史话》:"冰若苦行神州大地,遍谒名山宝刹,礼佛拜僧,讲论佛法。"

明邹应龙楹联墨迹

赠广福寺锦然开士

纵使有花兼有月；自然无迹亦无尘。

——〔清〕吴镇（见颜永祯《兰州楹联汇存》）

【笺注】

1.原注："集唐人句。"分别集自唐人李商隐《春日寄怀》诗"纵使有花兼有月，可堪无酒又无人"，唐人朱庆馀《逢山人》诗"星月相逢现此身，自然无迹又无尘"。

赠医官

指下机关参化育；心中枢纽运元仁。

——〔清〕刘一明（见《栖云笔记》）

【笺注】

1.化育，即化生长育之意。见宋人苏轼《御试重巽申命论》："天地之化育，有可以指而言者，有不可以求而得之者。"

赠耆宾联

齿德同尊宾上国；品行相应贯一乡。

——〔清〕刘一明（见《栖云笔记》）

【笺注】

1.齿德，指年高德劭。
2.上国，指国都以西的地区。杜预注《左传·昭公十四年》说："上国，在都之西。西方居上流，故谓之上国。"

赠李氏耆宾

守分安常，虽无伯括文才著；
乐天知命，常有子云高士风。

——〔清〕刘一明（见《栖云笔记》）

【笺注】

1.原注:"晋李伯括才名著于当时,汉李昙,字子云,矢志不仕,时人称为高士。"

赠体仁大兄

君子襟怀,冰清玉洁;丈夫志气,海阔天高。

——〔清〕唐琏

无题

不忍一时有祸;三思百岁无妨。

——〔清〕唐琏

赠立斋一兄

每为怀人感吾抱;因之揽兴托斯文。

——〔清〕唐琏

清唐琏楹联墨迹

【笺注】

1. 现藏兰州市博物馆。

2. 此联为晋人王羲之《兰亭集序》集字联。

赠鄂山

银豪蕙露修香谱；石铫松风注水经。

——〔清〕林则徐（见刘福铸《林则徐联集》）

【笺注】

1. 上款署"鄂山三兄先生雅属"，下款"少穆林则徐"。

2. 鄂山，满洲正蓝旗人，嘉庆进士，道光时署理陕甘总督。

3. 银豪、蕙露喻指烹茶饮茶。

4. 石铫，陶制的烹茶器。宋人苏轼《试院煎茶》诗："且学公家作茗饮，砖炉石铫行相随。"

无题

人如浑金璞玉；志在流水高山。

——〔清〕朱克敏

【笺注】

1. 现藏兰州市博物馆。

2. 浑金璞玉，未经提炼的金和未经琢磨的玉，比喻未加修饰的天然美质。宋人戴埴《鼠璞·魏相许伯》："士大夫出处，如浑金白玉，不可玷阙。"

无题

退一步想；留几分心。

——〔清〕朱克敏（见《兰州特殊文化述要》）

清朱克敏楹联墨迹

【笺注】

1. 落款"咸丰元年春，兰山朱克敏"。

无题

烟树远浮春缥缈；风船解与月徘徊。

——〔清〕左宗棠

【笺注】

1. 现藏兰州市博物馆。

2. 此联为集句联，分别集自宋人张耒《探春有感二首·其一》"烟树远浮春缥缈，风光不动日阴沉"，宋人苏轼《六月二十七日望湖楼醉书五绝·其二》"水枕能令山俯仰，风船解与月徘徊"。

赠琫兰谷

文情畅得同人会；盛事欣当大有年。

——〔清〕左宗棠（见颜永祯《兰州楹联汇存》）

【笺注】

1. 原联并有跋文："光绪纪元，诏开恩科，陇闱肇建，举行省试，兰谷仁兄观察，与襄试事，书此赠之。"光绪元年即1875年，是年左宗棠继奏请陕甘分闱后建成甘肃举院，并举行首场乡试，故有此说。此联为晋人王羲之《兰亭集序》集字联。

2. 琫兰谷，曾任兰州道员，后逝于任上，左宗棠另有联哀挽之。

3. 见《兰州楹联汇存》，此联曾悬于兰州道署二堂。

赠安维峻

行无愧事；读有用书。

——〔清〕左宗棠（见《左文襄公哀荣录》）

【笺注】

1. 光绪元年（1875年）安维峻中解元后赴京会试，左氏以篆书此联相赠。

清左宗棠楹联墨迹

赠马世焘

钟鼎山林各天性；风流儒雅是吾师。

——〔清〕左宗棠（见《兰州回族与伊斯兰教》）

【笺注】

1. 马世焘（1809—1875），字鲁平，回族，兰州人，咸丰举人，曾任皋兰书院、五泉书院山长，著有《枳香山房诗草》等。

2. 左氏于甘欲荐举马世焘，被婉言拒绝，感其为人，撰联书赠，誉其"大匠之门，宜无曲材也"。援引《兰州史话》，见《马鲁平先生行状并当道信函册页》。

3. 此联为集句联，分别出自唐人杜甫《清明二首·其一》"钟鼎山林各天性，浊醪粗饭任吾年"，元人刘鹗《分司北道留别监宪五首·其四》"玉节提兵昔见之，风流儒雅是吾师"。

赠谭钟麟

偶看绿草盈阶，认是自家生意；

试拟瑞云绕栋，好培此际荫芽。

——〔清〕左宗棠（见《左宗棠全集·联语》）

【笺注】

1. 据安徽省博物馆藏原件辑，时谭钟麟在兰州。

题曹蔚臣先生

宣木铎以育英才，钜典佐文襄，试院更增多士气；

冠金城而推望族，清芬承武惠，乡闾永博善人名。

——〔清〕白鉴真（见颜永祯《兰州楹联汇存》）

【笺注】

1. 木铎，以木为舌的大铃，以喻宣扬教化的人。《论语·八佾》："天下之无道也久矣，天将以夫子为木铎。"

2. 钜典，指朝廷大法；文襄，指左宗棠。这里指作者作为地方官，辅佐左宗棠创办甘肃举院。

3. 武惠，指唐末宋初名臣曹彬。

赠马汝言门生

中牟令有三异政；耒阳宰非百里才。

——〔清〕吴可读（见《吴可读文集》）

【笺注】

1. 原注："名人龙。"
2. 三异，指汉代中牟令鲁恭行德政而出现的三种奇异之象。
3. 耒阳，指三国庞统初为耒阳县令，时人谓"庞士元非百里才也"，古人以"百里之命"借指县令。

赠崔姓

得妇颂齐眉，母兼严父；
生儿工换骨，世尽完人。

——〔清〕吴可读（见《吴可读文集》）

【笺注】

1. 换骨，原注"精于节骨续筋"，本指其家医术，但一语双关，古人将"换骨"喻作诗文活用古人之意，推陈出新。宋人葛立方《韵语阳秋·卷二》："诗家有换骨法，谓用古人意而点化之，使加工也。"

无题

秋月齐晖，春云等润；
珊瑚同树，琼草并枝。

——〔清〕吴可读

【笺注】

1. 现藏兰州市博物馆。

清吴可读楹联墨迹

赠修其姻弟

雨观瀑布晴观月；春听流莺夜听诗。

——〔清〕李象贤

赠梁济瀍

士仰昌黎同北斗；人方永叔是洪河。

——〔清〕王文治（见张尚瀛《甘肃古今楹联选集》）

【笺注】

1. 原题"兰州知府某赠进士梁济瀍"。

2. 此联为集句联，上联集自明人董其昌《送王伯高广文令南安》"士仰昌黎同北斗，吾从小谢忆东山"，昌黎即唐代文学家韩愈；下联永叔，指宋代文学家欧阳修。

无题

爱敬古梅如宿士；护持新笋似婴儿。

——〔清〕安维峻

【笺注】

1. 现藏兰州市博物馆。

2. 此联为摘句联，见南宋刘克庄《为圃二首·其一》："爱敬古梅如宿士，护持新笋似婴儿。"

赠谭嗣同

两卷道书三尺剑；半潭秋水一房山。

——〔清〕李寿蓉（见《谭嗣同年谱长编》）

【笺注】

1. 据《谭嗣同年谱长编》光绪九年（1883年）四月，十八岁的谭嗣同与湖北候补道李寿蓉之女李闰在兰州成婚或成婚后前往兰州暂居，其时李寿蓉向新婿书赠此联。

清安维峻楹联墨迹

赠王天义

学知湖海文始伟；腹有诗书气自华。

——〔清〕安维峻（见《甘肃对联集成》）

【笺注】

1. 宋人苏轼《和董传留别》诗："粗缯大布裹生涯，腹有诗书气自华。"

赠朱克敏

云山供养门庭敞；文史风流地位清。

——〔清〕林则徐（见《甘肃对联集成》）

赠马元章

山中真宰相；天下大神仙。

——〔民国〕安维峻（见《甘肃对联集成》）

清朱克敏楹联墨迹　　　　　民国韩定山楹联墨迹

赠健吾学弟

归仁还宜克己；治生岂假图官。

——〔民国〕韩定山

【笺注】

1. 上款"健吾学弟存念"，下款"韩定山"。
2. 岂假，岂止、岂仅之意。

赠王海帆其一

集贤诸老情文古；少室山人领带清。

——〔民国〕哈锐

1. 上款"海帆先生属正"。现藏天水市博物馆。
2. 集贤，指鹿鸣雅集，这里是二人以清代有功名者自居。
3. 少室山人，此指淡泊之人，指王海帆晚年无心仕途。宋人陆游《读隐逸传》诗："终南处士入都门，少室山人补谏垣。"
4. 领带，领口、衣带，代指襟怀。

赠王海帆其二

风月未须轻感慨；文章已足主齐盟。

——〔民国〕刘民（见《王海帆诗集》）

【笺注】

1. 齐盟，犹同盟，这里赞誉其文章为同时人中翘楚。

赠宜三仁兄

海阔天空气象；鸢飞鱼跃精神。

——〔民国〕裴建准

【笺注】

1. 现藏兰州市博物馆。

民国裴建准楹联墨迹

赠王明远父

玉树瑶林照春色；物华天宝惜余光。

——〔民国〕杨思（见《慎之先生》）

【笺注】

1. 据《慎之先生》所载王明远回忆文章："我在兰州上学期间，每年总要嘱咐我拜见老大人并求得墨宝……还有一副对联曰……"

2. 此联为集句联，上联出自元人元好问《去岁君远游送仲梁出山》"玉树瑶林照春色，青钱白璧买芳年"。

赠张维其一

慷慨重天下；精诚继古人。

——〔民国〕于右任（见《甘肃对联集成》）

赠张维其二

三杯拂剑舞秋月；百战沙场碎铁衣。

——〔民国〕张海若（见《甘肃对联集成》）

【笺注】

1. 此联为集句联，分别集自唐人李白《玉壶吟》"三杯拂剑舞秋月，忽然高咏涕泗涟"，李白《从军行·其二》"百战沙场碎铁衣，城南已合数重围"。

无题

瑞气回浮青玉案；清名合着紫薇垣。

——〔民国〕潘龄皋（见《甘肃对联集成》）

【笺注】

1. 此联为集句联，分别集自唐人耿湋《朝下寄韩舍人》诗"瑞气回浮青玉案，日华遥上赤霜袍"，下联暂不得考。

赠人

抱无畏精神,刷新政治;

具大好身手,改造国家。

——〔民国〕薛笃弼(见《甘肃对联集成》)

赠新疆旅兰同乡会

海内存知己;天涯若比邻。

——〔民国〕顾颉刚(见《西北考察日记》)

【笺注】

1. 据顾颉刚《西北考察日记》,此联作于1938年8月13日,其时得到新疆旅兰同乡会招待,"嘱予书联,为写王勃'海内存知己,天涯若比邻'语"。

民国薛笃弼楹联墨迹

赠范振绪

稍闻吉语占农事;欲遣吟人对好山。

——〔民国〕张大千(见《甘肃文史资料选辑》)

【笺注】

1. 此联为集句联,分别集自宋人范成大《次韵子永雪后见赠》诗"稍闻吉语占农事,便觉归心胜宦情",宋人黄庭坚《李大夫招饮》诗"欲遣吟人对好山,暮天和雨醉凭栏"。

赠邓宝珊

花落家庐未扫;鸟鸣山客犹眠。

——〔民国〕章炳麟

【笺注】

1. 现藏邓宝珊纪念馆,落款"宝珊嘱书""章炳麟"。
2. 此联为摘句联,原为唐人王维《田园乐七首·其六》"花落家童未扫,莺啼山客犹眠"。

赠人

论道讲学，师儒为表；出经入史，制作之家。

——〔民国〕邓宝珊

【笺注】

1. 现藏天水市博物馆。

赠万年弟

三代英华供采拾；六经明晦望萌芽。

——〔民国〕水梓

【笺注】

1. 现藏天水市博物馆。

赠刘宝厚

欲向钱唐（塘）访圆泽；闲说滁山忆醉翁。

——〔民国〕范振绪（见戴恩来《陇上大儒刘尔炘》）

【笺注】

1. 范振绪久仰兰州刘尔炘但遗憾未曾谋面，1947年，他经人联系上刘尔炘之子刘宝厚，忆及刘尔炘学问道德，书此联赠予刘宝厚。

2. 此联为集句联，分别出自宋人苏轼《过永乐文长老已卒》诗"欲向钱塘访圆泽，葛洪川畔待秋深"，苏轼《小饮公瑾舟中》诗"坐观邸报谈迁叟，闲说滁山忆醉翁"。

民国范振绪楹联墨迹

自怀

形乐图

须知有像皆为假；要晓无形却是真。

——〔清〕刘一明（见《栖云笔记》）

【笺注】

1.行乐图，自己画或别人为自己画的小像，实为自题。

自题

活计敲书读画；生机养竹听松。

——〔清〕唐琏（见张尚瀛《甘肃古今楹联选集》）

【笺注】

1.活计，唐琏以售卖字画为生，故言。

无题

忍片时风恬浪静；退一步海阔天空。

——〔清〕唐琏

清唐琏楹联墨迹

自题

入则孝出则弟,作善以齐家,积之始厚;

存其心养其性,修身而立命,寿乃有余。

——〔清〕唐俭（见戴恩来《唐琏的世界》）

【笺注】

1.原联尚存,上款"壬子春正月,集先大父字",下款"松石斋学人唐俭以廉谨题"。

2.唐俭,字以廉,为清代兰州书画家唐琏之孙,此为其集祖父唐琏墨迹成联。

自揆

我生四十又二年,感父母别离,久惭菽水违官舍;

冬至三九末一日,看儿孙嬉笑,手执梅花作寿杯。

——〔清〕王世相（见《说岩诗草》）

【笺注】

1.原注"庚戌",即清宣统二年（1910年）。

2.原题"自揆",即自题之意,此处指自寿。

3.从联中可知,其生日为冬至后三九最后一天。

4.菽水,指赡养双亲之典。宋人陆游《湖堤暮归》："俗孝家家供菽水,农勤处处筑陂塘。"

壬子自寿

打开黄历看糊涂,旧腊月新正月,阴错阳差,连我生辰无定日;

唤到青天问仔细,南极星北斗星,左辅右弼,是真主子在何年。

——〔清〕王世相（见《说岩诗草》）

【笺注】

1.原无题,记于《壬子自寿》诗前,从内容看,应是同题。

2.据《说岩诗草笺注》,此联作于壬子年农历十二月十八日,即1913年1月24日,作者四十五岁生日。

3.南极星、北斗星分别暗指南方的孙中山临时政府和北方的袁世凯政权,借以感叹民国虽已建立，但仍时局动荡。

自挽其一

身死国，妻妾死臣，谁曰不宜，最堪怜老母八旬，娇女七龄，耄稚难全，未免有伤慈孝治；

我杀人，朝廷杀我，夫复何憾，所自愧奉君廿载，历官三省，捐埃莫报，空嗟深负圣明恩。

——〔清〕毓贤（见颜永祯《兰州楹联汇存》）

【笺注】

1. 光绪二十六年（1900年）毓贤出任山西巡抚，因支持义和团排外，待清廷与八国联军议和后，联军指认毓贤为罪魁祸首，清廷遂将其革职发配新疆，后下令"即行正法"，时毓贤正在兰州，正逢正月，被斩首于兰州八旗会馆街前。其临刑前写了遗嘱及两副自挽联。

2. 捐埃，即涓埃，比喻为朝廷的忠心，自己所作甚微。见唐人杜甫《野望》诗："惟将迟暮供多病，未有涓埃答圣朝。"

自挽其二

臣罪当诛，臣志无他，念小子生死光明，不似终沉三字狱；

君恩我负，君忧谁解，愿诸公斡旋补救，切须早慰两宫心。

——〔清〕毓贤（见颜永祯《兰州楹联汇存》）

【笺注】

1. 三字狱，指岳飞冤死之事，以此喻指自身冤情。
2. 两宫，指太后和皇帝，此处指慈禧和光绪帝。

自题

中甲有四字诀，但能经纶纬史，展足即登广寒路；

男子抱七尺躯，须冀抡元夺魁，壮心岂恋温柔乡。

——〔清〕邓隆（见赵忠《楹联拾萃》）

【笺注】

1.中甲，谓考中进士，此处指科举取得功名；登广寒路，即蟾宫折桂，也指取得功名；抡元夺魁，即名列鼎甲。由此可见，此联当作于作者青年考取功名时用以自勉之句，从"温柔乡"或可知，当时新婚不久，更以此自勉勿沉迷于男女之情。

序中自嘲

西子蹙额娇愈出；

东施效颦丑倍增。

——〔清〕马步青（见《仿古课孙蛱蝶集》）

【笺注】

1.在自序中，以"东施效颦"之典来自嘲，实则自谦之言。

清马步青《仿古课孙蛱蝶集》书影

阅曾文正公家书僭拟此联

读圣贤书，非务文章小道；

处家国事，无惭忠孝完人。

——〔清〕白鉴真（见颜永祯《兰州楹联汇存》）

集古文联其一

各推诚心，共济国事；不有佳作，何申远怀。

——〔清〕白遇道（见《摩兜坚斋集古集联三续》）

【笺注】

1.原注分别集自"宋胡世将宣抚四川语诸将"（即在《宋史·卷二十下·宋高宗十二》）、李白《春夜宴桃李园序》。

2.是书撰于光绪三十三年（1907年），撰者时任甘肃按察使，居官在兰州。

集古文联其二

仁义忠信,乐善不倦;形神心气,非此为劳。

——〔清〕白遇道(见《摩兜坚斋集古集联三续》)

【笺注】

1.原注分别集自《孟子》、唐太宗《答刘洎》。

集古文联其三

读书便佳,为善最乐;许国以忠,应变如神。

——〔清〕白遇道(见《摩兜坚斋集古集联三续》)

【笺注】

1.原注分别集自朱子"斋联""南宋荆湖制置大使赵方守襄阳"。见清人《格言联璧·学问类》有"为善最乐,读书便佳",相传为朱熹所撰。下联见元人陈桱《通鉴续编·卷二十》有引用。

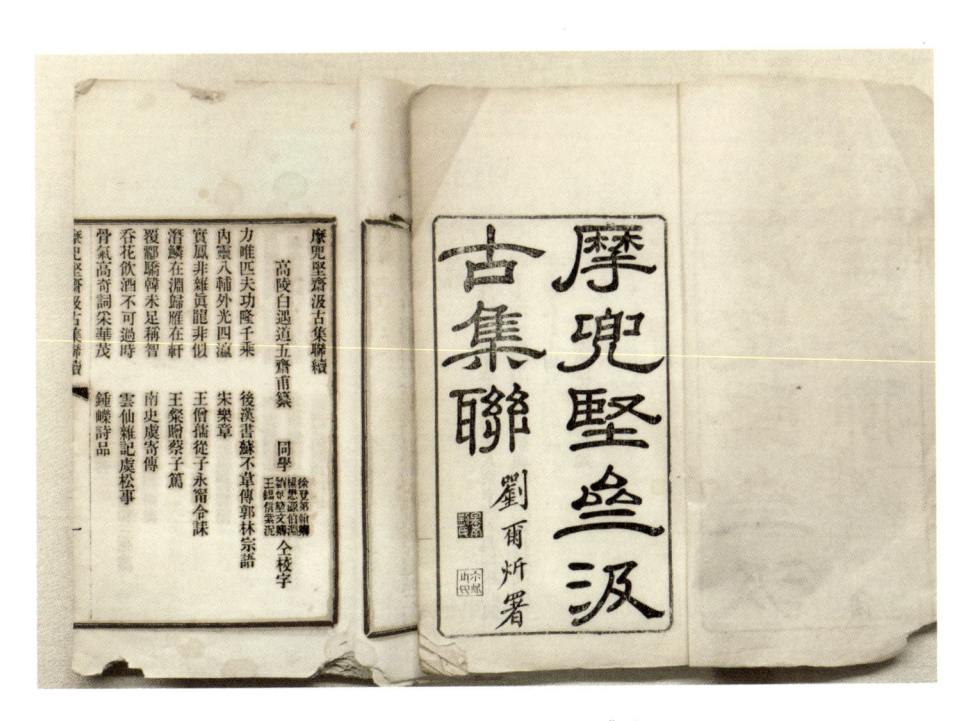

清白遇道《摩兜坚斋集古集联》书影

自况

三十年炼心修性，想当年何必如此，仅作养身糊口具；
十三省栉风沐雨，到今日能做甚么，谁是明眼巨手人。

——〔清〕王铣铭（见张尚瀛《张萤拾遗集》）

【笺注】

1. 原题"清咸丰举人王铣铭自况联"。
2. 巨手，指高手。清人汪森《摸鱼子》词："俦班马，一代推君巨手。"

自题

日月西行，江河东注；星辰北拱，鲲鹏南图。

——〔清〕乃守忠（见杨巨川《青城记》）

【笺注】

1. 原注："乃神仙守忠，字所愿，条邑人……其作对联有云……又题墨盒云：'龙宾潮海墨汪洋，吏部文章日月光。我亦经纶藏满腹，凿开混沌写阴阳。'"

自题

闲居陇右年二八，益己益人百无一；
枉度岁月五十九，立德立功仅有名。

——〔清〕马元章（见《沙沟诗草》）

【笺注】

1. 原注："辛亥年六月初六日。"辛亥，即宣统三年（1911年）。

自题

相与披襟见磊落；更欣入室有芝兰。

——〔民国〕汪青（见《海螺轩诗文存稿》）

自挽

爱我者莫悲伤，怨我者莫欢喜，同在此点泡须臾中，藉地长眠，谓谁免得；
年荒未死饥饿，兵荒未死干戈，偿还了一生书画债，仰天大笑，拍手荣归。

——〔民国〕高炳辰（见《青城楹联集锦》）

【笺注】

1. 点泡，梦幻泡影之意。

自挽

这大元中，都被那五洲万国之人，闹了个混浊；
从长眠后，超然于四象两仪而外，倒觉得清凉。

——〔民国〕刘尔炘（见《果斋别集》）

【笺注】

1. 原题"时时挽人因而自挽"。
2. 大元，即大乾坤，此处指寰宇世界。

病中自挽

极天地间伤心拂意遭逢，萃于我之一生，受尽折磨犹耐老；
创宇宙内探本穷源学说，传其人者万世，别无希望只还醇。

——〔民国〕刘尔炘（见刘宝厚《刘尔炘书法集》）

【笺注】

1. 学说，指其晚年所著理学著作《拙修子太平书》。
2. 还醇，即还淳反朴，本于务实。刘尔炘思想的宗旨，即"扶理仰气，真实无妄"。

自寿

我为何叫作人，幻成人乃从此日；
人谁不有个我，抓住我便是寿星。

——〔民国〕刘尔炘（见《果斋别集》）

【笺注】

1.原题:"同人见余自挽,有以自寿怂恿者,余亦从之。"

自况

无钱偏作大;每事必求工。

——〔民国〕黄文中(见王家安《黄文中楹联纪年》)

【笺注】

1.据学生回忆,黄文中课堂上常以此联自喻。说自己不是"爱钱人",并常提杨椒山诗:"饮酒读书四十年,乌纱头上有青天。男儿欲上凌烟阁,第一功名不爱钱。"

题壁

阅历当推我较多,半世备尝,平颇夷险;
归来差幸妻犹健,数天小驻,离合悲欢。

——〔民国〕谢觉哉(见《谢觉哉日记》)

【笺注】

1.1938年9月12日《谢觉哉日记》记道:"夜忽然想到有机会能回家小住几天,慰我妻期望,拟一联……何时归,即书之壁间也。"当时谢觉哉暂安家在八路军兰州办事处,在今兰州酒泉路。

2.此时出差在外,故有"归来"之说。

自题

布衣蔬食强筋骨;奇字高文冠古今。

——〔民国〕魏继祖(见《甘肃对联集成》)

纪事

官道纪名坊

青云聚彦;黄甲群英。

——〔清〕佚名(见《皋兰县志》)

【笺注】

1. 清乾隆《皋兰县志·卷十二》记载,"州通衢纪两榜姓名"有此题匾,匾文相互成对。

2. 黄甲,指进士及第者。清人蒋士铨《空谷香·劝讼》:"君以堂堂黄甲,不能庇以青衣。"

大成节

莫忘了吾教所宗,且相与呼父母儿童,遥望尼山拜日月;
离不得圣人之道,休弄到无布帛菽粟,方知斯世有饥寒。

——〔清〕刘尔炘(见《果斋别集》)

【笺注】

1. 帛为织品,菽为豆类,粟为小米,古人以这些常见的布料粮食泛指平常而不可或缺之物。

评议时局

谁创竞争宏议,世界翻新,从兹大陆龙蛇,定演出风云惨阵;
我抱奴隶深忧,天涯哭遍,为语陇头花草,慎勿谓血泪污人。

——〔清〕佚名（见韩定山《辛亥革命在甘肃》）

【笺注】

1.清末革命思潮云涌,遂有兰州存古学堂讲师作此联以铭志。

题云亭纪念碑落成

圉固金汤怀往绩;勋铭铜柱嗣前修。

——〔民国〕吕超（见《兰州古今碑刻》）

【笺注】

1.云亭,即近代甘肃政要马福祥,字云亭。其逝后,有关方面立纪念碑若干,此即为当时民国监察院监察委员吕超所题。

2.圉固,即边境安固。

3.金汤,指金城,扣金汤地险之说。

4.勋铭铜柱,为汉代名将马援的故事,此处扣合其姓氏。

题镇原少堂慕氏重修县志

文章彪炳光陆离;安置妥帖平不颇。

——〔民国〕范振绪（见《镇原县志》）

【笺注】

1.落款"乌兰范振绪集句"。镇原少堂慕氏,即镇原籍地方史学家慕寿祺,字少堂。

2.此为集句联,分别出自唐人李白《酬殷明佐见赠五云裘歌》诗"文章彪炳光陆离,应是素娥玉女之所为",唐人韩愈《石鼓歌》诗"剜苔剔藓露节角,安置妥帖平不颇"。

民国范振绪题联墨迹

赠北欧某国《兰州楹联汇存》

愧无事业留天壤；幸有遗钞寄北欧。

——〔民国〕颜永祯（见邓明《兰州学人颜永祯著述述评》）

【笺注】

1. 抗战前期，北欧某国向中国征集图书，颜永祯就其著《兰州楹联汇存》寄赠，并在扉页题写此联以为纪念。

五泉山刘尔炘铜像落成其一

抱水环山，是处堪称乐土；
顶天立地，大家来拜先生。

——〔民国〕王烜（见颜永祯《兰州八景丛集》）

【笺注】

1. 见1933年11月26日《甘肃民国日报》报道《今日为果斋忌辰》记载："今日为本省宿儒刘果斋先生逝世一周年纪辰，皋兰各界人士在五泉山麓修建之果斋专祠，亦于今日举行落成典礼，各界人士前往奠祭和参观者甚夥云。"

五泉山刘尔炘铜像落成其二

此老行修同铁汉；游人漫说像铜身。

——〔民国〕颜永祯（见《兰州八景丛集》）

【笺注】

1. 铁汉，指安维峻，与刘尔炘为同门兼好友，因敢于直言，人称"陇上铁汉"。

赠梨苑花光游人

龙山游尽且归去；玉雨洒时应再来。

——〔民国〕颜永祯（见《兰州八景丛集》）

【笺注】

1. 原注："兰州社会民众，每当春日赏梨，多在城外西南隅，其地址即龙尾山下……并有白梨花光，点缀远近，余为游者曾步前人诗调留句云。"

2.龙山，指龙尾山，今伏龙坪一带；玉雨，代指梨花。

甘肃发生战事，家书久不至，戏拈此联以资消遣

时世炼英雄，望冢盼麒麟，战士今流几番血；

云山中阻隔，问笼中鹦鹉，家人可寄一封书。

——〔民国〕慕寿祺（见《求是斋楹联汇存》）

【笺注】

1.冢盼麒麟，即麒麟冢，指名臣之墓，此处指建有军功之人。

题《陇右金石录》

残石临丞相臣斯字；名山续司马子长文。

——〔民国〕周钟岳（见《甘肃对联集成》）

【笺注】

1.臣斯字，即秦丞相李斯之字，泛指秦小篆。

2.司马子长，即汉代史学家司马迁，字子长。

兴隆山迎接成吉思汗陵其一

武烈震西欧东亚之邦，百战功勋垂汉简；

大行自梧野桥山而后，八方风雨奏神弦。

——〔民国〕朱绍良（见《晚清以来甘肃印象》）

【笺注】

1.抗战时期，为避免日军侵扰，原在蒙古的成吉思汗陵启动南迁，并最终决定暂置兰州兴隆山，于1939年7月1日抵达兴隆山，当天并举行迎接祭奠大会，山麓握桥前用松杉扎成彩门，上书"河山并固"四字匾额，旁有两副对联，均为时任甘肃省主席朱绍良所献。现兴隆山大佛殿原址，建有成吉思汗文物陈列馆。

2.梧野桥山，指黄帝大战蚩尤，统一炎黄部落之事。

兴隆山迎接成吉思汗陵其二

我共纵横欧亚，独开十万里河山，名垂丹青，威震世界；

吾辈仰慕事功，谨率四百余学子，香焚太白，花献兴隆。

——〔民国〕兰州师范师生（见李恭《文史别记》）

【笺注】

1. 太白，即陕西太白山，指其陵寝从陕入甘。

兴隆山迎接成吉思汗陵其三

叱咤风云，棨牙森列动八郡；

纵横欧亚，剑佩陆离耀五洲。

——〔民国〕李恭（见《文史别记》）

【笺注】

1. 棨牙，指行军仪仗，此处指护佑陵寝的仪仗，代指成吉思汗之威仪。

兴隆山迎接成吉思汗陵其四

播国家威望，廿四史中，丰功伟烈直无偶；

是民族英雄，六百年后，救亡图存幸有人。

——〔民国〕李恭（见《文史别记》）

【笺注】

1. 原注"代陈谕民县长"。
2. 救亡图存，指正值抗战时期，期待来人为国尽忠。

兴隆山公祭成吉思汗灵其一

勋业满乾坤，想当年叱咤风云，纵横欧亚；

寇氛连华夏，看此日仓皇戎马，凭吊英雄。

——〔民国〕邓宝珊（见《甘肃对联集成》）

【笺注】

1.1941年农历三月二十一日甘肃政要在兴隆山举行成吉思汗灵春祭，阎锡山为主祭，谷正伦为陪祭，大殿檐下悬挂"民族之魂"等匾额及政要撰书楹联。

2.寇氛，方是时正值日寇侵华。

兴隆山公祭成吉思汗灵其二

铁骑任纵横，一代武功成大统；

威名震欧亚，千秋盛业说元朝。

——〔民国〕阎锡山（见《兰州老图照识读》）

【笺注】

1.据《兰州老图照识读》，此联当时悬挂在兴隆山太白楼二层。

兴隆山公祭成吉思汗灵其三

佳话犹传民间，万马倥偬，六盘消夏；

威名允著世界，四夷震慑，千载流芳。

——〔民国〕赵丕廉（见《甘肃对联集成》）

【笺注】

1.六盘，即六盘山，相传成吉思汗晚年病逝在六盘山一带。

题赠西固柴家台幸福寺庙会

大翼垂天九万里；长松拔地三千年。

——〔民国〕刘尔炘（见《西固史话》）

【笺注】

1.据称为某次庙会，刘尔炘亲临现场书赠。据考证，系前人旧作。

春联

栖云山自在窝春联其一

松竹满山，眼前常有四时景；

精神凝窍，壶里早装一粒丹。

——〔清〕刘一明（见《栖云笔记》）

【笺注】

1. 自在窝，系刘一明修行、著述、讲道及接待宾客处，在西山混元阁之近一百米处，含石洞及外围建筑。

栖云山自在窝春联其二

遍地黄芽，信手拈来，皆成命宝；

满山白雪，随心走去，尽是天机。

——〔清〕刘一明（见《栖云笔记》）

【笺注】

1. 黄芽，亦作"黄牙"，道教称从铅里炼出的精华。唐人吕岩诗："九鼎黄芽栖瑞凤，一躯仙骨养灵芝。"

栖云山朝元观春联其一

人到深山方觉静；物逢春日又生新。

——〔清〕刘一明（见《栖云笔记》）

栖云山朝元观春联其二

新年何所欣，云为侣伴石为枕；
佳客无以待，饭煮胡麻雪煮茶。

——〔清〕刘一明（见《栖云笔记》）

栖云山朝元观春联其三

千般苦行，莫图名莫图利，原只图宝山，仍开新面目；
数载尘劳，也忘物也忘形，总不忘胜境，重整旧家风。

——〔清〕刘一明（见《栖云笔记》）

己亥度岁其一

何以祝苍天，但默祷新年，布谷声中三月雨；
敢云行素位，只不荒旧业，乱书堆里一家春。

——〔清〕刘尔炘（见《果斋别集》）

【笺注】

1. 己亥，即光绪二十五年（1899年）。
2. 素位，谓现在所处之地位。语出《礼记·中庸》："君子素其位而行，不愿乎其外。"

己亥度岁其二

须持这志向坚牢，饮食起居，无非是学；
能洗得心头干净，虫鱼花鸟，触处皆春。

——〔清〕刘尔炘（见《果斋别集》）

己亥度岁其三

问阶前一树名花,时来乎运来乎,好向新年承雨露;
看窗外数竿老竹,霜过了雪过了,养成奇节上云霄。

——〔清〕刘尔炘(见《果斋别集》)

壬寅家门春联

玉宇靖戎氛,永盼烟尘消甲帐;
香山溯家乘,聊将诗酒佐辛盘。

——〔清〕白鉴真(见颜永祯《兰州楹联汇存》)

【笺注】
1. 壬寅,即清光绪二十八年(1902年)。
2. 香山,即香山居士白居易,作者以本家典故自喻。
3. 辛盘,古人用盘盛辛辣调料,春节迎新的一种习俗。

甲辰家门春联

甲第香山绵旧泽;辰垣珠斗耀新躔。

——〔清〕白鉴真(见颜永祯《兰州楹联汇存》)

【笺注】
1. 甲辰,即清光绪三十年(1904年)。
2. 辰垣,指星辰;新躔,亦指星辰运行的轨迹。

青城沙坡头东栅门春联

都惜旧光阴,忍教腊尽年终,一夜五更同守岁;
频占新际会,喜得时来运转,千门万户共逢春。

——〔清〕魏元儆(见杨巨川《青城记》)

【笺注】

1.原注:"为条街之总闾门。邑贡生魏君元傲有联云……至今每岁张贴之。"

自况春联其一

我病今半年,头上虱子,何如桃源鸡犬;
春来添一岁,眼前罪孽,还是毕生坎坷。

——〔民国〕牛树勋（见魏晋《兰州春秋》）

自况春联其二

我非百里奚,食牛且高身价;
谁是九方皋,相马独具眼光。

——〔民国〕牛树勋（见魏晋《兰州春秋》）

方炳南宅春联

光阴没样儿,将将就就随时过;
人心无底子,劳劳碌碌何日休。

——〔民国〕佚名（见魏晋《兰州春秋》）

前甘肃大林区大门春联

千古此名区,大哉供用林保安林,环顾边陲,擎天未必真无柱;
十年宜树木,加以灌溉力扶持力,养成桢干,异地何须再惜材。

——〔民国〕佚名（见颜永祯《兰州楹联汇存》）

甘肃省政府印刷局大门春联

三百六旬,勉作扶轮老手;
二十四史,无非印板文章。

——〔民国〕聂守仁（见颜永祯《兰州楹联汇存》）

商铺春联其一

三阳开泰生涯盛；五福临门利益多。

——〔民国〕佚名（见哈里森·福尔曼《中国摄影集》）

【笺注】

1. 所拍摄兰州商铺旧景，此联贴于门上。

商铺春联其二

生意恰似春前草；财源积如雨后花。

——〔民国〕佚名（见哈里森·福尔曼《中国摄影集》）

【笺注】

1. 所拍摄兰州商铺旧景，此联贴于门上。

代省师范学校拟春联

萃七十六县英才，与山水有缘，蔚起人文作模范；

变四千余年旧习，法东西诸国，乃从师道究渊源。

——〔民国〕慕寿祺（见《求是斋楹联汇存》）

抗战春联其一

国家至上，民族至上；意志集中，力量集中。

——〔民国〕佚名（见《甘肃抗战实录》）

【笺注】

1. 原注："本处〔在兰机关〕为使宣传工作普遍摄入起见，拟印制大批抗战春联，分发各乡区市镇，大量张贴。"

抗战春联其二

冒险向前，养成朝气；淬励奋发，蔚为时风。

——〔民国〕佚名（见《甘肃抗战实录》）

春联其一

春还八表霁；岁庆四秋丰。

——〔民国〕张维（见《还读我书楼文集·联语辑存》）

【笺注】

1. 八表，指极远的地方，此处代指天下。清人严复《救亡决论》："经营八表，牢笼天地。"

春联其二

日月不相饶，一卧沧桑惊岁晚；

乾坤莽回互，万丝烟柳锁春晴。

——〔民国〕张维（见《还读我书楼文集·联语辑存》）

【笺注】

1. 回互，指时光来回往复。

春联其三

老境最惜春，春去春还，不老春光催我老；

来人勿笑我，我行我素，且来我处说春来。

——〔民国〕张维（见《还读我书楼文集·联语辑存》）

庚申春联其一

看大地一周天，日月掷丸，乾坤列锦；

教后生两件事，读书继世，勤俭作人。

——〔民国〕张维（见《还读我书楼文集·联语辑存》）

【笺注】

1. 掷丸，指日月更替，时光交替。唐人韩愈《秋怀诗十一首·其九》诗："忧愁费晷景，日月如跳丸。"

庚申春联其二

我先人以勤俭起家,出处须思清白训;

问同学今轮盖安在,男儿许读圣贤书。

——〔民国〕张维（见《还读我书楼文集·联语辑存》）

【笺注】

1.轮盖,指车舆,借指达官贵人。《文选》:"故轮盖所游,必非夷惠之室。"

庚申春联其三

舟车十年前,蓉城花开,锦江春暖;

琴书三径外,白云幽石,芳草阳阿。

——〔民国〕张维（见《还读我书楼文集·联语辑存》）

【笺注】

1.阳阿,山名,传说为朝阳初升时所经之处。

癸酉春联

才过冬至阳生,曰为改岁;

值此内忧外患,聊以祈年。

——〔民国〕张建（见《思退堂诗文选·联语》）

甲戌春联

问我何为,只料理旧画几张,残书半架;

有朋来访,但消受糙麦两瓮,寒菜一畦。

——〔民国〕张建（见《思退堂诗文选·联语》）

丙子春联

鉴五泉清,本心不昧;玩三春景,于世无求。

——〔民国〕张建（见《思退堂诗文选·联语》）

壬午春联

白首喜偕兄，元日晋一樽春酒；
青年宜报国，岁星祝四海安澜。

——〔民国〕张建（见《思退堂诗文选·联语》）

【笺注】

1. 壬午为1942年，正值抗战，故有"报国"之说。

丁亥春联

要好儿孙必读书，更能教养兼施，自然成器；
欲高门第须为善，总期艰难宏济，勿负初心。

——〔民国〕张建（见《思退堂诗文选·联语》）

自题春联

大造本无私，何尝有偏覆；
为人能立志，方不虚此生。

——〔民国〕邓隆（见赵忠《楹联拾萃》）

【笺注】

1. 偏覆，偏爱庇护之意。

抗战春联其一

东亚肇陆沉，须知大难临头，共济同舟撑骇浪；
中原形瓦解，正喜阳春有脚，千钧一发转生机。

——〔民国〕高岩（见《退补轩分类联集》）

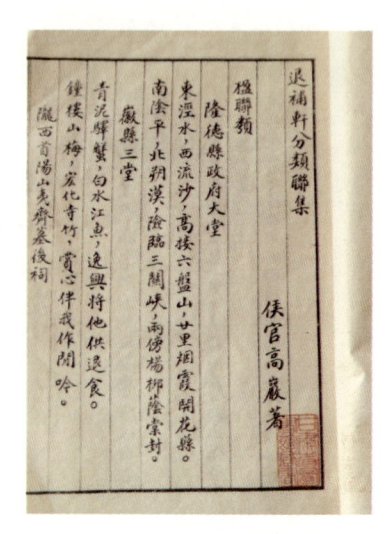

民国高岩《退补轩分类联集》书影

抗战春联其二

岁序重新，年华逾暮；河山依旧，国事全非。

——〔民国〕高岩（见《退补轩分类联集》）

春联其一

椿树长春，桂兰有福；鸿钧转运，龙凤呈祥。

——〔民国〕马恕（见赵忠《楹联拾萃》）

【笺注】

1. 椿树，古人以其代指父亲，此句指其父长寿健在。
2. 鸿钧，指天象，见《乐府诗集·燕射歌辞三》："鸿钧广运，嘉节良辰。"

春联其二

春色初来，际此时欣开美景；

捷音叠报，盼抗日早告成功。

——〔民国〕马恕（见赵忠《楹联拾萃》）

春联其三

年近古稀，每欣春秋多佳日；

书藏通考，只守文献旧家风。

——〔民国〕马恕（见赵忠《楹联拾萃》）

【笺注】

1. 通考，指宋代学者马端临编撰《文献通考》，后面"家风"以扣其姓氏。

春联其四

酒饮屠苏，欣逢元日人应醉；

寿登大耄，游戏春风岁已多。

——〔民国〕马恕（见赵忠《楹联拾萃》）

【笺注】

1.大耄,此处指七十岁。

兰州师范春联

救亡图存,须我辈硬干、苦干、实干、快干;

为学致用,愿诸生藏焉、修焉、息焉、游焉。

——〔民国〕李恭、刘养峰(见《文史别记》)

【笺注】

1.原注:"〔民国〕二十八年元旦,兰师员生行团拜礼后,王翰卿嘱作春联,因与刘养峰凑成三十字。"

青城白家大院春联其一

门阑多喜气;桃李艳春光。

——〔民国〕佚名(见《青城楹联集锦》)

青城白家大院春联其二

春风掩映千门柳;碧涧潆回十里花。

——〔民国〕佚名(见《青城楹联集锦》)

【笺注】

1.此联为集句联,分别集自唐人李郢《江亭春霁》诗"春风掩映千门柳,晓色凄凉万井烟",明人储巏《答夏郡博》诗"丹霞掩映千年树,碧涧萦回十里花"。

寿诞

乾隆帝八十寿联其一

八旬值八月之秋，祥生玉宇；
万寿膺万方之祝，庆洽金瓯。

——〔清〕吴镇（见《松厓对联》）

【笺注】

1.原题"万寿圣节兰州合城牌坊"，万寿圣节，即古代皇帝的生日，此处指乾隆八十寿辰，即乾隆五十五年（1790年）。

乾隆帝八十寿联其二

金粟缤纷，丹桂花开当北极；
珠盘磊落，碧桃子熟在西方。

——〔清〕吴镇（见《松厓对联》）

【笺注】

1.金粟，桂花的别名。因乾隆生日在农历八月，桂花盛开之日，故言。

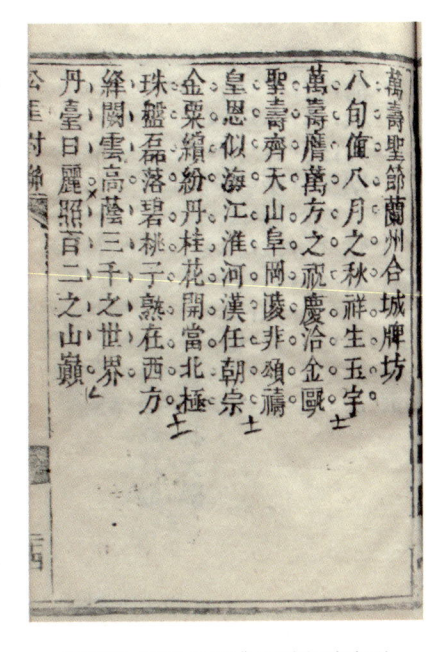

清吴镇《松厓对联》所载乾隆寿联

乾隆帝八十寿联其三

添筹下九曲之流，遥通海屋；

击壤赓三多之颂，宛在华封。

——〔清〕吴镇（见《松厓对联》）

【笺注】

1.海屋添筹，为祝寿之词。元人沈禧《一枝花·寿人八十》套曲："庄庭椿老枝偏盛，海屋筹添数倍增。"

2.击壤，相传唐尧时有老人击壤而歌，后用此以喻盛世。

3.三多，指多福、多寿、多男子，为祝颂之辞。明人李渔《慎鸾交·赠妓》有"长幡绣佛祝三多"；华封，即华封三祝，亦为祝福多福、多寿、多男子的祝颂之辞。

寿王芍坡道宪

江乡书寄陇头梅，喜栽培紫万红千，同赓郢雪；

海屋筹衔天际鹤，愿提挈击三搏九，齐附嵩云。

——〔清〕吴镇（见《松厓对联》）

【笺注】

1.道宪，即对道台的尊称。受赠者或为清乾隆年间兰州道台王曾翼，为江苏吴县人，故有"江乡"之说。

2.郢雪，典出战国宋玉《答楚王问》，指高雅的乐曲或诗文。

3.击三搏九，指《庄子·逍遥游》中"鹏之徙于南冥也，水击三千里，扶摇而上者九万里"，以喻鲲鹏之志。

4.嵩云，以嵩山之云以喻其高。唐人李商隐《寄令狐郎中》诗："嵩云秦树久离居，双鲤迢迢一纸书。"

寿王西园刺史

圣寿如天，喜下界神仙，亦添鹤算；

臣心似水，愿中秋儿女，共仰蟾光。

——〔清〕吴镇（见《松厓对联》）

【笺注】

1.原注"八月十三日",因乾隆寿诞也在八月,故上联说"圣寿",并以"下界"代指臣下;又因临近中秋,故下联有此说。

2.臣心似水,典出《汉书·郑崇传》,指为臣者廉洁奉公,心清如水。

寿彭翁

四月称觞,值桂魄团圆,光临三五;

九如献颂,愿椿龄茂蔚,寿过八千。

——〔清〕吴镇(见《松厓对联》)

【笺注】

1.三五,即农历十五,故上联有桂月之说,可知其生日在农历四月十五日。

2.九如,即天保九如,有"如南山之寿"等句,为祝寿之词。

寿杨昌浚其一

后杨应宁防边,福地福人,天生名世佐;

从罗忠节讲学,寿身寿世,志在秀才时。

——〔清〕佚名(见颜永祯《兰州楹联汇存》)

【笺注】

1.落款"省垣民众"。原题"寿杨石泉制军",杨石泉,即杨昌浚,清末任陕甘总督。

2.杨应宁,即明代内阁首辅杨一清,曾任陕西巡抚、三边总制等职。

3.罗忠节,即晚清湘军将领罗泽南,为杨昌浚恩师。

寿杨昌浚其二

知公神仙中人,勉为苍生留十稔;

忆昔湖山佳处,曾陪黄菊作重阳。

——〔清〕左宗棠(见《左文襄公诗文别集·联语》)

【笺注】

1.原题"寿杨石泉中丞"。原序："癸酉重九，石泉中丞寿日，撰联语奉寄。回首甲子岁，是日高会于灵隐、韬光间，历历如昨事也。"癸酉为同治十二年（1873年），时左宗棠在甘。"甲子岁"指同治三年甲子岁时，二人曾同游西湖；十稔，即十年，相对十年前"甲子岁"旧事而言。

寿陶子方制军

南极老人，西方活佛；四灵诗派，一个书生。

——〔清〕佚名（见颜永祯《兰州楹联汇存》）

【笺注】

1.落款"省垣民众"。陶子方即陶模，清末任陕甘总督。

2.四灵诗派，南宋末年浙江永嘉籍诗人徐照等创建，陶模为其同乡。

杨孺人七秩

鹑尾生辰，金精气凝灵株固；
花甲再数，玉洞芝香寿域开。

——〔清〕刘一明（见《栖云笔记》）

【笺注】

1.七秩，即七十。

2.原注"时在七月"，鹑尾为星次名，指翼、轸二宿，清阮元《畴人传》有"乃仲秋辛巳朔，日月交于鹑尾之次"，此处指其时在七月。

常孺人七秩

高行妇规，玉骨冰肌年七秩；
自然仙寿，鹤胎龟息寿千春。

——〔清〕刘一明（见《栖云笔记》）

【笺注】

1.鹤胎龟息，以喻长寿之状。

赠杨遇春七十生辰

三朝疆场宣勤久；两世封圻积庆多。

——〔清〕爱新觉罗·旻宁（见《清史列传·卷三十七》）

【笺注】

1.据《清史列传》，道光八年（1828年）正月，清廷任命杨遇春为陕甘总督，道光九年（1829年）十二月杨遇春七十寿辰，道光帝亲题此联及"绥边锡祜"匾额等相赠。

2.封圻，指封疆大吏；杨遇春之子杨国桢，亦任高官显贵，故有"两世"之说。

祝刘太伯母陈太夫人七旬大庆

嘉宾集七泽三湘，望萱幄以称觞，同里同官，上爵先迎名宰相；
令节传五纹六管，合兰山而献颂，宜孙宜子，稀龄再拜太夫人。

——〔清〕吴可读（见《吴可读文集》）

【笺注】

1.原注："祝一品夫人刘太伯母陈太夫人七旬大庆。刘锦堂祖母。"时刘锦棠随湘军在甘，此为在兰同僚朋友的祝贺，故有"合兰山而献颂"之说。

2.七泽，相传古时楚有七处沼泽，后以"七泽"泛称楚地，此处七泽三湘，均指其为湖南人。

3.宰相，指左宗棠，与其同为湖南湘乡人。

4.五纹六管，形容女子懿德。唐人杜甫《小至》诗："刺绣五纹添弱线，吹葭六琯动浮灰。"

祝左爵相六十四岁大庆

千古文章，功参麟笔；两朝开济，庆洽羲爻。

——〔清〕吴可读（见《吴可读文集》）

【笺注】

1.原注:"时光绪元年,主讲兰山书院。"光绪元年即1875年。左爵相即左宗棠。

2.见邓明《兰州史话》:"左氏一见此联,为之狂喜,立即传司道各官为之欣赏。"

3.麟笔,孔子作《春秋》,绝笔于获麟,故称史官之笔为"麟笔",此处指其名垂青史。

4.羲爻,即伏羲八卦,因其演绎为六十四卦象,以扣其六十四岁;而伏羲相传诞生于甘肃,又扣其地。

祝傅太夫人寿

康爵进河西,未能偕我绅耆,起居八座;
安鸠扶日下,喜得随公子侄,歌舞千春。

——〔清〕吴可读(见《吴可读文集》)

【笺注】

1.八座,以指尚书之类高官。元代无名氏《渔樵记》:"但有日官居八坐,位列三台。"

2.安鸠,指手握鸠杖,古人以鸠杖以赐老者,《新唐书·玄宗纪》:"八十以上鸠杖",可知其或为八十寿辰之贺。

崔老伯母王太孺人六秩荣寿

苦节已半生,历尽冰霜花益寿;
德门多余庆,长绵岁月树恒春。

——〔清〕刘永亨(见于建华《兰州书画家图典》)

青城李家寿联

紫气自东来,灌金液而治生,允矣九丹种寿;
彤章从北至,开琼筵以介福,懿哉三凤呈祥。

——〔清〕佚名(见《青城楹联集锦》)

【笺注】

1.九丹，见晋人葛洪《抱朴子·金丹》"九丹者，长生之要"，此处以喻长生。

2.彤章，红章，指朝廷的封赐。

贺某六旬有八寿庆

公正居心，一乡皆称善士；

和平养体，百岁可待高年。

——〔清〕王玮（见《青城楹联集锦》）

【笺注】

1.落款"赐进士出身内阁中书舍人王玮拜撰"。

寿马云亭都统

腰悬相印作都统；手抉云汉分天章。

——〔民国〕张建（见《思退堂诗文选·联语》）

【笺注】

1.原注："集李商隐、苏轼句。"马云亭，即近代甘肃政要马福祥。

2.此联为集句联，分别出自唐人李商隐《韩碑》诗"腰悬相印作都统，阴风惨澹天王旗"，宋人苏轼《元丰七年，诏封公昌黎伯……》诗有"公昔骑龙白云乡，手抉云汉分天章"。

寿秦母王太夫人七旬晋八寿辰其一

传经世仰宋宣文，看绛帐前丹桂齐芳，舞彩直追莱子孝；

归隐我惭陶靖节，仿瑶池上蟠桃献寿，称觞遥贡薤辛辞。

——〔民国〕安维峻（见敦厚堂《秦母寿言》）

【笺注】

1.民国八年（1919年）元月，会宁秦望澜、秦望濂兄弟其母王氏在兰州举行七十八寿辰，邀请当时名流撰写贺联，并编印《秦母寿言》。

2. 宋宣文，十六国时前秦人韦逞之母，姓宋，生于儒学世家，后教子有成，还曾受邀为当地生员绛纱授课，时人号为"宣文君"。

3. 薤辛辞，古人以"蕲春韭"为召饮的谦辞，即指宴饮。

寿秦母王太夫人七旬晋八寿辰其二

　　玉树生庭人竞爽；
　　梅华迎岁寿长春。

——〔民国〕陈曾佑（见敦厚堂《秦母寿言》）

寿秦母王太夫人七旬晋八寿辰其三

　　我原林隐秦少游，旧属通家，放鹤上瑶池，孤山遥献梅花数；
　　寿比国长西王母，迓开春宴，锡鸾衔紫诰，异代频邀芝树封。

——〔民国〕王黼堂（见敦厚堂《秦母寿言》）

民国敦厚堂版《秦母寿言》书影

【笺注】

1. 通家，即本家，指秦氏。

2. 梅花数，古人卜法，相传任取一字，以八减之等等，此处因扣其七十八寿辰。

3. 紫诰、芝封，均指古时对妇女的诰封。

代祝吴某父寿

　　慧业溯心传，不负劳薪夙愿；
　　大年符额祝，常亲晚菊幽香。

——〔民国〕白鉴真（见颜永祯《兰州楹联汇存》）

【笺注】

1. 额祝，即额庆，以双手合掌加额表示庆幸之至。

寿白宝千广文

佳句近如何，呕尽心肝，诗贮锦囊学昌谷；

闲居犹未老，图真面目，世称华胄绍香山。

——〔民国〕慕寿祺（见《求是斋楹联汇存》）

【笺注】

1. 原注："先生名鉴真，字宝千，皋兰举人，选碾伯县教谕，少以诗名，尤长骈体文，颇似庾兰成。"
2. 昌谷，即唐代诗人李贺，世称昌谷先生，其有"锦囊记诗"的故事。
3. 香山，即唐代诗人白居易，号香山居士。

祝陆仙槎寿

北斗七星高，烽烟永靖；

大椿千岁寿，甲子初通。

——〔民国〕张维（见《还读我书楼文集·联语辑存》）

【笺注】

1. 陆仙槎，即时任甘肃督军陆洪涛。从联中"甲子"可知为其六十寿。

祝陈三州寿

人自西陲祝南极；政如东里护朔方。

——〔民国〕张维（见《还读我书楼文集·联语辑存》）

【笺注】

1. 时人在宁夏任职，故有"朔方"之说。

贺马元章六十寿

菊祝延龄，年年重九前三日；

兰经广教，等等大千第一人。

——〔民国〕张育生（见《甘肃对联集成》）

【笺注】

1. 重九前三日，可知其生日为农历九月初六。
2. 马元章为伊斯兰教领袖，"兰经"即《古兰经》。

贺马元超六十寿

甲子披图，长庚焕采；兰陔奏雅，菊水延年。

——〔民国〕马腾蛟（见《甘肃对联集成》）

【笺注】

1. 马元超，为马元章之弟。
2. 兰陔，见《诗经·南陔》，为孝养父母之典，此处亦代指兰州。

贺贾禹卿七十寿

更卅载即百龄，众仰风仪如泰斗；

纳万流于一壑，天教夔铄做盐梅。

——〔民国〕王新令（见《甘肃对联集成》）

【笺注】

1. 贾禹卿，即贾缵绪，天水人，民国时任甘肃教育厅长等。
2. 盐梅，此处为和谐之意。宋人苏辙《除冯京彰德军节度使制》："和而不同，性有盐梅之德。"

寿裴母曹太夫人

八座起居，堂开绿野；九如颂祝，柯茂青松。

——〔民国〕张建（见《思退堂诗文选·联语》）

刘老太母关孺人寿庆

载锡之光，柏节松龄彰母寿；

则笃其庆，兰孙桂子乐天伦。

——〔民国〕杨巨川（见《青城楹联集锦》）

【笺注】

1.载锡之光、则笃其庆,均出自《诗经·皇矣》"则友其兄,则笃其庆。载锡之光,受禄无丧,奄有四方",此处指其教子有成而受以荣光。

高太母王孺人八旬有三寿联

溯毕生勤劳,濡笔芳追陶母节;
抚两世孙子,称觞欣颂老人星。

——〔民国〕高恺(见《青城楹联集锦》)

【笺注】

1.陶母,指晋人陶侃之母,其体贴养子,为人称道。

婚庆

贺九月婚嫁其一

合二姓之欢,正值黄花酿酒;
订百年之好,奚劳红叶题诗。

——〔清〕吴镇（见《松厓对联》）

【笺注】

1. 黄花酒,即菊花酒的别称。唐人杜甫《九日登梓州城》诗:"伊昔黄花酒,如今白发翁。"
2. 红叶题诗,唐代有红叶题诗而结成良缘的故事。

贺九月婚嫁其二

鸾镜光明,桂树枝头悬宝月;
鹿车宛转,菊花丛里过香风。

——〔清〕吴镇（见《松厓对联》）

【笺注】

1. 鸾镜,指闺房妆镜。明人唐顺之《铜雀台》诗:"鸾镜时犹照,蛾眉岁不同。"
2. 鹿车,见《后汉书·列女传·鲍宣妻》,指夫妻共守清苦生活的典故,此处指同甘共苦。

春婚

中天日月苍龙节；大地笙箫彩凤声。

——〔清〕吴镇（见《松厓对联》）

五月婚联

艾叶影飘鸾镜日；榴花香带鹿车风。

——〔清〕吴镇（见《松厓对联》）

大女出阁喜联其一

何时山右书来，应念重慈思父母；
此去河南路近，好偕佳婿拜翁姑。

——〔清〕吴可读（见《吴可读文集》）

【笺注】

1.原注："咸丰己未大小女出阁喜联。适王青崖先生长子，名麟祥。"

大女出阁喜联其二

婿如羲之献之可耳；女为周南召南矣乎。

——〔清〕吴可读（见《吴可读文集》）

【笺注】

1.羲之献之，即王羲之、王献之，其婿姓王，以此比喻之。

2.周南召南，原为《诗经》中的两篇，内容与婚姻及修身齐家有关。此处是对女儿有家教之夸赞。

民国版《吴可读文集》所载女儿出阁楹联

二女出阁喜联

八口累人，今始了向平心愿；

百年期汝，尚无忘郝普家风。

——〔清〕吴可读（见《吴可读文集》）

【笺注】

1. 原注："甲戌二小女出阁喜联。适祁炯堂戎部，名兆烜。"

2. 向平，东汉人，《后汉书》说他在子女婚嫁过后，遂不问家事，出游名山。此处指儿女均已完婚，为父亲的再无牵挂。

3. 郝普，晋代郝普之女为王湛妻，令男方父辈认同，传为美谈。

贺篙渔老兄大人为令孙完姻之喜

诗礼传来家世世；凤凰占到子孙孙。

——〔清〕吴可读（见《吴可读文集》）

贺友祀灶日娶媳

腊鼓声中，画眉着笔；郇厨醉里，洗手调羹。

——〔民国〕高岩（见《退补轩分类联集》）

【笺注】

1. 祀灶日，即祭灶神之日，北方一般为农历腊月二十三日。

贺王参谋与赵女士结婚

文采风流，换鹅笔健；繁华烟景，飞燕身轻。

——〔民国〕高岩（见《退补轩分类联集》）

【笺注】

1. 上联为王羲之故事，下联为赵飞燕故事。

贺黄巨川与王梅萼女士结婚

梅雪结精神，忆前年踏雪寻梅，犹是春王正月；

萼花争艳丽，喜今夕开花破萼，刚逢夏历元宵。

——〔民国〕高岩（见《退补轩分类联集》）

【笺注】

1.原注："时夏历正月十四日。"距离元宵节仅一日，故下联有此说。

贺郑梅琴内侄女结婚

学以精神通广大；家从勤俭足平安。

——〔民国〕张维（见《还读我书楼文集·联语辑存》）

贺师玉农甥女结婚

学以专长备奋勉；家从互助得和祥。

——〔民国〕张维（见《还读我书楼文集·联语辑存》）

民国张维《还读我书楼文集》有关婚联手迹

贺杨慎之公子体俨嘉礼

兔颖闺中，眉黛双画；凤毛池上，雄雌和鸣。

——〔民国〕张建（见《思退堂诗文选·联语》）

【笺注】

1.兔颖，泛指毛笔。清人蒋士铨《桂林霜·移帐》："蝇头细细释文，兔颖轻轻点黛。"

溥儿婚联

国步艰难，惭为将坛承世泽；

家门吉庆，且行嘉礼款姻亲。

——〔民国〕张建（见《思退堂诗文选·联语》）

孙婚上房门联

梅圃鹤栖，莫笑孤山老词客；

桐花凤小，又载连理到孙枝。

——〔民国〕张建（见《思退堂诗文选·联语》）

垔孙婚南房联

诗咏二南，造端夫妇；仪行六礼，衍庆子孙。

——〔民国〕张建（见《思退堂诗文选·联语》）

【笺注】

1.二南，即《诗经》中的周南、召南两篇，内容与婚姻及修身齐家有关。

孙婚厨房联

入厨造羹，须谙食性；下帷言志，好劝读书。

——〔民国〕张建（见《思退堂诗文选·联语》）

【笺注】

1.下帷，放下室内悬挂的帷幕，代指教书，引申为闭门苦读之意。

贺马鸿宾少君花烛

郭汾阳象笏满床，一门衍庆；

陈公子凤锵光国，五世其昌。

——〔民国〕马恕（见赵忠《楹联拾萃》）

【笺注】

1.郭汾阳，即唐代名将郭子仪，相传其过寿时，七子八婿皆来祝寿，因都是高官，手中笏板竟堆满床头，以喻家中显赫。此处是间接赞誉马鸿宾祖父马千龄、父亲马福禄、叔父马福祥等皆为西北军政要员。

2.陈公子，春秋时齐大夫懿仲将女儿嫁给陈国公子敬仲之事，当时占卜卦象吉祥，有"凤凰于飞，和鸣锵锵……五世其昌，并于正卿"之语，后用以形容婚姻美满。

祝贺

贺梁氏生孙其一

月令小阳春,阶下香兰初展蒂;

德行多吉事,庭前嫩桂早生枝。

——〔清〕刘一明（见《栖云笔记》）

贺梁氏生孙其二

喜事多归积善家,知玉树生枝,结子飘香从此日;

繁嗣总在耕心地,看翠兰献瑞,拔茹及汇卜他年。

——〔清〕刘一明（见《栖云笔记》）

【笺注】

1. 原注:"时在十月,又值施财修庙。"
2. 拔茹,即拔茅连茹,比喻递相推荐引进,此处指其家人才辈出。

赵孺人生孙

孝子欢心,早年幸得连城璧;

贤孙坐膝,老岁欣观爱日材。

——〔清〕刘一明（见《栖云笔记》）

【笺注】

1. 连城璧，即和氏璧，价值连城之玉。
2. 爱日，指儿子供养父母的时日。清人顾炎武《为丁贡士亡考衢州君生日作》诗："伤今已抱终天恨，追往犹为爱日欢。"

贺子寿三兄

彩集凤毛，庆衍麟趾；

瑞凝芝草，祥发蓝田。

——〔清〕李新斋

【笺注】

1. 现藏兰州市博物馆。上款"子寿三兄大人喜正"。
2. 上联即"凤毛麟角"之意，以喻其子孙出类拔萃。
3. 蓝田，取"蓝田生玉"之典，比喻名门出贤子弟。

贺胡翁令孙中式

人间只有弄孙欢，喜万里鹰扬，大新门第；

世上无如为祖好，愿千秋鹤算，共举壶觞。

——〔清〕吴镇（见《松厓对联》）

【笺注】

1. 中式，即中举。《明史·选举志二》："三年大比，以诸生试之直省，曰乡试，中式者为举人。"

贺孙氏弟兄连科武举

何仅词林号二孙，看今日二孙比美，尽抱干城大志；

实邑学业称双凤，知此时双凤高飞，皆怀管乐雄才。

——〔清〕刘一明（见《栖云笔记》）

【笺注】

1. 原注："一名凤鸣，一名凤翔。宋孙何、孙仅弟兄皆状元，时人号为'二孙'；

汉崔实、蔡邕才学超众,时人称为'双凤'。"

2.干城,指武人卫国之志。明人陈廷曾《挽前指挥卓焕妻殉节钱宜人》诗:"男儿有志死干城"。

贺赵清轩林下

北阙云高,业以龙韬传似续;

南山雾霁,还从豹隐变文章。

——〔清〕吴镇(见《松厓对联》)

【笺注】

1.林下,指隐退,这里指官员卸任归乡。

2.龙韬,《六韬》之一,泛指兵法谋略。可知其为武将出身,并其子能子承父业。

3.豹隐,比喻洁身自好,隐居不仕。唐人骆宾王《秋日送侯四得弹字》诗:"我留安豹隐,君去学鹏抟。"

贺赵挥使新袭

年少承家,莫浪说一身之胆;

官闲励业,且沉吟半部之书。

——〔清〕吴镇(见《松厓对联》)

【笺注】

1.新袭,指新世袭爵位,这里指履新任职。

2.一身之胆,指三国赵云"一身是胆"之故事,以扣其姓。

3.半部之书,即半部论语,宋初宰相赵普"半部《论语》治天下"之事。

赠梁章钜出任甘藩

霖雨东兴,枢密上才开远略;

好风西笑,湖山秀句带边声。

——〔清〕程恩泽(见梁章钜《楹联丛话·卷十二》)

【笺注】

1.此联为梁章钜出任甘肃布政使时,友人程恩泽所赠。

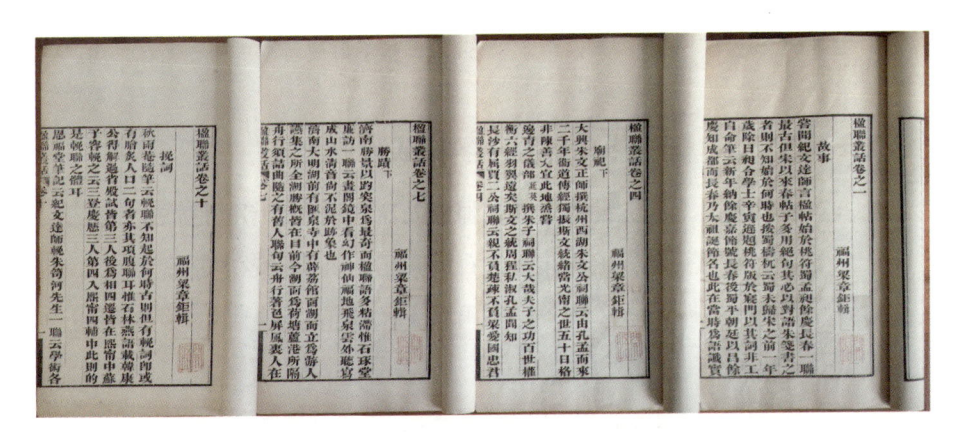

清梁章钜《楹联丛话》书影

2.枢密，指朝廷中枢，这里指梁氏此前曾在军机处任职。

迎陶子方制军

由彭泽令起家，束带来迎，莫漫折腰学杨柳；
作卫将军揖客，长城共倚，伫看拭目奠金汤。

——〔清〕慕寿祺（见《求是斋楹联汇存》）

【笺注】

1.原注："由新疆巡抚简任陕甘总督。"即时任陕甘总督陶模。

2.彭泽令，指陶渊明，此处扣合其姓，但反其道而行之，规劝陶模不要像陶渊明那样归隐，结尾"杨柳"亦指陶渊明隐居之事。

3.卫将军，即汉代大将卫青。

贺复斋先生

百年树人还树木；一经教子兼教孙。

——〔清〕白遇道（见《完谷山房寐语钞存》）

【笺注】

1.原注："先师复斋先生，绍明关学，恪守程朱，以圣经为教者数十年。一时信从者众，而翰墨之流播人间者，一皆随时垂训，所谓置身可模，立言成范者欤……敬志数语，以寄慕思，并使后之重先生者知先生之重，尚不仅在翰墨云。光绪二十四年十二月。"光绪二十四年即1989年，撰者时随清军董福祥部在兰州。

榆中县立初级中学首届毕业典礼

学校成立仅三年，设备欠周，师资欠良，误人子弟甚抱歉；
毕业此属第一期，土块亦抱，石头亦搬，望我父老多原谅。

——〔民国〕薛达（见《兰州文史资料选辑》）

【笺注】

1.土块亦抱，石头亦搬，指当时条件简陋，师生共同参与学校建设。

青城龙山学校第五班学生毕业典礼其一

毕竟尚竞争，合廿五人才力心思，共愿名标甲榜；
业经达完满，统十二门功程课艺，俱称学富中年。

——〔民国〕李联桂（见《青城楹联集锦》）

青城龙山学校第五班学生毕业典礼其二

平地起丹梯，看甲乙高排，此日龙山欣毕业；
英才生白屋，愿文明大启，他年麟阁快题名。

——〔民国〕李联桂（见《青城楹联集锦》）

【笺注】

1.白屋，指寒士。明人何景明《寿许司马》诗："不屈朱门贵，能怜白屋贫。"
2.麟阁，即麒麟阁，汉宣帝时曾绘霍光等十一功臣像于阁上，以表扬其功绩，后喻指建功立业。

青城龙山小学初春行毕业礼

学海云蒸，出水鱼龙都变化；
校园春暖，他年桃李尽芳菲。

——〔民国〕李联桂（见《青城楹联集锦》）

贺庆伯乔迁

堂构相承，恢宏旧业；奂轮继美，丕焕新猷。

——〔民国〕杨思

【笺注】

1. 红纸楷书，原有上款"庆伯老先生新居落成乔迁"，下款"前翰林院检讨护理甘肃省长杨思撰并书""亲友谊李凯佶〔等七人〕仝鞠躬敬贺"。
2. 堂构，即肯堂肯构，比喻子承父业。
3. 奂轮，即美轮美奂，形容建筑之美。

民国杨思贺人乔迁联墨迹

修宅联

美奂美轮，高容驷马；如飞如革，稳驾六鳌。

——〔民国〕邓隆（见颜永祯《兰州楹联汇存》）

【笺注】

1. 六鳌，神话中负载仙山的六只大龟。明人夏完淳《代人赠镇府》诗："六鳌还镇澥，八柱独承天。"

马辅臣莺迁新居

百战为桑梓，喜归来北海樽开，座中客满；
屡楼接爽气，更逢值南山气爽，陇上春深。

——〔民国〕张维（见《还读我书楼文集·联语辑存》）

【笺注】

1. 马辅臣，即马佐，临夏县人，近代于甘青一带从军从政后经商。

赠廖进之移居

北郭先生，诗书教授；西曹祭酒，静福结庐。

——〔民国〕张建（见《思退堂诗文选·联语》）

【笺注】

1.北郭先生,见《后汉书》,有廖扶者终身不仕,时人因号为"北郭先生",后用以指隐居不仕之人。

2.西曹祭酒,指梁武帝时,廖冲被招为西曹祭酒,后辞官修道,白日升飞成仙。

贺冶某迁居新第

室已落成,共羡美轮而美奂;
福莫独享,须思安己且安人。

——〔民国〕马恕（见赵忠《楹联拾萃》）

贺兰州新民公司开业

新业企图,根基稳固；民生需要,经济调和。

——〔民国〕高岩（见《退补轩分类联集》）

代友人贺新民公司开业

新智顿开,教亦多术；民生易救,俗不堪医。

——〔民国〕张建（见《思退堂诗文选·联语》）

【笺注】

1.原注："内附美术、西医馆。嵌字。"

代何正庵贺陕西银行甘肃分行开幕

权利吸收,黄白各种；源流贯澈,秦雍一家。

——〔民国〕张建（见《思退堂诗文选·联语》）

【笺注】

1.黄白,指黄金白银,此处代指货币等有价之物。

代陈斗城贺新陇电影开幕

电光石火文明化;影幻情真玄妙门。

——〔民国〕张建(见《思退堂诗文选·联语》)

贺旅社开张

人生本寄居,解装何必伤别;

天地为逆旅,行乐还须及时。

——〔民国〕邓隆(见赵忠《楹联拾萃》)

【笺注】

1.逆旅,旅居,常以喻人生匆遽短促。宋人叶适《剡溪舟中》诗:"自伤憔悴少筋骨,半生逆旅长太息。"

哀挽

挽秦维岳之父

玉堂金马振家声，喜贵子归来，足释终天之恨；
艾叶荷花传令节，叹高人化去，争招五日之魂。

——〔清〕吴镇（见《松厓对联》）

【笺注】

1. 玉堂金马，玉堂殿和金马门的并称，均为学士待诏之所，后代指翰林院，此处指其子秦维岳为翰林出身。秦维岳简历附后。

2. 令节，联系前后可知，其去世在端午节前后。

挽俞德渊其一

殚心力以报所知，一代长才出甘陇；
处脂膏而不自润，千秋遗爱满邗江。

——〔清〕梁章钜（见《楹联三话》）

【笺注】

1. 见梁章钜《楹联三话·卷下》："余在兰州藩署，忽接陶泉之讣，为之涕如绠縻。适其孤以急信恳余转递平罗，余手挥一联寄挽之云。"

2. 俞德渊，甘肃平罗（今属宁夏）人，死于两淮盐运使任上，为官清廉有为，被誉为"循声为江南第一"。

3. 脂膏，以喻两淮富庶及盐运所谓"肥差"；邗江，在扬州，亦指两淮任事。

挽俞德渊其二

拯溺旧同心，才德兼资，如此循良曾有几；
筹鹾今尽瘁，设施未竟，毕生怀抱向谁开。

——〔清〕林则徐（见梁章钜《楹联续话》）

简注：

1. 拯溺，救援溺水之人，引申为解救危难，此处指俞德渊临危受命之意。
2. 筹鹾，即指担任两淮盐运使之职。
3. 设施，此处指施展才能。汉代王充《论衡·定贤》："有高才洁行，无知明以设施之。"

挽钱廷熊

华国扲高才，丹禁百篇余制草；
宣风痛边徼，素车千里愧生刍。

——〔清〕姚亮甫（见梁章钜《楹联三话》）

简注：

1. 原注："挽钱古槎观察廷熊云……古槎即次轩之哲嗣，由枢曹观察兰州，甫一年而逝，在次轩之前两年也。"钱廷熊，浙江仁和人，嘉庆癸酉拔贡，后由刑部七品小京官入直，官至甘凉道。
2. 华国，指光耀国家；丹禁，指紫禁城；制草，即诏令文稿。这里指钱曾供职中枢，承担文书起草等重任。
3. 宣风，宣扬风教德化，此处指其外任边陲。
4. 素车，泛指丧事所用之车。
5. 生刍，本指鲜草，见《诗经·白驹》"生刍一束，其人如玉"，以示悼念。

挽曾国藩

谋国之忠，知人之明，自愧不如元辅；

同心若金，攻错若石，相期无负平生。

——〔清〕左宗棠（见《左文襄公诗文别集·联语》）

【笺注】

1. 原题"挽曾文正公"，同治十一年（1872年）二月曾国藩逝世，后数日，左宗棠从陇上获悉，寄以挽联，另见其当年四月二十一日《与孝威》书信中。

2. 元辅，指宰相，此处以喻曾国藩。《旧唐书·杜让能传》："卿位居元辅，与朕同休共戚。"

挽张亮基

长沙独守几经旬，忆草檄纷驰，公为府主我为客；

鄂渚一别即终古，叹萍踪靡定，昔向潇湘今向秦。

——〔清〕左宗棠（见《左文襄公诗文别集·联语》）

【笺注】

1. 原题"挽张石卿制军"，即张亮基，徐州人，曾任山东巡抚、云贵总督等职。其去世时在同治十年（1871年）四月十七日，左氏恰在陇上。

2. 长沙、府主，指张亮基任湖南巡抚时，招募左宗棠为幕僚。

挽周开锡

学剑术虽疏，谁谓荆卿非勇士；

渡河声尚壮，共怜宗泽是忠臣。

——〔清〕左宗棠（见《左文襄公诗文别集·联语》）

【笺注】

1. 原题"挽周受三观察"，周开锡，湖南益阳人，随左宗棠西征抵甘，同治十年（1871年）五月病死，左宗棠有《道员周开锡积劳病故请恤折》。

2. 荆卿，即荆轲，此处以壮士相喻。

3. 宗泽，南宋抗金名将，曾先后上二十余疏，请高宗还都以图恢复，临终三次大呼"过河"而卒，此处感叹湘军正要渡过黄河继续西征，周氏却半途而亡。

挽刘典

北阙君恩，南陔母养，西域戎机，忠孝合经权，好与圣贤论出处；
廿年交固，万里功成，九原梦断，死生关气数，忍看箕尾吐光芒。

——〔清〕左宗棠（见《左文襄公诗文别集·联语》）

【笺注】

1. 原题"挽刘果敏公"，即刘典，湖南宁乡人，随左氏征战多年，后任甘肃按察使，光绪四年（1878年）十二月病逝兰州，左宗棠有《刘典病故恳恩优恤折》。
2. 箕尾，为二十八宿之一，古人以身骑箕尾，比喻去世升天。

挽瑸兰谷

从佛图转轮来，十载同官推长者；
值边关闻喜后，一棺归去剩清名。

——〔清〕左宗棠（见《左文襄公诗文别集·联语》）

【笺注】

1. 瑸兰谷，曾任兰州道员。
2. 闻喜，指边关大捷。

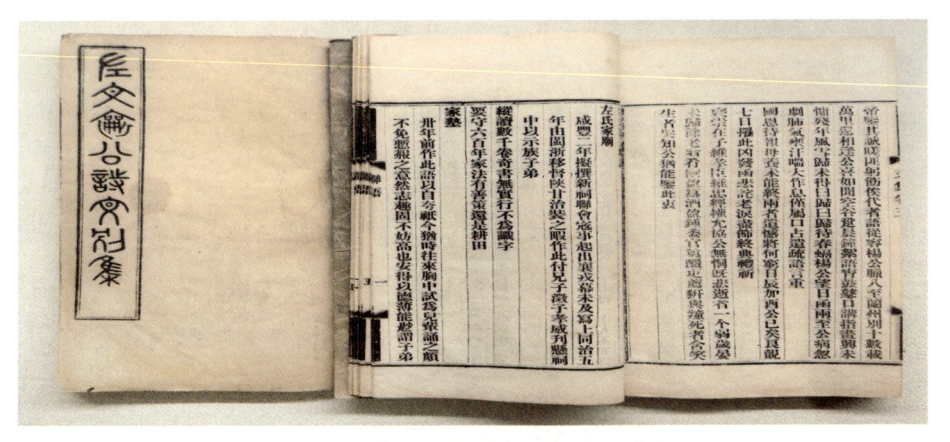

清《左文襄公诗文别集·联语》书影

挽曾国荃

棣萼树奇勋，再造江山，不愧大名高北斗；
秣陵同秉节，满怀师友，何堪两度哭南丰。

——〔清〕杨昌浚（见《曾忠襄公荣哀录》）

【笺注】

1.原署名"陕甘总督杨昌浚"，时在兰州所撰。

2.棣萼，比喻兄弟，此处指曾国藩、曾国荃兄弟；再造江山，指曾氏兄弟平定太平天国之事。

3.秣陵，代指南京；同秉节，指二人同在江浙为官。

4.南丰，指宋代名臣、唐宋八大家之一的曾巩，此处以喻曾氏；两度，指曾氏兄弟均已逝世。

挽沈兆霖

当今元老出朝端，正九塞宣威，三边报捷；
自古将军属天上，忽一声雷雨，万丈风涛。

——〔清〕吴可读（见《吴可读文集》）

【笺注】

1.原注："此联为阖省士庶代作。"沈兆霖，字朗亭，浙江杭州人，官至户部尚书，同治元年（1862年）署陕甘总督，在率军平叛返回途中，在青海遇大雨山洪遇难，联中"雷雨"即指此事。

挽张子青

聚首日无多，感一片热肠，驾鹤竟然遗后进；
知音人有几，下两行冷泪，携琴何处哭先生。

——〔清〕吴可读（见《吴可读文集》）

【笺注】

1.原注："狄道人，甲辰余报罢旋里后，太史殁于兰山讲院。"

哭亡女

吾婿无生悲，念地下相随，代奉舅姑终妇职；
汝生何太促，痛天涯远隔，不闻父母哭儿声。

——〔清〕吴可读（见《吴可读文集》）

挽马世焘

老辈无多，叹大雅泯焉，绛帐于今谁继武；
解人有几，恨知音渺矣，青樽何处复论文。

——〔清〕吴可读（见《重修皋兰县志》）

【笺注】

1.见邓明《兰州史话》："马鲁平〔马世焘〕长期设帐授徒，积劳成疾，光绪乙亥（1875年）末病卒。其友吴可读悲哀至极，撰联挽之。"

挽吴可读其一

奸良终痛秦黄鸟；授命能卑卫史鱼。

——〔清〕张之洞（见《吴柳堂先生诔文》）

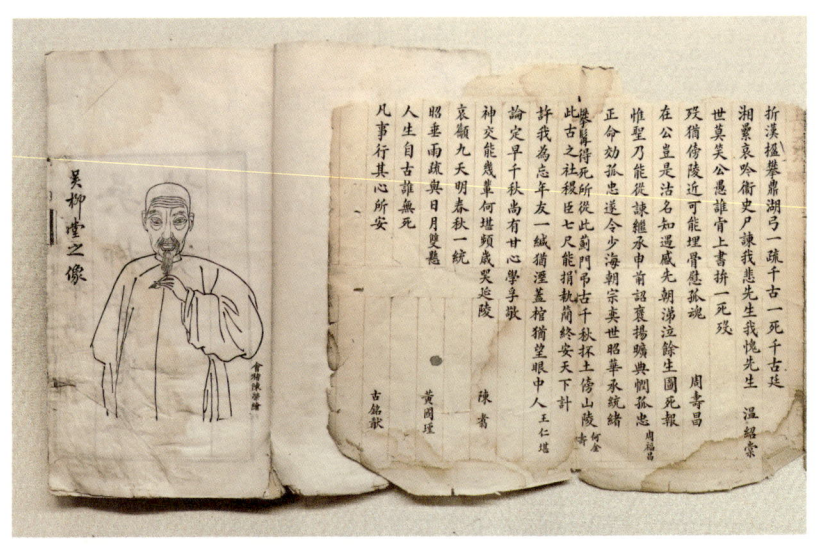

吴可读画像及清《吴柳堂先生诔文》稿本

【笺注】

1.秦黄鸟，出自《诗经·秦风》，对古人殉葬时的惋惜和抗愤。

2.卫史鱼，春秋时卫国大夫，曾以"尸谏"尽职。见《论语·卫灵公》："子曰：直哉史鱼。邦有道，如矢；邦无道，如矢。"吴可读遗疏有"效史鱼之尸谏，只尽愚忠"之语。

挽吴可读其二

旧雨半传人，天语同褒，忍使睢阳无列传；

清时多直谏，邻春忽断，何堪陆九更居庐。

——〔清〕陈宝琛（见《吴柳堂先生诔文》）

【笺注】

1.自注："柳堂先生与圭盦故交，圭盦已立传，惜无为先生申请者。张叔子复以母忧去官，怆念昔游不能已已。"二人为故交，故说"旧雨"。

2.睢阳，指唐代名将张巡，在安史之乱时，率属部哭祭皇帝祖祠，誓师讨伐叛军。

3.邻春，出自《礼记·曲礼上》，即邻家有丧事，舂米的时候不唱送杵之歌，以示哀悼。

4.居庐，指守孝。

挽吴可读其三

朝廷亦悯孤忠，先生乃独留千古；

天壤自多公论，弟子终莫赞一辞。

——〔清〕安维峻（见《吴柳堂先生诔文》）

【笺注】

1.原注"授业安维峻"，安维峻为吴可读学生。

挽刘永亨

在朝中偏我归来，违绛帐者十年，觌面方云能再见；

问陇上阿谁继起，望青云兮万里，伤心不仅为私交。

——〔清〕刘尔炘（见《果斋别集》）

【笺注】

1. 刘永亨简历附后。
2. 偏我归来，指刘尔炘从翰林院辞官回家时，刘永亨尚在京中任职。

挽张国常

愿先生气海常温，如山之寿，如松之茂；

随此地士林共悼，其生也荣，其死也哀。

——〔清〕慕寿祺（见《求是斋楹联汇存》）

【笺注】

1. 原注："先生名国常，字敦五，光绪三年丁丑科进士，授刑部主事……主讲兰山书院茂三十年。"

挽刘锦棠

晚岁最能文，芒掩金刀，问前辈风流安在；

大名终不死，家传铁券，与圣朝休戚相关。

——〔清〕慕寿祺（见《求是斋楹联汇存》）

【笺注】

1. 刘锦棠，湘军将领，曾随左宗棠西征，任新疆巡抚等。
2. 芒掩金刀，此处指其文章才气被军功所掩盖。
3. 家传铁券，刘锦棠叔父刘典在西征时阵亡，均为湘军名将，子孙得以荫封。

挽董福祥

君是丈夫身，位泰山而立矣；

我有英雄泪，向黄河以洒之。

——〔清〕马元章（见《甘肃对联集成》）

【笺注】

1. 董福祥，甘肃固原（今属宁夏）人，清末甘军将领。

宋氏墓柱

兰台云散楚天空，万里招魂，宛在青枫江上；
词苑春归秦塞远，一家摘藻，尚余红杏枝头。

——〔清〕吴镇（见《松厓对联》）

【笺注】

1.《兰州楹联汇存》记载："宋氏坟茔望柱，在龙尾山下。"即今伏龙坪一带。

2.青枫江，地名，在湖南浏阳，联系"楚天"，可知其家族从湖南迁至兰州。

3.红杏，指宋代词人宋祁，有"红杏枝头春意闹"之句，被称为"红杏尚书"，此处以扣其姓。

挽李镜清其一

曾闻壮士谈流血；岂有将军怕断头。

——〔民国〕甘肃学界（见魏晋《兰州春秋》）

【笺注】

1.李镜清，字鉴亭，临洮县人。清末任四川蒲江、建安知县，后任云南巡警道、奉天巡防右路统领等。民国初，甘肃各界组织临时议会，公推为议长。就职后，妥善处理当时危机，遭甘肃都督赵惟熙妒，赵查封议会，李被迫辞职返乡，民国元年（1912年）七月，被地方军阀马安良派人暗杀。

2.原注"李议长死后，民国二年（1913年）兰州各界在贡院巷开会追悼，甘肃学界用李议长的话集成一联。"

挽李镜清其二

革二千余年专制淫威，功烈未成，谁使奇冤沉海底；
越三百六旬始伸公论，英灵如在，也应含笑下洮阳。

——〔民国〕汪青（见颜永祯《兰州楹联汇存》）

【笺注】

1.洮阳，即临洮，指其故乡。

挽李镜清其三

还我河山亿万里,几许才雄,回看北漠风云,时悲谁为傅介子;

入门哭踊两三声,数行热泪,试问西州豪杰,何人不痛李临洮。

——〔民国〕安履祥(见张梓林《陇上贤达安书芝先生楹联拾遗》)

【笺注】

1.傅介子,庆阳北地人,西汉外交家,"以此树立威信于各国",此指李镜清带头弹劾都督赵惟熙等而不惜遭人暗杀之刚硬。

2.李临洮,即李镜清。

挽李镜清其四

浩气贯长虹,公竟云亡,忍教玉树埋黄土;

群雄争逐鹿,我将归去,独上金山卧白云。

——〔民国〕田骏丰(见颜永祯《兰州楹联汇存》)

挽李镜清其五

英灵不死,大节不凋,想斩关夺隘,气象非凡,在明眼人早知终有今日;

公倡于前,我随于后,历骇浪惊涛,功勋未奏,最伤心处不觉又是一年。

——〔民国〕王之佐(见颜永祯《兰州楹联汇存》)

【笺注】

1.我随于后,王之佐当时与李等共组建甘肃临时议会,并担任副议长。

李镜清十周年纪念

身后真成烈士传,抚今追昔,足令我辈心寒,万里坏长城,叹英雄草草收场,往事空怜檀道济;

陇头渐放自由花,即果溯因,都是先生手种,十年同树木,看大家翩翩莅会,无人不念李临洮。

——〔民国〕慕寿祺(见颜永祯《兰州楹联汇存》)

【笺注】

1.檀道济，南朝将军，素有威名，因朝廷疑忌而被杀，被捕时怒曰"乃坏汝万里长城"，后以"长城"代指捍卫祖国的大将。

挽刘尔炘其一

麦秀写忠忱，偕管宁陶潜，并为遗志；
皋兰结诗社，与李陵苏武，同是吾师。

——〔民国〕聂守仁（见颜永祯《兰州楹联汇存》）

【笺注】

1.麦秀，相传西周亡后，见旧时宗庙宫室尽为禾黍之地，触景而感慨，后遂用此典故感慨亡国之词。此处指刘尔炘以清朝遗老自居。
2.管宁，三国隐士；陶潜，晋代隐士。指其民国后，隐而不仕。
3.聂守仁为武威民勤人，史上曾有"李陵苏武"诗歌唱和之事，下联遂有此说。

挽刘尔炘其二

视民如伤仁人也；守死善道君子哉。

——〔民国〕颜刚甫（见颜永祯《兰州楹联汇存》）

【笺注】

1.原注："先生在兰喜办慈善事业，尤倾向于理学一派。"
2.视民如伤，形容体恤民众疾苦，此处指刘尔炘乐于兴办慈善公益事业。

挽刘尔炘其三

问世有遗书，逍遥游也，治安策也；
此邦溯先哲，王潜夫欤，段容思欤。

——〔民国〕王烜（见颜永祯《兰州楹联汇存》）

【笺注】

1.王潜夫，东汉甘肃庆阳籍思想家王符，因《潜夫论》而闻名；段容思，明代兰州理学家段坚，为陇学开山之人，后世认为刘尔炘是继段坚后陇学又一宗师。

挽刘尔炘其四

不争名不争利，扶持伦教纲常，末世挽狂澜，东鲁斯文留一线；
犹己溺犹己饥，拯救刀兵水火，残民沾润泽，丰黎遗爱足千秋。

——〔民国〕省立一中教职员（见颜永祯《兰州楹联汇存》）

【笺注】

1. 下联指刘尔炘晚年从事公益慈善事业，其中建有"丰黎义仓"等团体。

挽刘尔炘其五

天将丧斯文，不遗一老；
殁可祭于社，应在五泉。

——〔民国〕王海帆（见《半船对联存稿》）

挽刘尔炘其六

举汉宋明清诸儒之说，融会贯通，归于实用，言富言教，惠己及人，更暇日料理湖山，一楼一阁，一诗一联，都相见旷代襟期，逸群怀抱；
读太平答问绝笔所作，擘肌析理，直至真源，经师人师，公真无愧，记当年研索史事，如切如磋，如琢如磨，只益愧韶光虚度，老大无成。

——〔民国〕张维（见《还读我书楼文集·联语辑存》）

挽刘尔炘其七

外乱内讧，人间何世；山颓木坏，吾党焉归。

——〔民国〕蔡建邦（见《景西堂楹联钞存》）

【笺注】

1. 原题"代第五师范学校刘晓岚太史挽词"，并原注"国历四月十七日，在省垣举行追悼大会"。
2. 吾党，蔡建邦与刘尔炘均以清朝遗老自居，民国后不再入仕。

挽李于锴其一

柱下仰犹龙，他日有人传独行；
山中惊化鹤，秋风何处赋大招。

——〔民国〕陆洪涛（见《各界挽凉州李叔坚先生联》）

【笺注】

1. 李叔坚，名于锴，武威人，以绩学负重望于乡邦……会遭国变，归杜门不与世接。民国十二年夏正癸亥夏五月十日卒，年六十有二……民国十二年，兰州各界在甘肃省教育会开会追悼。

2. 犹龙，指老子犹龙的典故，此处以喻其姓。

挽李于锴其二

指计翰林前辈，曾有几人，落落晓星稀，卅载科名怀旧馆；
眼看河右耆英，又弱一个，纷纷征雁去，数行清泪寄凉州。

——〔民国〕杨思（见《各界挽凉州李叔坚先生联》）

【笺注】

1. 翰林前辈，杨思与李于锴皆为翰林。

挽李于锴其三

继崆峒二曲先正而特出；
是昆仑大河间气所独钟。

——〔民国〕秦望澜（见《各界挽凉州李叔坚先生联》）

【笺注】

1. 崆峒，指明代文学家李梦阳，号称李崆峒；二曲，指清初关学大儒李颙，号二曲先生。此处并喻其姓及学问。

挽李于锴其四

循吏本儒林，羡公能身逝名存，东鲁桑麻留旧泽；
胜朝多遗老，问谁是时穷节见，西山薇蕨抱孤忠。

——〔民国〕邓宗（见《各界挽凉州李叔坚先生联》）

【笺注】

1.西山薇蕨，指伯夷叔齐不食周粟、采薇而食之典，此处指清廷灭亡后，李于锴在民国归隐，不再入仕。

挽李于锴其五

触目旧山河，可怜寡妇孤儿，人间竟有曹丞相；
著书多岁月，似此鸿文巨制，天上应称李武威。

——〔民国〕慕寿祺（见《求是斋楹联汇存》）

【笺注】

1.曹丞相，即曹操，此处暗指军阀曹锟。李于锴于1923年6月逝世，当时6月13日，曹锟胁迫总统黎元洪出京，并引发著名的"总统贿选"之案，故有此言。

挽孙中山其一

抱改革思想，承中外潮流，伟业起江南，四十年心血消磨，濒死方教偿素志；
合五族共和，持三民主义，激昂来燕北，数阅月病魔缠扰，弥留犹促竟成功。

——〔民国〕高岩（见《退补轩分类联集》）

挽孙中山其二

是创造共和伟人，不折不回，大勋未集身先死；
正提倡真确民意，一朝溘逝，浩气上腾天为低。

——〔民国〕马福祥（见《挽孙中山先生联选》）

挽孙中山其三

抵制外夷，打击侵略，谋求幸福自由，废除不平等条约于光天化日之下；
振兴中华，创造共和，从事国民革命，挽救受压迫民众于危急存亡之秋。

——〔民国〕刘尔炘（见刘宝厚《刘尔炘楹联集》）

挽孙中山其四

具紫须才略，前遇本初，后遇孟德，大业未成三鼎足；
为黄帝子孙，上推专制，下建共和，中华幸免一瓜分。

——〔民国〕张文炳（见《还读我书楼珍藏尺牍考解》）

【笺注】

  1.紫须，指孙权，此处扣合其姓；本初，指三国袁绍，暗讽袁世凯；孟德，指三国曹操，暗讽北洋军阀曹锟等。

黄兴、蔡锷追悼会

识长沙在春申江头，往日鸿迹，今日鹤踪，泪眼看河山，盖代英雄竟如此；
举义旗于昆明池畔，国魂招来，公魂归去，侧身望天地，不情风雨唤奈何。

——〔民国〕王海帆（见《半船对联存稿》）

【笺注】

  1.长沙，代指黄兴，其为湖南长沙人；春申江，即黄浦江，代指上海。此处指二人曾在上海谋面。
  2.昆明池，此处指滇池。蔡锷于云南起兵讨伐袁世凯，故言。

挽秋瑾

株连及女子身，前世前缘成定数；
野祭洒诗人泪，秋风秋雨写新愁。

——〔民国〕慕寿祺（见《求是斋楹联汇存》）

民国编印的《马云亭先生荣哀录》

挽马福祥其一

谟明弼谐，论道风高上柱国；

衣言劭德，遗规山峙岳家军。

——〔民国〕张学良（见《马云亭先生荣哀录》）

【笺注】

1. 谟明弼谐，出自《尚书·皋陶谟》，以喻臣子同心协力。

2. 上柱国，古代以军功而获得的殊荣，此处将其与历代名将媲美。

3. 衣言劭德，出自《尚书·康诰》，意思是奉行先人之德化教言。这里指马福祥子侄辈仍为军政要员，下联以岳家军比喻。

挽马福祥其二

任国素公忠，边塞至今留遗爱；

将星悲陨落，中原从此失长城。

——〔民国〕冯玉祥（见《马云亭先生荣哀录》）

挽马福祥其三

遽失长城恸西北；永留铜柱镇伊凉。

——〔民国〕于右任（见《马云亭先生荣哀录》）

【笺注】

1.长城，用南朝大将檀道济之典；铜柱，用汉代名将马援之典。

挽马福祥其四

大河积石间气所钟，是班定远赵营平一流人物；

汉满蒙回同声交颂，继杨忠武左文襄未竟功勋。

——〔民国〕宋子文（见《马云亭先生荣哀录》）

【笺注】

1.班定远、赵营平，即汉代名将班超、赵充国；杨忠武、左文襄，即清代陕甘总督杨遇春、左宗棠。

挽马福祥其五

燕市语犹温，忍看蓟野星沉，陇头月冷；

令威魂倘返，定伤山川未改，景物全非。

——〔民国〕邓宝珊（见《甘肃对联集成》）

【笺注】

1.燕市，指北京。蓟野，指天津一带，1932年马福祥病死于河北省琉璃河。

挽邓春霖

国运如此，省运如此，为唤奈何，吞声哭乡关凋残，河山破碎；

事业同心，学业同心，而今已矣，忍痛说清华风月，春明烟云。

——〔民国〕司湫云、安立绥（见颜永祯《兰州楹联汇存》）

【笺注】

1.原注："博士名春霖，字济民，青海循化起台堡人，生于光绪二十九年八月二十七日，民国二十年卒业美国大学（阿奥瓦邦之农工大学研究兽医科）得兽医博士学位，是年十月五日疾殁于北平，时年二十九岁。即邓绍元先生之仲子、泽民校长（甘肃大学）之胞弟也。"

2.清华风月，指司湫云等为清华大学同学；春明，本为唐都长安春明门，后因以指代京都。

挽张骏丞

惟翁能起斯民疾；愧我难传济世方。

——〔民国〕张一悟（见《文物里的红色故事》）

【笺注】

1. 上款"骏丞先生千古"，下款"门下张一悟拜"。张一悟青年时曾随张骏丞学医，故有此言。此联现藏于八路军兰州办事处纪念馆。

挽郭志敬其一

启手无亏完德行；亢宗有子绍箕裘。

——〔民国〕水梓（见《简翁长老荣哀录》）

民国张一悟挽张骏丞联墨迹

【笺注】

1. 郭志敬，字简臣，陕西富平人，曾任甘肃总商会会长，民国时逝于兰州。
2. 亢宗，指庇护宗族，光耀门庭。《左传·昭公元年》："吉不能亢身，焉能亢宗。"

挽郭志敬其二

道其犹龙乎，剑水云横嗟去渺；
君今化鹤矣，花亭月暗恨归迟。

——〔民国〕水枏（nan）（见《简翁长老荣哀录》）

挽周务学

人物勉为第一流，武不怕死，文不爱钱，遵少保遗言，真无愧平生所学；
民国已经十余载，孔曰成仁，孟曰取义，是天祥正气，延于今再见其人。

——〔民国〕慕寿祺（见《求是斋楹联汇存》）

【笺注】

1.原注:"务学,秦州举人,阿尔太道尹。"据《兰州楹联汇存》所注:"殉节新疆阿尔泰,开吊兰州拱兰门内重新寺。"

2.少保,即岳飞,传有遗言"武不怕死,文不爱钱"等。

3.天祥正气,即宋代名臣文天祥及其《正气歌》。

挽李复春

神妙发荆关,名姓早因山水显;
客游隔燕赵,梦魂宁怯道路艰。

——〔民国〕慕寿祺(见《求是斋楹联汇存》)

【笺注】

1.原注:"复春,皋兰,善画山水。"李复春,即李新斋,晚清兰州本土著名书画家。

2.荆关,即五代画家荆浩、关仝,为我国山水画一代宗师,李新斋以擅画山水而闻名。

3.客游隔燕赵,从联文推测,其应是客居河北时不幸而亡。

挽王世相

同学少年多羡君,奋翮云霄,三春红杏琼林宴;
重阳佳节近有子,伤心风木,一路黄花旅榇归。

——〔民国〕慕寿祺(见《求是斋楹联汇存》)

【笺注】

1.王世相简历附后。

2.琼林宴,指其当年金榜题名;旅榇,客死者的灵柩,指王世相任安肃道尹时,死于酒泉任上。

挽冯致祥

是大树名家,久客金城,秉案不阿三尺法;
近中秋佳节,忽离尘海,桂庭犹剩几枝芳。

——〔民国〕慕寿祺(见《甘肃对联集成》)

【笺注】

1.冯致祥,湖南人,民国甘肃高等法院院长。冯氏客居兰州,卒后,子女散落,故有"桂庭犹剩几枝芳"之慨。

2.大树,指东汉冯异称为"大树将军",以扣其姓,而同时冯致祥位于兰州仓门巷的故居前也植有粗大榆树。

挽王树中

存心之厚,视财之轻,可以励薄俗矣;
独为其难,能见其大,何处觅斯人乎。

——〔民国〕刘尔炘(见《果斋别集》)

【笺注】

1.《兰州楹联汇存》注:"先生名树中,字建侯,光绪壬辰科进士,安徽即用知县,后调太和县,颇有政声。为人宽大宏厚,晚年尤喜谈佛学,著有《梦梅轩诗草》。"

挽梁登瀛

议坛洒落抗风节;陇水凄风失老成。

——〔民国〕于右任(见张尚瀛《甘肃古今楹联选集》)

【笺注】

1.梁登瀛(1874—1930),榆中县人,首届甘肃籍国会参议员。

挽邓隆其一

萧寺论文,幕府荐贤,细数平生,未酬知己;
高秋旋里,残冬闻讣,纂述行实,痛哭故人。

——〔民国〕张建(见《思退堂诗文选·联语》)

【笺注】

1.邓隆,简历附后。见顾颉刚《西北考察日记》1938年8月记载,邓隆"今年一月二十八日殁于皋兰,年五十四"。1938年1月28日,为农历腊月二十七日。

挽邓隆其二

学在己，政在蜀，惠在故乡，落落数端，洵堪传世；
始而儒，继而官，终而成佛，超超造诣，迥不犹人。

——〔民国〕马恕（见赵忠《楹联拾萃》）

挽黄文中

居官以廉洁持身，讲学以廉洁教人，唯先生卞玉无瑕，还顾时流能有几；
早岁为民权溅血，晚年为民权吐气，恸此日金刚归座，扫除魔杖更望谁。

——〔民国〕柯与参（见王家安《黄文中楹联纪年》）

【笺注】

1.1946年农历十月一日，黄文中在兰州因伤寒顽疾，猝然逝世，柯与参作为其好友兼邻居，主持葬礼，并致赞词"陇有人焉，黄君中天，煌煌大著，提倡民权"。

挽王定元

缔造本艰难，睹报端遗像，架上遗规，涕泪洒桃花，多少同仁哭同志；
音容犹宛在，想死后荣哀，生前荣誉，悲叹兴薤露，共凭忠骨吊忠魂。

——〔民国〕甘肃民国日报社（见《甘肃民国日报》）

【笺注】

1.王定元（1899—1941），靖远县人，先后任甘肃省政府宣传处处长等，主持创办《甘肃民国日报》和《新陇日报》，为甘肃近代新闻事业的奠基人。1941年1月16日在兰病逝。联中"缔造""同仁"即指其创办报社之事。

风物

水磨其一

磨里旋旋流玉屑；舱中点点泛珍珠。

——〔清〕刘一明（见《栖云笔记》）

水磨其二

擎天柱上旋日月；过水舱中潜蛟龙。

——〔清〕刘一明（见《栖云笔记》）

火祖庙元宵灯坊其一

钻燧木先春，食德饮和，且自披星朝赤帝；

观灯天不夜，衢歌巷舞，何妨捧日待黄人。

——〔清〕吴镇（见梁章钜《楹联丛话》）

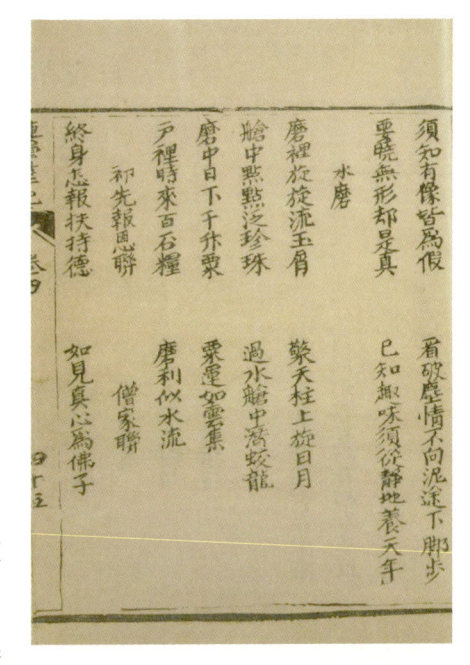

【笺注】

1.见《楹联丛话·卷十二》："兰州府城西火祖庙，元宵灯火最盛。余曾于公余往观，记得吴信辰一联云。"

清刘一明《栖云笔记》所载水磨楹联

2.钻燧,指钻木取火,意在歌颂火之功德。

3.食德,谓享受先人的德泽;饮和,指觉到自在,享受和乐。唐人刘禹锡《令狐相公俯赠篇章斐然仰谢》诗:"饮和心自醉,何必管弦催。"

4.赤帝,即祝融氏,后世以为火神。

5.黄人,见《太平御览》有黄人捧日的故事,比喻朝政清明,国力强盛。

火祖庙元宵灯坊其二

炎官热属镇南方,赫赫祝融,先作金城保障;

火树银花照西郭,迢迢元夜,群瞻玉塞辉光。

——〔清〕吴镇(见《松厓对联》)

白衣寺前殿铁醮炉

宝鼎香烟呈五色;金炉烛彩结双花。

——〔清〕佚名(见颜永祯《兰州楹联汇存》)

【笺注】

1.原注"在院中",对联刻铸铁制香炉之上。

太清宫院中醮炉

宝象回环通殿阁;清烟缥缈绕楼台。

——〔清〕佚名(见颜永祯《兰州楹联汇存》)

祖先堂

功德无忘先世旧;蒸尝惟在后人新。

——〔清〕佚名(见兰州市博物馆藏品)

【笺注】

1.现藏兰州市博物馆,为清代地方家族祭祀所供奉祖先堂,仿古建筑造型。悬挂匾额"以孝以享",并配书此联。无款。皆以黑底金漆描书。

2.蒸尝,本指秋冬二祭,后泛指祭祀。

青城杨家武学坊

才识虎头生具相；还思麟阁宴分荣。

——〔清〕佚名（见《青城楹联集锦》）

【笺注】

1. 虎头，谓头形似虎，古时以为贵相。《东观汉记·班超传》："生燕额虎头，飞而食肉，此万里侯相也。"

2. 麟阁，指汉麒麟阁，后喻指建功立业。

青城城隍庙醮炉

行善虽无人见；存心自有天知。

——〔清〕佚名（见《青城楹联集锦》）

笔袋

古纸硬黄临晋帖；新笺匀碧录唐诗。

——〔民国〕佚名（见张一悟纪念馆藏品）

【笺注】

1. 据张一悟纪念馆介绍，张一悟之妻傅永芳曾为张一悟制作刺绣笔袋，上绣此联。联文为前人旧句。见宋人陆游《初夏幽居四首·其三》："古纸硬黄临晋帖，矮笺匀碧录唐诗。"

墨盒

行万里路；成一家言。

——〔民国〕水梓（见《甘肃对联集成》）

镇纸

片石寒青锦；双桥落彩虹。

——〔民国〕水梓（见《甘肃对联集成》）

【笺注】

  1. 此联为集句联，分别出自唐人李白《同族侄评事黯游昌禅师山池二首·其二》"片石寒青锦，疏杨挂绿丝"，及李白《秋登宣城谢朓北楼》"两水夹明镜，双桥落彩虹"。

阿文匾配联

  老视浮华犹幻梦；闲居城市亦山林。

——〔民国〕马邻翼（见《兰州文史资料选辑》）

【笺注】

  1. 为阿拉伯文玻璃匾额配句。

青城白家大院磨坊其一

  去路还从来路转；粗心须向细心来。

——〔民国〕佚名（见《青城楹联集锦》）

清代、民国出版的各类楹联书籍

青城白家大院磨坊其二

旋乾磨上流琼液；煮月铛中滚雪花。

——〔民国〕佚名（见《青城楹联集锦》）

青城转灯联其一

宝炬正辉煌，仙人庆贺元宵节；
法轮常运转，王母登临不夜天。

——〔民国〕高炳辰（见《青城楹联集锦》）

青城转灯联其二

全体无不明，忽在前瞻在后，与百姓同乐者；
容光而必照，现于面盎于背，则四方来观之。

——〔民国〕高炳辰（见《青城楹联集锦》）

青城水烟压烟担

担势似游龙，含得香烟喷紫气；
榨形如彩凤，唧将异宝出丹山。

——〔民国〕佚名（见《青城楹联集锦》）

故事

一、明公诚大胆

明朝嘉靖时兵部尚书、兰州人彭泽，少年时曾在靖远法泉寺内读书，相传彭于夜间如厕，忽来鬼怪作祟，彭把手中的灯盏放在鬼头上，解手完毕，行将出来，鬼忽作声曰："明公诚大胆。"彭泽曰："黑物好方头。"恰好是一副绝妙的对子。（见魏晋《兰州春秋》）

二、三神共处一庙

清代时，兰州山陕会馆有一庙，同时供奉着字神仓颉、诸葛武侯、神医华佗，请人作联，一时为难。有徐韦佩者题联曰"左笔为阳，右笔为阴，实自古人开草昧；良相救时，良医救世，均由汉代播芳馨。"找到仓颉与诸葛的共同点为阴阳，诸葛与华佗的共同点为汉代，相互联系，便将三个先贤的事迹都写了进去。（见颜永祯《兰州楹联汇存》）

三、自惭无地栽桃李

清代时，甘肃某县令饶有资财，学问粗识，却好与文人交。一日，有客谒之，客气地说"君家桃李何其盛耶？"意思是前来以"弟子之礼"相拜访者很多，但县令没听懂，直说家中没有种桃李树，来人是不是搞错了？又某次，好友因事不能约见，致信曰："某某竹林，家适有事。"即以"竹林之交"

指两家友好。这县令以为其人名号为竹林。后有人嘲以联云"自惭无地栽桃李；到处逢人说竹林"，贻笑于同僚之间。（见梁恭辰《楹联四话》）

四、这里有现成榜样

清光绪时，陕甘总督左宗棠某次为兰州某庙戏台题写一联："都想要拜相封侯，却也不难，这里有现成榜样；最好是忠臣孝子，看来容易，问他做几许工夫。"表意是在写戏台之上演绎的故事，时人则评价说，"左时已入相，写戏台亦自写也"，即他是在借此机会自夸，"亦不啻其自己登场白也"。（见黄伟伯《负暄山馆古今联话》）

五、事事斟酌分寸

清末有蜀人张秉唐，时任甘肃某地道台，曾向时任陕甘总督左宗棠求字，左宗棠题赠一联"事事斟酌分寸；处处树立界限"，乃是就其平日里有蜀军、湘军的"界限"予以警醒，而其口吻，更像是上级对下级的训诫。（见魏晋《兰州春秋》）

六、马滩刘氏派字联

在马滩刘氏祠堂正门，挂着一副楹联："水木有本源，遵先绪以丕承，则笃其庆；朝廷嘉贤哲，念宗功而自励，载锡之光。"楹联并有小字落款写道，这副联并非简单的宗祠对联，而是其家族排序的派字，即家中后代起名字时，就按照对联的文字依次排序。他们想着刻成对联，挂在祠堂，这样都易于关注和铭记。（见清光绪《刘氏族谱》）

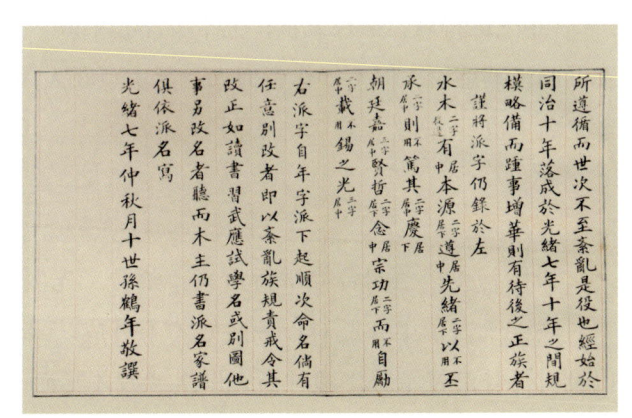

清《刘氏族谱》所记派字联

七、两地慈云蒙福荫

榆中杨巨川,为光绪甲辰科进士,民国十二年(1923年)曾任敦煌县令。当时夏日苦旱,民望云雨,杨遂题写一联悬于敦煌金华圣母祠中,翌日果降甘霖。联曰"家在兰山,两地慈云蒙福荫;灵昭卿塞,一天霖雨拜神庥",即指所奉金花圣母,据传为皋兰人,与杨巨川同乡,"两地慈云"即指此事,"见者无不称其工整"。(见任子宜《也是楼联话》)

八、青城三杰

青城古镇,自古文风兴盛,曾有举人周赞元,进士关元儒,翰林罗经权。其乡人高栋轩出一联云:"周举人,关进士,罗翰林,三合派人开荒三俊杰。"一直无人属对。(见杨巨川《青城记》)

九、我比他人多雨露

清末时,兰州井儿街有葛秀才,穷困潦倒,房屋破败,雨雪时常下漏。某年自题春联曰:"墙破屋犹存,我比他人多雨露;风吹楼将圮,天教寒士□精神。"反其道行之,实则自嘲。(见张尚瀛《甘肃古今楹联选集》)

十、擅权三世

清末时,慈禧专权,祸国殃民,民间早有怨言。时兰州某书院传出一联语:"二百年气运将衰,擅权三世;七十岁淫心不改,遗臭万年。"明眼人一看即在讽刺批判慈禧,但不知作者何人。其实写联人为时平凉华亭人幸邦隆,陇东之名士也。(见《幸邦隆选集》)

十一、千古帝王齐反对

民国初年,兰州各界举行黄兴、蔡锷二先生追悼大会。有人现场展示一对联:"千古帝王齐反对;一般奴才不赞成。"旨在讽刺袁世凯称帝之事,以及时任甘肃督军张广建甘为袁世凯"奴才"而鼓吹帝制一事。(见张尚瀛《甘肃古今楹联选集》)

十二、一等子作不孝男

袁世凯称帝后,在全国大搞封建分封的一套,时任甘肃督军、安徽人张广建为其嫡系,曾极力鼓动其称帝,袁世凯并封张为"子爵"。张广建特意在省城庆祝,还热情修建了"一等子爵府邸"。但好景不长,袁世凯就病死,张广建又在兰州召集文武官吏开追悼,且痛哭失声,如丧考妣。有人题联讥讽说:"庆祝宫开追悼会;一等子作不孝男。"(见《近代甘肃政要施政文献选编》)

十三、永登神童其一

民国初年,永登红城子有童子六岁能应声属对,人皆称为"神童"。其父曾携之到兰州,遍谒当道,并拜诣兰州名士刘尔炘,刘见而呼以"小孩子",此童即应曰"太史公"。刘尔炘见其敏捷,紧接着又出句"马蹄踏破岸旁沙,风来复合",此童又对曰"龙尾搅乱江心月,水定仍圆"。后据说此童被送往书院,但仅是肄业,"童长大聪慧顿减,终于樵牧",即又一《伤仲永》也。(见张思温《壬癸杂录》)

十四、永登神童其二

据永登李维翰先生言,永登红城子神童名王锡龄,幼时为县令所知。某次县令出对云"红老营神童七岁",王对以"紫禁城天子万年"。又据说神童长大后聪明渐不如前,遂返乡从寺僧习梵曲,年仅四十余即卒。(见张思温《壬癸杂录》)

十五、永登神童其三

据天水甄载明先生言,有魏承耀者,甘谷县举人,为兰山书院山长时,为红城子神童出对云:"抱九仙骨,披一品衣,李泌三为唐宰相。"神童对云:"出五道关,斩六员将,云长再会汉君王。"语虽平泛,难得出口即对也。(见张思温《壬癸杂录》)

十六、不分伯仁由我死

甘谷人田骏丰，民国时由广西知县任临时参议院议员，后又任甘肃财政厅长，民国六年（1917年）补选正式国会议员，在京声誉鹊起。某日于段祺瑞政府内阁内务总长汤化龙家中赴宴，竟因饮酒过量猝死汤家。后当时政要在兰州左公祠为其开会追悼，作为当事人汤化龙也写有一副挽联"不分伯仁由我死；再交公瑾待他生"。引用《晋书·周𫖮传》中"吾虽不杀伯仁，伯仁由我而死"的典故以此自责。（见胡君复《古今联语汇选》）

十七、总统年年换

兰州教师张祖培性格耿直，言谈诙谐。其对北洋军阀争权夺利、祸国殃民的行径十分厌恶，于1926年春节撰写楹联贴在门口，即"总统年年换，老袁黎冯徐曹段；百姓日日忧，白面柴炭醋酱油"。师生们看了个个欣赏，反动警察却十分恼火，勒令他立即洗刷干净。（见刘子荫《荫庐集》）

十八、席卷八方难

1931年，一度失利的北洋军阀吴佩孚来到兰州，企图说服各方面，以甘肃为基础预谋"东山再起"，甘肃李俊潭等热情附和。在兰州某次宴请上，吴佩孚出句"才同南海，金城喜相逢，何以箸筹匡一统"，意在试探兰州人等态度，李俊潭则对句"德并东山，玉帅庆再起，不难席卷收八方"。对吴则一番吹嘘。岂料不久即风云突变，这帮人也作鸟兽散。（见《裴慎诗文集》）

十九、兰州将宰丧家犬

1931年，北洋军阀吴佩孚在兰州游说各方期间，大家都看出了他的不轨图谋，某中学生便写了一副对联，悄悄贴在了吴佩孚在兰州的住处，表明了兰州民众的主要态度。联曰："万众同心，兰州将宰丧家犬；匹夫有责，甘肃不乏救国人。"（见张尚瀛《甘肃古今楹联选集》）

五泉山摸子泉及其题联

二十、把石头拿去说是儿孙

兰州五泉山半山腰洞中有一摸子泉，传说欲求子嗣者，伸手到泉中摸取，摸得石头表示会生男孩，摸着瓦块则要生女孩。兰州近代名士刘尔炘认为这种荒诞行为乃"无聊之举动"，故在主持重修五泉山时，于洞口悬挂一联："糊糊涂涂，将佛脚抱来求为父母；明明白白，把石头拿去说是儿孙。"语言直白，教人忍俊不禁。"烧香拜佛者见之，能爽然而为之一笑否？"（见刘尔炘《兰州五泉山修建记》）

二十一、清翰林风吹日晒

1935年，兰州五泉山举行皋兰名士刘尔炘铜像落成典礼。兰州教师张祖培参加时，见铜像露天矗立，就出一上联打趣道"清翰林风吹日晒"，仍以五泉山即景为条件征下联。师生苦想不得，遂请教于张。张自己以"宋丞相烟熏火燎"作答。原来兰州人在五泉山岳王庙前曾立有秦桧夫妇铁铸跪像，

每年正月十五，要用木柴焚烧跪像，以示儆奸佞彰忠烈之意。（见刘子荫《荫庐集》）

二十二、早死三日天睁眼

1944年，甘肃民政厅厅长王淑芳赴岷县途中意外坠马身亡，因其素有贪名，此行也是搜刮未果，而意外死去。兰州一中名师黄文中遂戏挽一联，不胫而走。联曰："早死三日天睁眼；多活一时地剥皮"，以讽刺其贪腐之相。（见《黄文中楹联诗文书法珍存》）

二十三、有时还自梦中来

近代甘肃名流慕寿祺好养猫，曾有一只白猫"爱之甚"，一日，这只猫突然不见，"撒泼者久之，杳无踪影"，让慕寿祺十分思念。他估计猫儿遭遇不测，遂为其写了一副挽联："无翼竟飞天上去；有时还自梦中来。"简单的笔墨，寄思念于一只曾经怀中撒泼的小白猫，尤其落笔一句，教人感同身受，见到了真情感。（见王家安《名联新说》）

二十四、古今人名戏对

近代甘肃名流慕寿祺，好以当时人名作对。曾有"王佐王之佐；杨修杨用修"之对，分别是清末甘肃泾县籍知县王佐，民国甘肃临时议会副议长王之佐，三国名人杨修，以及明代文学家杨慎，字用修。又有一联"李广李广利；孟尝孟尝君"，即汉代飞将军李广，同为汉代将军的李广利，东汉官吏孟尝，以及战国时齐国田文，即孟尝君。（见慕寿祺《求是斋楹联汇存》）

二十五、未了三生缘

会宁籍翰林刘庆笃晚年寓居兰州，晚景凄凉，有一年某权贵者请他写一副春联，因正值辛未之年，他即以"辛未"为题，提笔直书曰："辛酸一把泪；未了三生缘。"因刘对自身遭遇及权贵均不满意，遂借机指桑骂槐，权贵也无可奈何。（见魏晋《兰州春秋》）

二十六、我是仲子后人

民国时有牛树勋,虽是兰州街边一个鞋匠,但吐属不俗,且爱结交高雅人士,"他那一条破板凳,不时有上宾在坐"。某次,他自题修鞋铺一楹联:"我是仲子后人,身犹织履;世无上官馆士,谁敢偷鞋。"用了儒家经典《孟子》中两个和织履、偷鞋有关的故事,自抬身价。(见魏晋《兰州春秋》)

二十七、劝君更尽一杯酒

见民国时,美国合众社、伦敦《泰晤士报》记者哈里森·福尔曼所摄老照片,其中有一张兰州商铺旧景,看样子像个酒馆、饭店,门口还贴着一副春联"劝君更尽一杯酒;与尔同销万古愁",这是从唐诗中集句而来,系清人旧作。然而兰州饭店贴出,更切合"西出阳关"之典故,且李白为甘肃籍贯,如此,到(倒)别有一番风味。(见哈里森·福尔曼《中国摄影集》)

二十八、口中道出建国方

抗战时,蒋介石政府及部分国民军消极抗日,兰州陈嘉谟写了一副楹联:"武将抡过去,刺枪舞刀,手下显过抗日忙;文官装出来,垂绅执笏,口中道出建国方。"讽刺其装模作样,虚浮之风。(见颜永祯《兰州楹联汇存》)

二十九、某小店春联

曾任八路军兰州办事处负责人的谢觉哉同志,在1938年2月25日的《日记》中记道:"傍晚外出看雪,见某小店春联:'领袖一令日丧胆;俄胞百饥寇寒心',可见对苏联抱异感的人,其见解不迷偏泯也。"联中"领袖"应是指国民党方面,谢觉哉同志通过对此联的评价,反映当时兰州一些人见解之偏泯。(见谢觉哉《谢觉哉日记》)

三十、解决吃饭问题

兰州李海舟于1947年曾经营一家粮店,自题门联"不卖水烟旱烟卷烟鸦片烟;专售白面黑面豆面禾田面",并配横匾"解决吃饭问题"。当时有人认为与"反饥饿、反内战"的口号不谋而合，李被当作地下党逮捕入狱，受尽严刑拷打，后由其师慕寿祺力保方才获救。（见刘子荫《荫庐集》）

三十一、免得保长抓壮丁

兰州解放前，特务横行，军阀马步芳更是到处抓壮丁，搞得民不聊生。这时有人发现兰州某土地庙有一副未署名的对联："夫人莫抹摩登红，谨防特务打主意；老爷不要刮胡子，免得保长抓壮丁。"摩登红，即口红。这是有人看不下去，假借土地公、土地婆之口吻予以批判。（见张尚瀛《甘肃古今楹联选集》）

三十二、终非池中物

旧时兰州月牙桥下，寄居一些行讨之人，多为家道中落的纨绔子弟。某年，他们在月牙桥底贴出一联曰"终非池中物；应是天上人"，"流露出他们还是出身门第后裔之心态。"（见刘子荫《荫庐集》）

三十三、说书人散场联

民国时兰州某说书场中，说书人收场时，总是以高唱的声调，念了一副对子："我把往事今朝重提起；你破工夫明日早些来。"然后一揖而终。"他把棉大褂的两只袖子对齐，拌了拌尘土，这时听众也散了伙。"（见魏晋《兰州春秋》）

三十四、谜语联

近代兰州谜家刘子荫，就春联"虎行雪地梅花五；鹤立霜池竹叶三"为题，出一谜语，打古文句一。五、三，指虎爪、鹤爪之雪地痕迹也。其谜底语出自《孟子·滕文公上》，曰"兽蹄鸟迹之道"。（见刘子荫《荫庐集》）

附录 主要作者简介

安维峻（1854—1925），字晓峰，号盘阿道人，秦安县人。光绪进士，曾任福建道监察御史，京师大学堂总教习等。著有《谏垣存稿》《望云山房诗集》等。

安履祥（1881—1952），字书芝，甘谷县人。甘肃文高等学堂毕业后，历任庆阳中学教员、河州中学校长、甘谷县民众教育馆馆长等。

白遇道（1836—1926），陕西人，清同治进士，翰林院编修。光绪二十二年任甘凉兵备道，后代理甘肃按察使，改任巩秦阶道盐运使。

蔡建邦（1884—1945），字命侯，陇西北关三元街人。清光绪庠生，民国时曾设馆授学。著《景西堂楹联钞存》《陇西金石采访录》。

蔡金台，字燕孙，江西德化人。光绪十二年进士，翰林院编修，光绪十七年任甘肃学政。

蔡廷衡，浙江仁和人，清乾隆戊戌科榜眼。授翰林院编修，官至甘肃布政使。

曹炯，字镜侯，皋兰人，道光二十年进士，翰林院编修，任淮阳兵备道等，后归里讲学关中、兰山等书院。

曹秉哲（？—1891），字吉三，广东番禺人，同治四年进士。官至山东按察使，有《紫荆吟馆诗集》。

陈灿（1842—1912），字昆山，贵州贵筑县人，同治八年举人。历任云南粮储道、按察使、布政使，甘肃按察使。曾参修续《甘肃通志》。

陈阆（1883—1952），字季侃，浙江诸暨人，清举人。民国时先后任兰山道道尹、护理甘肃省省长、五省联军秘书长等。

程德润，字玉樵，湖北竟陵人，清嘉庆甲戌进士。历官山东盐运使、甘肃按察使、甘肃布政使等，撰有《续修中卫县志》等。

崇保（1815—1905），清满洲镶黄旗人，同治二年（1863年）进士。署兰州道，后署甘肃按察使、甘肃布政使。

邓宝珊（1894—1968），天水人。曾任国民党陕西绥靖公署驻甘肃行署主任、代理甘肃省主席等。中华人民共和国成立后，历任西北军政委员会委员、甘肃省省长、国防委员会委员等。

邓隆（1884—1938），字德舆，号睫巢，临夏人，末代科举进士。历任甘肃省议会议员、甘肃官银钱局坐办、夏河县长等。后潜心佛学，研究西夏文，著有《拙园诗集》等。

范振绪（1872—1960），字禹勤，晚号东雪老人，靖远县人。光绪进士，初任工部主事，后赴日本留学，加入同盟会，为甘肃民国政要，新中国成立后任省政协副主席等。

高岩，福建侯官人，民国时宦迹陇上，曾任陇西县长，后在民国甘肃省政府任职。著有《退补轩诗草》《退补轩词钞》《退补轩分类联集》等。

高炳辰（1860—1924），字显庭，号一渔翁。榆中青城人，清光绪中举，后任陕西化州州判、高平县佐等，擅长书画。

顾颉刚（1893—1980），江苏苏州人，历史学家、民俗学家，中央研究院院士。古史辨派代表人物，也是中国历史地理学和民俗学的开创者之一。

韩定山（1893—1965），文县人，曾任文县教育局长、碧口小学校长。创办文县初级中学，著有《阴平国考》等。

黄建中，皋兰人，清乾隆年间中举，后课徒乡里，受聘编纂《皋兰县志》。

黄文中（1890—1946），字中天，临洮县人。民国时期甘肃政治活动家、教育家、诗人，著有《黄文中西湖楹帖集》。

黄毓麟，皋兰县人。光绪进士，后著主事等。

黄书霖（1859—1932），字峙青，安徽舒城人，清光绪举人，民国任安徽省财政司司长、参议院参政等。其堂兄黄玉林为左宗棠旧部，少年时随其兄寓居陇上。

江澍畇，字韵涛，江西弋阳人。历任甘肃副考官、功臣馆纂修官、国史馆协修官、顺天乡试同考官、山东济南府知府等。

柯与参（1903—1978），庆阳宁县人。曾任民国甘肃国医馆馆长等，解放后任省卫生厅副厅长等。

孔宪廷，字少轩，安徽合肥人。1915—1919年任兰山道尹。

喇世俊（1865—1946），字秀珊，临夏市喇家巷人，光绪举人，曾参与"公车上书"，后任甘肃建设厅长等。

黎丹（1871—1938），字雨民，号无我，湖南湘潭人，马麒、马麟幕僚，民国西宁道道伊，监察院委员等。

李端棻（1833—1907），字苾园，贵州贵筑人。任云南学政、刑部侍郎、礼部尚书等。

李蔚起（1887—1935），字兴伯，甘谷县人。民国时任甘肃省议会议员、甘肃政报局局长、榆中县县长等。与张维、王烜等合纂《甘肃人物志》。

李擢英（1844—1941），字子襄，河南商水人，光绪进士，历任江南道监察御史、内阁侍读学士、太常寺少卿、大理寺少卿。

李联桂（1891年—？），字芳五，榆中青城人，清末秀才，民国时任青城龙山高等小学教员、校长等，著有《龙山吟草》。

廖元佶，广西桂林人，清进士。民国初年曾任泾县县长，1931年为甘肃省政府主席马鸿宾的秘书长，参编《甘肃通志》。

梁济瀍，皋兰县人，乾隆十年（1745年）二甲进士。

梁章钜（1775—1849），福建长乐人，嘉庆进士。曾任江苏按察使、山东按察使、甘肃布政使等。

林竞（1892—1962），字烈敷，广东霞关人。曾任护国军总司令部秘书、西宁区行政长官兼垦务总办、青海民政厅长等。

林锡光（1882—?），字芷馨、英琼，福建长乐人。历任甘肃教育厅厅长、甘肃省省长等。

林则徐（1785—1850），字元抚，又字少穆，福建侯官人，晚清名臣。

林之望（1811—1884），字伯颖，又字远村，安徽怀远人。道光进士，官至湖北布政使，著有《荆居书屋诗文集》等。

林扬祖（1799—1883），福建莆田人，道光进士，翰林院庶吉士，咸丰九年（1859年）署理陕甘总督，同治元年（1862年）后归乡教学。

刘尔炘（1864—1931），字晓岚，号果斋，又号五泉山人，兰州人。清末翰林，近代学者、教育家。曾辞官回乡，广兴慈善事业。尤擅联语，有"陇上联圣"之誉。著有《果斋日记》《拙修子太平书》《兰州五泉山修建记》等。

刘庆笃（1870—1936），字吉甫，会宁县人。曾任旋考京察，继升军机章京，外务部兼行内阁承宣厅签事。参修《会宁县志》《甘肃通志》等。

刘一明（1734—1821），号悟元子，山西曲沃县人，在兰州兴隆山传道。道教龙门派第十一代传人，也是中国道教史上著名联家，著有《道书十二种》。

刘永亨（1850—1906），字子嘉，天水人。翰林院编修，侍读学士，内阁学士。官至户部、工部侍郎等，光绪十二年（1886年）任兰州求古书院山长。

陆洪涛（1866—1927），字仙槎，江苏铜山人，北洋军阀将领，先属皖系，后投直系，历任甘肃代省长、督军等。

马福祥（1876—1936），字云亭，回族，临夏人。曾任清甘肃庄浪协镇守使、陕甘督标中协、西宁镇总兵、宁夏护军使，国民党军事委员会委员等。

马恕（？—1957），清末秀才，和政县人。曾任《和政县志》总纂等，中华人民共和国成立后，被聘为省文史馆馆员，著有《和政遗文录》《耆旧录》等。

马邻翼（1864—1938），湖南邵阳人，曾任民国政府甘肃提学使、教育厅长，创办兰州回教劝学所。

马元章（1853—1920），云南人，是中国伊斯兰哲合忍耶学派始传人马明心的四世孙，哲合忍耶学派第七代教主。

慕寿祺（1874—1947），号少堂，镇原县人。光绪癸卯举人，历任甘肃省临时议会副议长、公署秘书长、省政府顾问等，文史学家，著有《甘宁青史略》《敦煌艺文志》《求是斋楹联汇存》等30余种图书。

那彦成（1763—1833），章佳氏，满洲正白旗人。乾隆五十四年（1789年）进士，兼翰林院掌院学士。历任工部尚书、内务府大臣等。

聂守仁（1865—1936），字景阳，镇番县人。清廪生，同盟会会员。曾任《大河日报》主笔、《甘肃民国日报》主编。

裴景福（1854—1926），号睫闇。光绪二十年（1894年）进士，广东南海知县。辛亥革命后，曾任安徽督军公署秘书长、安徽省政务厅厅长等。

秦望澜（1870-1928），字少观，会宁县人，任兵部主事，贵州道、辽宁道监察御史等，民国后任总统府顾问、国务院咨议、清史馆协修。

秦维岳（1759—1839），字觐东，号晓峰，兰州人，乾隆进士。曾任都察院江南道御史、兵科给事中。曾创建兰州五泉书院。

饶应祺（1837—1903），湖北恩施人，同治元年（1862年）举人。曾任刑部江西司行走，甘州知府，兰州道台，新疆布政使等。

萨湘林（1779—1857），名迎阿，钮祜禄氏，满州镶黄旗人，嘉庆十三年（1808年）举人，历任哈密办事大臣等。

升允（1858—1931），多罗特氏，蒙古镶蓝旗人。历任山西按察使、布政使、陕西布政使、巡抚，江西巡抚，察哈尔都统，陕甘总督等。

水梓（1884—1973），兰州人，清末贡生。任甘肃省立一中校长，狄道县县长，省教育厅长、议会副议长等。

谭继洵（1823—1901），湖南浏阳人。咸丰十年（1860年）进士，官至光禄大夫、甘肃布政使、湖北巡抚兼署湖广总督。因其子谭嗣同参与戊戌变法受株连罢官。

谭嗣同（1865—1898），湖南浏阳人，是中国近代著名的政治家、思想家，维新志士。

唐琏（1755—1839），字汝器，号介亭，别号栖云山人，皋兰县人，清代陇上著名书画家。

唐树义，字子方，贵州遵义人，嘉庆举人，道光进士，曾任巩昌知府。

陶模（1835—1902），浙江秀水人，同治进士。曾任甘肃文县、皋兰知县，秦州知州，甘肃按察使，陕西巡抚，陕甘总督，两广总督等。

王永清（1888—1944），字海帆，号半船，陇西人。曾任甘肃省政府秘书主任，庄浪、化平县长等。著有《双鲤堂联语钞》《半船对联存稿》等。

王了望（1606—1686），原名家柱，字胜用，一字荷泽，后改名予望、了望。陇西县人，博通经籍，擅书法。

王世相（1869—1923），字说岩，皋兰人，光绪二十四年（1898年）进士。授陕西补用知府，后授盐运使衔，1921年任安肃道尹，后卒于任上。

王学伊，山西人，曾任甘肃泾原道尹。

魏光焘（1837—1916），字午庄，湖南邵阳人。湘军统领，历任新疆布政使、新疆巡抚、云贵总督、陕甘总督、两江总督等。

魏继祖（1889—1974），字振皆，皋兰人。曾任兰州一中、兰州师范、甘肃学院等校教师。中华人民共和国成立后，为甘肃省文史馆馆员，著名书法家。

吴可读（1812—1879），字柳堂，兰州人。道光进士，曾任刑部主事、晋员外郎、河南道监察御史、吏部主事等，以尸谏直声震天下。著有《携雪堂诗文集》。

吴钧（1866年—？），字秉丞，皋兰人。历任户部主事，后改度支部主事，山西忻县知县。民国时任北京临时参议院议员、敦煌县知事。

吴镇（1721—1797），字信辰，号松崖，别号松花道人，狄道人。历任湖南沅州府知府等，晚年在兰山书院主讲，著有《松花庵全集》《松厓对联》等。

萧国本，字漱泉，广东平远人，道光间历任玉门、皋兰知县。

谢威凤，名葆灵，湖南岳阳人。清代阶州、秦州知州。善书法诗文，后常居秦州。

许承尧（1874—1946），安徽歙县人。光绪甲午（1894年）科举人，光绪三十年（1904年）进士，曾任甘凉道道尹等。

许应骙（1832—1903），广东番禺人。曾任甘肃学政、内阁学士、吏部右侍郎、工部尚书、总理各国事务衙门大臣、闽浙总督等。

徐敬，清代人，曾任皋兰县知县，创建皋兰书院。

薛笃弼（1890—1973），山西运城人，民国时曾任北洋政府司法部次长、国务院代秘书长、甘肃省省长、民政部长等。

阎士璘（1879—1934），字简斋，陇西县人。光绪进士，翰林院编修，并任国史馆协修。民国后任省议会议长，省图书馆馆长，教育厅厅长等。

颜士璋（1822—1897），字聘卿，山东曲阜人，咸丰九年（1859年）进士。

历任刑部河南司主事、员外郎、西司郎中、兰州知府等。

颜永祯（1896—1979），字刚甫，兰州颜家沟人。民国五年（1916年），毕业于甘肃省立一中，后在有关赈务、教育部门任职。1932年6月集数年之力编辑《兰州楹联汇存》四卷，另有《兰州八景丛集》《兰州市五泉山公园》《兰州方音方言》等。

杨昌浚（1826—1897），字石泉，号镜涵，湖南湘乡人，官至浙江巡抚、陕甘总督、闽浙总督。

杨巨川（1873—1954），字揖舟，榆中青城镇人，光绪进士。任甘肃省议会议员等，晚年主持五泉图书馆兼甘肃学院教习。中华人民共和国成立后，任首任甘肃省文史馆馆长等。

杨思（1882—1956），字慎之，会宁县人，光绪进士。历任县议会议长、兰山道尹、代理甘肃省长等。中华人民共和国成立后，任西北军政委员、甘肃省政协副主席等。

杨遇春（1760—1837），字时斋，四川崇州人，清朝名将。曾任参赞大臣、陕甘总督等。

叶蓉（1885—？），字镜元，山西闻喜人。历任陕西督军秘书、冯玉祥秘书，甘肃省政府委员兼民政厅厅长等。

音得正，字柳驻，皋兰人，清嘉道年间书法家。

尹世彩，岷县人，清末进士。曾任陕西榆林知县，民国期间在西安、兰州等地讲学，后回岷县。

于右任（1879—1964），陕西三原人，国民党要员，近代著名书法家。

毓贤，满洲镶黄旗人，曾因与义和团"扶清灭洋"，八国联军攻陷后，被清廷惩办。光绪二十六年谪贬新疆时路过兰州。

裕祥（？—1903），满洲镶黄旗人。光绪二年进士，曾任广西右江道，陕西按察使，甘肃按察使，甘肃布政使等。

查之屏，同治丁丑进士。历任甘肃山丹、礼县知县，灵州、河州、秦州知州等。

张广建（1864—1938），安徽合肥人。皖系军阀，曾代理山东巡抚，甘肃都督、甘肃巡抚，民国北京政府陆军上将衔。

张建（1878—1958），字质生，临夏市人。曾任甘肃省议会秘书等，后人编有《思退轩诗文集》等。

张维（1889—1950），字维之，别号鸿汀，临洮县人。曾任甘肃省图书馆长、省议会议长等，著名地方文史学家。

张祥河（1785—1862），沪上华亭人。嘉庆进士，官至工部尚书。著有《小重山房初稿》等。

郑元良，民国时任甘肃警务处长兼省会警察厅长。

朱克敏（1792—1873），字时轩，号游华山人，皋兰籍著名书画家。

左宗棠（1855—1893），湖南湘阴人，清代名臣，历任陕甘总督等，在西北为官十余年。

后 记

　　《兰州历代楹联辑注》的编写历时既久，成在今时，本书是兰州人民在以习近平同志为核心的党中央坚强领导下，开拓创新，奋发图强，大力推进高质量发展时代洪流中的一朵浪花，是政协兰州市委员会着眼市委、市政府工作大局，充分发挥人民政协优势，积极挖掘兰州历史文化优质资源，为全市人民鼓舞斗志振奋精神，更加坚定文化自信热爱家乡致力发展提供的精神食粮。

　　中华楹联历史悠久源远流长，在长期的发展历程中积累了无数宝贵的成果和丰厚的创作经验。兰州作为陇上历史文化名城，自古就有楹联创作的优良传统。在晚清到民国年间，兰州楹联创作达到了一个辉煌的阶段，涌现了很多楹联文化名家，留下了无数构思精巧、引人入胜的传世名作。中华人民共和国成立以来，兰州楹联文化的发展达到了新的高度，在许多高水平专业作家和广大民间爱好者的共同努力下，兰州楹联广泛深入社会各个角落，服务于各行各业发展和老百姓日常生活，为全市经济发展和文化建设作出了重要的贡献，从而让楹联成为兰州地域文化中的鲜亮特色之一，兰州楹联在甘肃省乃至在全国都占有重要的一席之地。

为了更好地传承和发扬兰州楹联文化中包含的自强不息、开拓创新精神，政协兰州市委员会文化文史资料和学习委员会于2023年把编写《兰州历代楹联辑注》一书列为重要课题，组织专业人才、专门力量开始编纂工作。市政协主席王宏、副主席唐浩璇、秘书长王立吉等领导在百忙中关心指导编纂工作，文化文史资料和学习委员会主任马同人牵头拟定编纂方案，筹划编纂工作。甘肃省楹联学会常务副会长兼秘书长王家安领衔，结合多年来搜集整理的相关文献资料，承担了主要的选辑、注释工作。杨甜、包得海等，协助开展资料搜集、文字注释及有关校对工作。中国楹联学会会长李培隽欣然题写书名，为本书增色不少。相关编辑人员、文化文史资料和学习委员会的同仁，以及甘肃人民出版社各位编辑共同努力，尽职尽责，为本书编纂出版提供了莫大助力，在此，编者谨致以衷心感谢！

本书是首部对兰州历代（主要是1949年以前）楹联系统辑录、注释的专著，由于资料分散，辑佚困难，且许多楹联几经辗转，背景资料更是难以获得，故而难免有遗珠之憾，也难免存在讹误之处，敬请读者见谅且指正，并希冀知情者能提供更多有关兰州"老楹联"的线索，以备将来有机会修订时加以补充完善。

编　者

2024年9月